타 타 타

-깨달음의 길을 찾아서-

실상연구원총서 1

깨달음의 길을 찾아서

원덕元德의 회고록

타 타 타

최준권 지음

자유문고

머리글

코로나 19라고 불리던 팬데믹이 나타나기 전인 2019년 가을 어느 날 미국 생활을 정리하고 한국으로 돌아왔다. 한국으로 돌아온 이유는 스승의 말씀들을 편집하여 출판하고자 마음먹었기 때문이다. 그러나 옛 도반들이 아무도 호응하지 않았다. 그래서 부처님의 말씀처럼, 무소의 뿔처럼 홀로 가야 한다는 말을 떠올리며, 일주일 만에 다시 미국으로 돌아가려고 했다. 미국으로 떠나기 하루 전날 출판과 도서 도매업을 하는 운주사의 임 사장을 만났다. 그는 다짜고짜 이렇게 말했다.

"자네 회고록 한 권 써보지 않겠나?"

"무슨 그런 소릴 해. 마지막으로 글을 써본 지가 30년이나 지났는데."

나는 손사래를 쳤다. '내가 어떻게 회고록의 주인공이 될 수 있겠나'라고 생각되어서 그렇게 말한 것이었다.

"그래도 출가 전에 단편소설 몇 편 습작하곤 했잖아?"

회고록이란, 큰 업적을 이뤘거나 보통 사람들은 감히 엄두도 못 낼 일을 체험하여 인간 승리자로 널리 인정받는 사람들이 자기 인생을 고백하는 글이 아니겠는가!

하지만 임 사장은 물러서질 않았다. 나의 글은 충분한 가치가 있을 것이며 사람들의 교훈이 될 것이라고 했다. 딴에는 깊은 생각 끝에 큰 맘을 먹고 이야기를 꺼낸 것이었다.

"회고록을 쓰면 자네란 인물이 세상에 드러나겠지. 하지만 그에 못잖게 자네가 스승으로 모셨던, 이삼한이라는 그분, 그 성인聖人도 제대로 세상에 알리는 역할을 할 것 같아서 하는 말일세. 생각해 보게! 자네야말로 그분의 직계 제자로 그분의 생각이나 사상을 직접 체득해 온 사람 아닌가. 자네 삶이야말로 세상 사람들에게 깨달음을 얻은 분을 이해시키는 데 일종의 디딤돌 역할을 하기에 충분할 걸세. 비유가 적절한지는 모르겠지만, 마치 베드로의 삶을 알게 되면 예수의 삶도 이해할 수 있는 것처럼 말이야. 그렇지 않은가?"

나는 결국 야무지기 짝이 없는 그의 논리에 설복당하고 만 셈이었다. 수십 년간 도서 출판업을 해온 사람이어서 그런지 그의 언행에는 빈틈이 없었다. 게다가 지금 내가 하는 일이 바로 스승의 숙원 사업이었던 '진리의 교과서'라는 제목의 원고를 책으로 출판하기 위해 정리하는 것이니 말이다.

"알아들었네. 어찌 됐든 나는 스스로 구도자의 길을 선택한 사람이니, 나의 행적을 낮고 겸손한 자세로 사실 있는 그대로 한번 서술해 보겠네!"

한국에 온 후, 처음에는 '원덕의 삶과 깨달음'이라는 유튜브 방송으로 나의 지난 삶과 스승의 말씀을 전할 예정이었다. 그러다가 계획이 수정되어, 나의 회고록인 『타 타 타 : 깨달음의 길을 찾아서』라는 책을 집필하기에 이르렀다.

제1부 \ 출가의 인연

✓ 세상을 만나서

사람이 이 세상을 만나는 년 월 일 시의 간지干支에 의한 점괘를 사주팔자라 한다. 지금까지 나는 운명론적 입장에서 사주팔자라는 개념을 수용해 본 적이 없었다. 인간의 운명이 사주팔자에 좌지우지되어 버린다면, 우리가 이 험악한 세상을 아등바등 살아갈 까닭이 없지 않겠는가! 나는 어디에 가서 사주팔자에 따른 나의 운세 풀이를 해 본 적도 없었다. 하지만 한 사람의 생년월일이 그 사람의 운명에 크나큰 영향을 준다는 사실만은 부인할 수 없을 것 같다는 생각이 들 때도 있다.

　언제 어디에서 태어나, 어떤 부모와 인연을 맺게 될지 우리는 선택할 수 없다. 하지만 그러한 것들이 삶을 살아가는 데 피할 수 없는 선행 조건이 된다는 것은 틀림없는 사실이다. 이를테면, 평화로운 시대에 부잣집 외아들로 태어난 사람과 수년 간 이어진 흉년 뒤끝의 보릿고개 시절 어느 바위 밑 거지 소굴에서 태어난 아이의 운명이 같을 수는 없는 것이다.

그때가 1954년 12월 16일이었다. 어머니는 하얀 가운을 입은 남자가 아이를 건네주는 꿈을 꾸고 나서 나를 낳으셨다고 했다. 비록 보잘것없는 한 남자에 불과하지만, 나의 삶을 거론하자면, 우리네 역사의 한 페이지를 들먹이지 않을 수 없다. 동족상잔으로 불리던 저 끔찍한 6.25 전쟁의 비극이 휴전협정으로 어물쩍 멎어 버린 그 이듬해에 내가 태어났다. 당시는 전쟁의 후유증으로 가난과 질병이 만연해 있었고, 길거리엔 고아와 과부들 천지였다.

공식적인 통계자료에 따르면 6.25 전쟁으로 말미암아 한국군 62만 명, 유엔군 16만 명, 북한군 93만 명, 중공군 1백만 명, 민간인 250만 명이 죽었다. 그리고 10여만 명이나 되는 전쟁고아들이 거리로 내몰렸다. 그런가 하면, 무려 1천만여 명이나 되는 이산가족도 생겨났다. 재산 피해는 아예 계산할 수도 없을 지경이었으니, 그저 우리 한반도 전체가 폐허더미로 변했다는 표현만이 적합하다. 한국민 전체가 헐벗고 굶주려야만 했던 그 시기에 태어났으니, 나의 어린 시절은 구차할 수밖에 없었다. 게다가 내가 태어난 곳은 찢어지게 가난하다는 말이 잘 어울리는 시골 농촌인 경상남도 진주시 미천면 안간리였다. 형제자매 또한 적잖아 3남 2녀 중 넷째였다. 그래서인지 우리 집안에서 나의 존재 가치는 흡사 자동차의 스페어타이어와도 같았다. 어느 다리 밑에서 주워다 놓은 아이란 말도 흔히 들었다. 또 애정 결핍증에 걸리기라도 했는지 네 살 때까지 어머니 젖을 찾았다. 그래서 그 런지 지금까지 평화로운 고향 산천에 대한 애틋한 그리움은 거 의 없다. 고향을 떠올릴 때는 뿌리치고 싶은 아픈 상처들만 되살 아날 뿐이다. 나의 기억 속에 어린 시절이란 늘 어슴푸레한 안개 에 싸인 듯 모호하게만 느껴질 따름이다.

아버지는 진주시에 있는 농기구 제작소인 '대동공업사'에서 근무하다가 나중에 독립하여 정미소를 운영하셨다. 그러다가 내 가 철이 들 무렵에 그만 유명을 달리하셨다. 그래서 나는 아버지 가 어떻게 생기셨는지, 어떤 삶을 사셨는지 그저 어렴풋하게만 떠오른다. 그 당시 시골에서 정미소를 운영했다면 남부럽지 않 게 살 만했을 것이다. 그런데 어찌하여 우리 집은 그렇게도 가난 에 허덕여야 했는지 도통 그 까닭을 알 수 없었다. 그저 무던하 기만 했던 어머니도 내가 열여섯 살 무렵에 저세상으로 가셨다. 돌이켜 생각해 보면, 사인은 분명 폐병이었다. 어머니는 그 때문 에 고생을 많이 하셨다. 어린 시절에 관한 기억들은 이처럼 흐릿 하기만 하다.

반면 지금까지도 나의 뇌리에 선명하게 남아 있는, 어린 시절 에 대한 기억은 무지개를 잡으려고 천지 사방으로 쫓아다니던 일뿐이다. 그저 비유적 표현이 아니라 실제로 나는 소낙비가 그 치고 선명한 오색 무지개가 하늘에 그려질 적마다, 무지개의 뿌 리가 저 앞산에 닿은 것 같다는 상상에 젖어서 마구 달려가 본 적이 많았다. 무지개가 저만치 멀리 있다는 사실을 깨닫고는 축 처진 어깨로 귀가한 적이 한두 번이 아니었다. 이처럼 나는 왜 그런지에 대한 엄청난 궁금증으로 몸살을 앓다시피 했던 아주 엉뚱한 아이였다. 세상 사람들은 예사로 보아 넘기는 일들이 나에게는 이상스레 여겨졌다. 왜 그런 일들을 이상스레 여겼는지는 알 수 없었다. 심지어 닭은 왜 병아리를 낳지 못하고 알을 낳게 되었는지 궁금증에 빠져 보기도 했다. 밤마다 쏟아지는 별똥별을 바라보면서 '저 하늘의 모든 별이 별똥별로 사라져 버리는 데에 과연 몇 년이나 걸릴까? 그러한 생각까지 해 본 적도 있었다. 또는 찬란한 별들의 반짝임을 지켜보면서 저 별들은 과연 무슨 속삭임을 하고 있을까? 상상의 나래를 펼쳐보기도 했다. 어린 시절의 나는 여느 아이들과는 달리 무척 철학적인 의문에 사로잡혀 있던 아이였다. 철부지 적부터 엉뚱한 아이로 찍혀, 아이들 사이에서 소외되어 버리거나 따돌림의 대상이 되곤 했다.

우리 마을에 살던 내 또래 아이들은 나뭇가지나 맨손 또는 발길질로 장난삼아 각종 뱀을 잡아 죽이거나 개구리, 가재 등을 잡아 모닥불에 구워 먹으며 낄낄거리곤 했다. 하지만 나는 그런 일에 전혀 흥미를 느끼지 않았다. 그러다 보니 마을 아이들은 나를 이상한 아이로 취급했고, 심지어 놀림감이 되기도 했다. 때로는 그들이 심심풀이 삼아 하는 가해 놀이의 대상이 되기도 했다. 그때마다 같은 마을에 살던 5촌 조카 영규가 보호막이 되어 주었다. 그는 사촌 큰형님의 아들이었다. 나보다 나이가 한 살 위였지만 우리는 그냥 친구처럼 지냈다. 나와 달리 그는 품행이 방정했고 학교 공부도 잘했다. 영규는 반에서 늘 1, 2등의 성적을 유지했다.

한 번은 내가 초등학생 때의 일이었다. 초가집 대청마루에서 낮잠을 자다가 일어나 보니 나의 입이 한쪽으로 삐뚤어진 마비 증상에 걸려 있었다. 가족들이 깜짝 놀라 이웃 마을에 사는 무면허 침구사에게 나를 데리고 갔다. 거기에서 침과 뜸 시술을 받았다. 침구사는 입이 돌아가는 그런 마비 증상을 와사증이라고 했다. 나는 입이 나을 때까지 마을 아이들을 피해 다녔다. 어쩌다 골목길에서 아이들과 마주치면, 아이들은 나를 삐뚤이라고 놀리기에 바빴다. 하지만 그들에게 한마디도 맞설 수 없었다.

설상가상으로, 외톨이가 되어서도 호기심이 많았던 나는 학교에서도 담임선생님을 향해 느닷없는 질문을 던져 반 아이들의 눈총을 받거나 비웃음을 사기 일쑤였다. 예를 들면 '어째서 암소의 머리에는 뿔이 나지 않느냐?'와 같은 질문을 던졌는데, 어느 선생님이 이 질문에 올바른 대답을 할 수 있겠는가? 게다가 그 당시의 선생님 중에는 반 아이들을 매로 다스리는 것을 통해 즐거움을 얻는 사람도 있었다. 이른바 선생에 의한 교내 폭력이 일상화되어 있었다.

당시 시골 마을 안간초등학교 6학년 담임이었던 윤 선생은 군대를 갓 제대한 20대의 젊은 선생이라 그런지 일본 해군들이 빠따라고 불리는 것을 재미로 사용하고 때리는 것을 사랑의 매로 여겼다. 그는 아예 폭력을 최상의 훈육 수단으로 인식하는 듯했다. 그저 위협의 수단으로 야구 빠따를 휘두르는 것이 아니라, 실제적 체벌의 도구로 활용했다. 걸핏하면 단체 기합으로 아이들을 엎드려뻗쳐 시켜놓고, 아이들의 엉덩이에 매질을 가하곤 했다.

그 윤 선생은 어린 우리에게 사법고시나 행정고시에서 나올 법한 어려운 질문들을 곧잘 던지곤 했는데, 그 질문들의 답은 항상 내가 맞추었다. 그런 어려운 질문들은 나의 사유思惟 능력을 북돋워 주었다. 그런 나에게 선생은 수학 박사라는 별명을 붙여 주었다. 그러다가 어느 날 사건이 터지고 말았다. 생각만 해도 소름이 끼쳐 기억조차 하기 싫을 정도의 사건이다. 하필 그 사건의 주인공은 나였으니… 나는 그 선생에게 폭행당해서 장기의 일부가 항문 밖으로 삐져나오는 탈장이라는 변을 당하고 만 것이다. 그 때문에 연이틀 결석하게 되고, 그 선생은 우리 집에 찾아와 가족들에게 사과했다. 그때는 교권이 가부장 사회의 부권과 맞먹는 수준이라 우리 가족들은 그 선생의 사과에 아무 말도 하지 못했다. 그 당시 탈장을 당하고도 별다른 조치 않아서인지, 성인이 되어서 몇 차례 수술을 받았음에도 불구하고 아직도 나는 그 후유증에 시달리고 있다.

　요즘에는 의무교육이 흡사 대학까지 연장된 듯하다. 누가 대학생이 되었다는 사실도 극히 예사로운 일이 되어 버렸다. 그렇지만 내가 초등학교를 졸업한 1967년도만 해도 가정 형편상 중·고등학교에 진학하는 것을 부득이 포기해야 하는 학생들이 무척 많았다. 그런 면에서는 다행이었다고나 할까? 5촌 조카 영규는 진주중학교에 들어갔고, 나는 진주남중학교에 입학할 수 있었다. 정확히 기억나지는 않지만 백여 명의 초등학교 아이 중에서 중학교에 진학한 아이들은 10여 명 남짓밖에 안 되었다.

　우리 마을에서 진주남중학교까지는 대략 사십 리 길이었다. 살림살이 형편이 우리 집보다는 조금 나았던 사촌 형님은 진주 시내의 사랑채를 전셋집으로 마련하였다. 그리고 할머니께서 영규의 숙식과 뒷바라지를 전담하게 되었다. 영규는 경상남도 서부 지역에서 최고의 명문이라고 불리는 진주중학교에 전체 2등이라는 성적으로 입학했을 만큼 장래가 촉망되는 학생이었다. 나는 식객처럼 그 집에 얹혀살게 되었다. 우리 집에서는 내가 먹을 양식 정도나 겨우 부담했을까. 그것마저 확실치 않다. 영규의 할머니는 내게는 큰어머니였다. 행여 내가 서운하고 주눅이라도 들지나 않을까 봐 늘 세심하게 배려를 해주셨다. 어떤 음식이라도 영규와 내가 한자리에 있을 때만 내놓으셨다. 중학교 시절 나는 독서광이었다. 어떤 책이든 닥치는 대로 읽었다. 공부는 못하는 학생이었지만, 도서관에서 참 많은 책을 빌려 읽었다. 한편, 영규는 학생회장 선거에 출마했다가 낙선의 고배를 마셨다.

2 서울 생활

내가 초등학교에 입학했을 때, 박정희 육군 소장이 일으킨 5.16 쿠데타가 발발했다. 정권을 잡은 군부는 6.25 전후 복구사업을 펼쳤고, 이후 국가재건의 열기로 온 나라가 들뜬 시기가 이어졌다. 이 시기 군사정권은 수출 지향적 공업 국가로 나아가기 위해 여러 가지 정책 전환을 시도했다. 특히 시골 사람들이 농촌을 등지고 자꾸만 도시로만 몰려드는 이농 현상이 두드러졌다. 이때 대도시로 몰려든 수많은 청소년은 공돌이, 공순이란 말을 들으며 바쁘게 살아갔다. 공돌이, 공순이는 그 당시 신조어로 비하하는 뜻이 내포되어 있기도 했다.

변변찮은 학력의 농촌 총각이나 처녀들이 도시로 나와 몸담을 만한 일터래야 단순 노동력이 필요한 공장들뿐이었다. 일부 도시인들이 그들을 향해 천박한 노동자란 의미로 그렇게 부른 것이었다. 그래도 이농 현상은 막을 수 없었다. 고향에서 제아무리 애를 써서 농사를 지어 봐야 대도시 공장 일꾼들의 임금에 견줄

만한 수입을 올릴 수 없었기 때문이다.

그 당시 노동자들은 열악한 근로환경 아래에서 노동력을 착취당하다시피 했다. 하지만 국가적인 현실이 워낙 곤궁했으니 어쩔 도리가 없었다.

그때까지만 해도 경상남도 진주 땅에서 바라보는 서울은 가마득한 거리감을 느끼게 하는, 마치 별천지와 같은 곳이었다. 그야말로 특별한 볼일이 없고서야 서울에 한 번 다녀올 엄두조차 낼수 없었다. 서울까지 가는 기차는 주로 완행열차뿐이었고, 버스길도 재래의 국도밖에 없었다. 부산 금정구를 기점으로 하여 서울 서초구 원지동을 종점으로 하는 경부고속도로도 1970년 7월에나 완공되었다. 게다가 그 당시에는 전화라는 것도 보통 사람은 꿈도 꾸기 힘든 문명의 이기였다.

말은 제주도로, 사람은 한양으로 보내라는 옛말이 있다. 시대와 장소를 막론하고, 출세를 위해서든 돈을 벌기 위해서든 일단은 무조건 서울로 가야 한다는 것이 사람들의 보편적인 생각이었다. 그런데 어렵사리 중학교를 졸업한 나와 영규는 어쩔 수 없이 고향마을인 안간리로 돌아와 허송세월하고 있었다. 나는 가정 형편상 고등학교 진학은 꿈도 꿀 수가 없었다. 영규도 고등학교에 재학 중인 형이 있어 당장은 진학을 포기해야 했다. 빠듯한 농촌 살림살이에, 두 아들을 한꺼번에 고등학교에 보낸다는 것은 벅찬 일이었다.

영규와 나는 절친처럼 서로 말을 터놓고 지냈다. 영규는 나를 아재라고 불렀다.

"아재야, 니는 우얄긴데?"

어느 날 마을 앞산 기슭에 앉아 뭉게구름을 벗하며 앉아 있는 나에게 영규가 찾아와 불쑥 물었다. 그가 앞뒤 말을 생략하긴 했으나, 나는 단박에 그 질문의 요지를 파악했다. 장차 인생의 진로를 어떻게 설계할 것인지, 다소 거창한 물음을 던진 것이다. 중학교를 졸업한 몸으로 서울이나 부산으로 나가 공돌이 생활을 할 수도 있었다. 하지만 그렇게 살고 싶지 않았다. 나는 궁금한 것도 많았고, 독서 열도 남달랐다. 그래서 대학교에 가고 싶었다. 그렇지만 집안 형편이 워낙 궁핍해 냉가슴만 앓고 있었다.

"아재야, 우리도 서울로 토끼자!" '토끼다'는 빨리 도망치자는 뜻의 경상도 사투리다.

뜻밖에도 영규가 먼저 가출하자는 뜻을 내비쳤다.

"서울 가서 우얄긴데?"

영규가 무작정 서울행을 꿈꾼다는 사실은 알고 있었다. 그러면서도 나는 시침을 뚝 떼고 되물었다.

"돈벌이해서 검정고시를 봐서라도 대학에 갈기다."

그 말을 듣는 순간 나도 모르게 영규의 두 손을 덥석 잡았다. 누구에게 말한 적도 없고 그저 막연한 생각이었던 계획이 영규의 입에서 흘러나왔기 때문이다.

대한민국이 건국된 이후, 우리 정부는 유례를 찾아보기 어려울 만큼 국민교육 정책에 열을 올렸다. 부존자원이 워낙 빈약하기에 우리나라가 살길은 인재 육성뿐이라는 사실을 모를 위정자는 없었다. 정전 이후 1954년부터 한국 정부는 전국 문맹 완전 퇴치 계획을 결의하였다. 이에 따라 교육부, 내무부, 국방부, 공보실, 농림부, 보건사회부 등이 합동하여 국민교육반을 조직하고, 문맹 퇴치 운동을 거국적으로 전개했다. 아울러 가난한 집안에서 태어났지만 총명하고 향학열이 높은 젊은이들에게 교육 기회를 주기 위해, 궁여지책으로 초·중등교육법과 고등교육법 등에 의한 검정고시 제도도 시행하고 있었다. 검정고시 제도는 정규 학교의 교육과정을 이수하지 못했더라도 각 시·도 자치법규와 교육부 규칙으로 검정고시 등을 통해 중고등학교 입학 자격이나 대학 입학 자격 등을 부여하는 제도였다.

영규는 독학으로라도 검정고시를 봐서 대학에 가고 싶다는 뜻을 내비쳤다. 나도 전적으로 그와 생각이 같아 동행하기로 마음먹었다. 그때 우리는 나이가 어렸기에 세상이 얼마나 험난한지 제대로 알지 못했다. 생각 또한 극히 단순할 수밖에 없었다. 무식해서 용감하단 말마따나 세상 물정을 잘 몰랐기에 쉽사리 서울행을 결의할 수가 있었다. 가족들의 허락 하에 이뤄지는 공식적인 가출을 하기란 쉽지 않을 것 같았다. 우리는 그저 쥐도 새도 모르게 서울로 날아가고 싶었다.

　하지만 무일푼으로 집을 나설 수는 없었다. 당장 무임승차만 해도 꿈도 못 꿀 일이었다. 생각다 못한 나는 누님을 찾아가 은밀히 매달렸다. 서울로 갈 여비를 좀 달라고 졸라댔다. 어머니처럼 언제나 연민의 정으로 보살펴 주었던 누님은 큰 과수원을 하는 자형네에 시집갔다. 그 당시 시골에서 과수원을 하면 부자 축에 들었다.

　누님은 남몰래 꼬깃꼬깃 숨겨 놓았던 비상금과 함께 그때까지 본 적도 없고 들은 적도 없는 외사촌 형의 주소까지 내 손에 쥐어 주었다. 누님은 외사촌 형이 서울에서 무슨 공장을 운영하고 있으니 너 하나쯤은 보듬어 줄 수도 있을 것 같다는 말도 더해 주었다. 영규는 보나마나 할머니 목에 매달려 여비를 마련한 게 틀림없었다.

　1971년 봄, 나와 영규는 전형적인 시골뜨기의 모습으로 진주 땅을 뒤로했다. 우리의 꿈은 기대 반 두려움 반으로 채워졌다. 사람들이 일러 주는 대로 진주역에서 완행열차에 몸을 실었다. 진주에서 서울로 직행하는 열차가 없어서 마산을 경유했다. 삼랑진에 도착한 후 거기서 경부선 열차를 갈아타는 방법을 택했다. 나와 영규는 기차를 타고 하는 장거리 여행도 난생처음이었다. 희미한 기억을 더듬어 보자면, 우리는 꼬박 이틀이 걸려서 서울 용산역에 도착했던 것 같다. 흔히 하는 말처럼 새벽차로 용산역에 도착한 촌닭이 되어 버렸다. 우리는 역전의 허름한 식당에서 국밥으로 요기했다. 그리고 기웃거리듯이 서울 구경을 했다. 남대문을 구경했고, 광화문도 보았다. 남산도 바라보았으며 을지로를 걸어 보기도 했다.

이윽고 밤이 닥쳐왔다. 우리는 용산역 부근에 있는 경남여인숙에 투숙하기로 했다. 경남에서 올라온 촌놈들이어서 경남여인숙이란 간판에 이끌린 것이다. 그날 밤이 이슥했을 때였다. 누군가가 방을 노크했다. 영문도 모른 채 문을 열어 보니 여인숙의 주인아주머니가 우리를 찾아온 모양이었다. 50대 중반인 여주인은 성격이 아주 서글서글하기가 이를 데 없었다.

"총각들은 어데서 왔노? 말투가 경상도 같더라마는?"

"우리는 진주서 왔심더."

"그라모 너거들 일자리 찾아서 올라온 거제?"

나와 영규의 두 눈이 허공에서 마주쳤다. 우리는 동시에 똑같은 대답을 했다.

"그렇심더."

"그라모 잘 됐다. 두 사람 중에 누가 우리 집 같은 이런 여인숙의 조바 노릇을 좀 안 해 볼래? 잠자리도 제공하고 밥도 먹여 줄 기고, 많지는 않지만도 월급도 쪼매 줄기다. 운수 좋은 날에는 손님들한테서 팁도 쫌 생길 기고!"

영규와 나는 시선을 마주쳤다.

"아재가 가 봐라!"

영규가 일단 양보하는 자세를 취했다.

"좋심더. 그라모 지가 해 보겠심더."

그러자 주인아줌마는 영규를 향해 말했다.

"총각 니는 쫌 기다려 봐라. 저게 있는 중국집에서 철가방을 구한다고 했으이 내가 알아 보꾸마."

그래서 나는 졸지에 숙박업소의 조바라는 일자리를 얻게 되었다. 삼각지에 있는 육군 본부 곁의 허름한 여인숙으로, 그렇게 하기 싫었던 공돌이와 별 다를 바 없었다. 조바는 여인숙에서 잔심부름을 하는 사람을 이르는데, 주로 하는 일이란 투숙 명단을 작성하거나 손님들에게서 대실료나 숙박비를 받아 주인 아주머니나 아저씨에게 전해주는 일이었다.

내가 떠난 지 이틀 후에 영규도 남영동에 있는 무슨 스탠드바 웨이터가 되었다. 만약 우리가 어린 처녀였다면 버스 여차장이 되었을지도 모를 일이다. 서울에 처음 왔을 때, 여러 골목길의 벽보판에 버스 여차장을 구한다는 전단지가 다닥다닥 붙어있는 걸 본 적이 있었다. 그때 왜 남자 차장을 구하는 버스 회사는 없느냐는 말을 주고받았었다.

나는 여인숙의 조바 노릇을 오래 하지 못했다. 불량배나 깡패들이 횡포를 부리거나 취객들이 횡설수설을 늘어놓는 일들은 흔히 있었다. 게다가 발가벗은 남녀들의 스킨십을 보거나, 방에서 들리는 이상한 소리를 들어가며 사는 것에 진저리가 나고 말았다. 그때 나는 사람들이 밤에만 숙박업소를 이용하는 것이 아니란 사실도 알았다. 게다가 여인숙 일과 공부를 병행하기란 아무래도 불가능에 가깝다는 것도 깨달았다. 그래서 서울 동국대학교 인근 묵정동에 사는 외사촌 형을 찾아갔다. 그 형은 비닐 제품을 생산하는 '아진 플라스틱'이라는 회사에 다니다가 독립하여 소규모 회사를 경영하고 있었다. 방산시장에서 비닐 원단을 구매하여 포장재, 책받침, 단행본 표지 커버 등을 가공생산하는 회사였다.

그새 누님이 외사촌 형에게 편지를 띄워 나의 상경 사실을 알리고, 만약 내가 찾아오게 되면 선처를 부탁한다는 말도 해 둔 것 같았다. 말수가 적은 형이 나를 맞이했다. 내 말을 다 들은 형은 여인숙 같은 데서 일하는 것보다는 여기서 일하는 게 나을 것 같다고 했다. 형의 조언에 따라 나는 20명가량 되는 직공들과 함께 비닐 가공 공장 일을 하게 되었다.

3 좌충우돌의 세월

공장에서 일하게 되면서 영규의 얼굴을 볼 수 없게 됐다. 어느 날 점심시간에 영규가 공장 사무실로 전화해서 겨우 목소리를 들을 수 있었다.

"아재가?"

"응, 그래. 니는 아직도 무교동에서 일하나?"

"아이다. 내는 시골로 내려왔다."

'시골로 갔다고?'

나는 영규가 잘했다고 생각했지만 차마 말하지 못했다. 적절한 대답이 생각나지 않아 우물쭈물하고 있는데 영규가 말했다.

"내 걱정은 하지 말고 아재나 서울에서 잘 살아라! 그리고 또 무슨 일이 생기모, 내가 전화할게 아재야."

영규가 전화를 끊었다. 영규도 술집 웨이터 노릇을 오래 하지 못하고 고향으로 내려가 버린 모양이었다. 아마 영규가 술집에서 일한다는 사실을 알게 된 진주 집안에서 난리가 난 것 같았다.

영규가 어떻게 설득됐는지 자세한 내용은 알 수 없었다. 그는 독학일지라도 어떻게든 공부만 할 수 있는 여건을 찾아낸 것 같았다. 그의 일상생활이 어떨지 눈에 선했다. 영규는 고등학교 입학 자격 검정고시와 고등학교 졸업 학력 검정고시에 합격하여 대학에 들어가겠다는 일념에 사로잡혀 있었다. 그래서 그의 일상은 매우 단순했다. 영규의 아버지는 만약 영규가 독학으로 대학입시에 합격하면 등록금을 대주기로 약속을 한 것 같았다. 얼마 후, 영규가 대구에 있는 한 회사의 경비원으로 근무하며 독학한다는 소식을 들을 수 있었다.

영규와 달리, 나의 일상은 좀체 갈피를 잡을 수 없었다. 일이 너무 많아서 공부할 시간도 부족했다. 같이 일하는 외사촌 형은 무뚝뚝하긴 해도 마음은 선했다. 그러면서도 맺고 끊음이 확실하고, 매사를 정확하게 처리하는 것으로 정평이 난 사람이었다. 예를 들어 비닐 손지갑 1천 개를 주문받으면, 하늘이 두 쪽 나도 제 시각에 납품해야 직성이 풀리는 사람이었다. 그런 외사촌 형의 성격 때문에 납기일을 맞추기 위해서 밤샘 작업하는 경우가 잦았다. 그러다 보니 대학에 진학하겠다는 나의 꿈은 점점 멀어져 가고 있었다.

생활이 갈피를 잡을 수 없게 된 이유는 환경 때문만은 아니었다. 내가 책벌레로 변한 것이 가장 큰 원인이었다. 책벌레가 되더라도 입시 위주의 수험서를 탐독하였더라면 그나마 나았을 것이다. 그러나 어느 틈엔가 나의 손에는 영어나 수학 교재가 아닌 인문학 분야의 책들만 들려 있었다.

외사촌 형의 비닐공장에서 숙식을 해결하고, 많지는 않아도 월급을 꼬박꼬박 받으니 먹고 사는 걱정은 사라졌다. 그러다 보니 책벌레 근성이 다시 도졌다. 그때는 골목마다 책을 빌려주는 작은 책방이 있었다. 신분과 주소를 밝히고 돈을 내면 내가 읽고 싶은 책들을 며칠간 빌려 볼 수 있었다. 나는 하루가 멀다고 도서 대여점을 들락거렸다. 물론 그곳에 있는 책들은 고품격의 인문 서적이나 전문 서적은 아니었다. 베스트셀러 위주의 대중 소설이나 가벼운 에세이 형식의 교양서가 주종이었다.

쥐꼬리만 한 월급을 가지고 즉시 서점으로 달려가 책을 사는 일이 삶에 가장 큰 낙이었다. 특히 종로2가에 있는 종로서적을 좋아했다. 종로서적은 우리나라에서 가장 오랜 역사를 지녔다고 한다. 거기에서 수많은 책을 구경하다가 신간을 골라 사는 기쁨은 그 어디에도 비할 수 없었다. 청계천 평화시장에는 헌책방들이 촘촘히 늘어선 거리가 있다. 거기에서 새 책이나 다를 바 없는 귀한 책들을 생각지도 못한 가격에 싸게 얻기도 했다. 그런 일이 생기면 천운이 따랐다고 여겼을 만큼 기뻐했다.

그때 종류를 가리지 않고 읽었다. 어떤 목표나 특정 주제를 정해 놓고 그에 맞는 자료만 섭렵하는 독서가 아니었다. 그저 내 궁금증을 풀 수 있는 책들만 골라 읽었다.

소설 읽는 재미에 푹 빠져 밤을 새운 적도 많았다. 우리나라 소설 중에는 이광수의 『무정』과 『흙』, 김동인의 『감자』를 읽은 기억이 난다. 톨스토이의 『부활』, 도스토예프스키의 『죄와 벌』, 까뮈의 『이방인』 같은 번역 소설도 읽었다. 그중에서도 『데미안, 지성과 사랑』 등 헤르만 헤세의 작품을 좋아했다. 인생이란 무엇인가에 대한 의문을 풀어보고자 톨스토이의 『인생이란 무엇인가?』를 읽었고 야스퍼스의 『철학』과 『이성과 실존』, 그리고 염세 철학자로 알려진 쇼펜하우어의 『인생론』이나 『사랑은 없다』 같은 책도 읽었다. 괴테의 희곡 『파우스트』도 읽었는데, 내 마음속에 깊은 여운을 남긴 책이었다.

다른 사람에게는 그때의 내가 엉뚱한 놈으로 보였을 것이다. 여관 조바 주제에 혹은 비닐공장의 공돌이 주제에 밤만 되면 혼자 어디선가 쭈그리고 앉아 세계 명작 소설이나 심오한 철학서를 읽고 있으니 말이다. 그 무렵에 읽은 책이 천여 권은 되었을 것이다. 그렇게 많은 책을 읽으면서도 줄곧 궁금해서 견딜 수가 없었다.

‘삶이란 무엇인가?’

‘왜 살아야 하는가?’

‘죽음이란 무엇인가?’

'죽으면 나의 모든 것이 사라지고 말 것인가?'

'영원한 생명을 얻는 방법은 무엇일까?'

하는 의문들을 품고 밤잠을 설친 적이 많았다. 나는 기독교를 알고 싶었다. 요즘은 금지되어 있지만, 그때는 새벽마다 교회에서 마음껏 종을 쳤다. 심지어 종소리를 스피커로 내보내기도 했다. 코러스로 된 찬송가를 내보내는 교회도 있었다. 교회에서 들려 오는 종소리나 찬송가를 들을 때마다 과연 하나님이 존재하는지 의문에 휩싸이곤 했다. 다른 사람에게 이끌려서가 아니라, 스스로 서울 중구 수표동에 있는 영락교회를 찾아가 신자가 되고 싶다고 말했다. 나중에 안 사실이지만, 이 교회는 예수교 장로회 총회장 한경직 목사가 창립했다.

마태복음 11장 28절에 '수고하고 무거운 짐 진 자들아, 다 내게로 오라, 내가 너희를 쉬게 하리라'는 구절이 있다. 이 구절에 마음이 이끌려 기독교 신자가 되었는지도 모르겠다. 구원받기 위해, 혹은 하나님께 선택받기 위해 교회를 다녔다. 그러면서 틈나는 대로 성경 읽기에 빠져들었다. 눈앞에 천국을 그리며, 정신없이 구약성경과 신약성경을 몇 번이나 읽고 또 읽었다. 아픈 눈을 비벼가며 다섯 차례는 통독했던 것 같다. 그래도 성에 차지 않았다. 나는 좀 더 하나님 곁에 가까이 가고 싶었다. 하나님을 목청껏 찬양하고 싶어서 성가대원이 되려고도 했다. 신선놀음에 도낏자루 썩는 줄 모른다는 말이 있다. 그 말처럼 독서와 신앙에 빠져서 세월 가는 줄 몰랐다.

　어느 날 영규가 찾아왔다. 우리는 장충단 공원을 함께 걸으며 그동안 있었던 일들을 터놓고 이야기했다. 영규가 직접 말하지는 않았지만 단박에 눈치챌 수 있었다. 그는 누님의 부탁을 받고 내가 어떻게 사는지 보기 위해 온 것이었다. 영규는 명절 때마다 내가 왜 고향에 오지 않느냐는 질문도 숱하게 들었던 모양이다. 누님은 내가 죽었는지 살았는지도 몰랐을 것이다. 그 정도로 고향에 아무 소식도 전하지 않았다.

　영규는 건축학과 야간부에 입학했다고 말했다. 그 말을 듣는 순간 어느새 많은 시간이 흘렀다는 사실을 깨달았다. 대학생이 된 영규를 보니 비로소 대학에 진학하겠다는 나의 꿈이 물거품이 되었다는 사실을 확실히 깨닫게 되었다. 마음속으로만 품었던 과학자가 되고 싶다는 꿈이 사라진 것이다.

　그날 우리는 장충단 공원에서 이런저런 얘기를 나누다가 근처에 있는 한식당에서 저녁을 먹었다. 소주도 한잔했다. 나는 영규에게 대학 입학을 축하하며 열심히 공부하길 바란다는 덕담만 했다. 영규는 별말을 하지 않았다. 나를 측은하게 여기는 것 같았다.

　영규와 헤어지고 혼자 숙소인 비닐공장으로 발걸음을 옮기는데, 길가에 있는 전파사 스피커에서 「고별」이란 대중가요가 흘러나왔다. 당대의 인기 가수 홍민의 노래였다.

 눈물을 닦아요! 그리고 날 봐요!
 우는 마음 아프지만 내 마음도 아프다오
 고개를 들어요! 한숨을 거두어요!
 어차피 우리는 이제 헤어져야 할 것을
 사랑은 그런 것 후회는 말아요
 기쁘게 만나 슬프게 헤어져
 그런 줄 알면서 우리 사랑 한 것을
 운다고 사랑이 다시 찾아줄까요
 사랑은 그런 것 후회는 말아요
 기쁘게 만나 슬프게 헤어져
 그런 줄 알면서 우리 사랑 한 것을
 운다고 사랑이 다시 찾아줄까요

 서서히 통기타 시대를 향해 가고 있긴 했지만, 그때 가요계는 여전히 나훈아와 남진이 경쟁하던 시대였다. 팬들도 이 둘로 크게 양분되어 있었다. 하지만 나는 홍민의 노래를 좋아했다. 홍민의 노래는 호소력이 짙었다. 그의 노래를 들을 때마다 잡다한 생각들이 씻겨나갔다.

4 가수의 꿈

내가 젊은 시절에는 클래식 음악이나 오페라 같은 고급문화의 아성이 무너지고 있었다. 그동안 저속하다고 여기던 대중문화가 주류적 정서로 자리매김하고 있었다. 그러면서 통기타와 호스티스 문화의 전성기가 도래하고 있었다. 나는 대중가수가 되겠다는 생각을 품어본 적이 있다. 남몰래 무교동에 있는 유명한 음악감상실인 쎄시봉에도 몇 번 들락거렸다. 거기서 콧수염 가수 이장희의 노래에 심취하기도 했다. 젊을 때는 누구나 자신을 연예인과 동일시한 적이 있을 것이다. 나 또한 예외는 아니었다. 끼도 좀 있었다.

한편 스무 살, 열혈 청년이 된 나는 외사촌 형에게 해군에 자원입대하겠다고 했다. 외사촌 형은 어차피 군대는 다녀와야 할 테니 내키는 대로 하라고 했다. 어쩌다 해군본부 정훈실에서 낙도기동 홍보단 요원을 모집한다는 소식을 듣게 되었다. 해군 기동홍보단은 연예단과 다를 바 없는 조직이었다. 그래서 마음이 끌린 것이다.

1974년 7월 1일, 대한민국 해군에 자원입대했다. 면접 때 홍민의 노래「고별」을 불렀고 합격할 수 있었다. 진해 경화동에 있는 해군 교육사령부 소속 해군 훈련소에서 3개월간 신병 교육 훈련을 받았다. 입영하면 인성검사와 신체검사를 받게 된다. 그리고 체력을 측정하고 보급품을 받는다. 입영 첫 주에 하는 신체검사에 합격하지 못하면, 가차 없이 귀향 조치 된다. 혹시나 그렇게 되지나 않을까 걱정을 많이 했는데, 그런 불상사는 일어나지 않았다. 신체검사에 합격한 후 훈련병으로 편성되었다. 그리고 생활관을 배정받았다. 거기에는 내가 사용할 침대와 소지품을 넣는 함 등이 있었다. 앞으로 석 달 동안 함께 지낼 낯선 훈련병들도 만났다. 주말에는 군대식으로 머리를 짧게 깎았다. 그런 후에 앞으로 군인으로서 갖추어야 할 기본예절과 내무 생활교육을 받았다. 입단식을 마친 후에야 비로소 본격적인 훈련을 받게 되었다. 12주 동안 애지중지 다뤄야 할 개인 병기를 받았다. M1 소총을 처음 손에 들자 섬찟한 느낌이 들었다. 비로소 내가 군인이 되었다는 사실을 실감했다. 군인 자세를 갖추기 위해 제식훈련을 받았고, 체조와 태권도도 배웠다. 정훈교육과 정신교육을 받으며 군인정신을 함양했고, 군 생활의 밑바탕이 되는 기본 지식을 습득했다. 그럼으로써 충무공을 본받아 해군으로서의 자부심과 필승의 신념을 갖게 되었다.

교육받을 때, 어느 교관이 이런 말을 했다. 너무도 인상적이어서 아직도 기억 속에 남아 있는 말이다.

"우린 모두 돼지들이다. 잔치가 벌어지면 가장 먼저 돼지가 희생되듯이 전쟁이 터지면 우리 모두 소모품이 되어야 한다. 전쟁의 논리는 아주 간단명료하다. 내가 적을 먼저 죽이지 못하면 내가 먼저 죽는다. 전쟁에서 승리하기 위해서는 수단과 방법을 가리지 않는다."

해군에서만 실시하는 전투 수영 훈련도 받았다. 5일간의 전투 수영 훈련하는 기간에 훈련병들은 적어도 25m를 수영할 수 있는 능력을 갖추어야만 했다. 비상시 배를 떠나는 생존 훈련을 하며 물에 대한 적응력도 높였다. 수영 훈련이 끝날 때쯤 훈련병들은 제법 해군다운 수영 실력을 갖추게 되었다.

그리고 신병 교육과정 중에서 가장 힘들다는 극기 및 야전 교육 훈련을 받았다. 예를 들면 사격훈련, 유격훈련, 장애물 극복, 유격 체조, 각개전투, 화생방훈련 같은 것들이다. 이때 '훈련은 전투답게, 전투는 훈련답게'라는 말을 정말 많이 들었다. 이 훈련을 통해 체력이 월등히 향상되었다. 교관들은 이러한 힘든 훈련을 통해 전우애가 함양된다고 했다. 그리고 극한의 고통을 견디며 어떤 어려운 상황도 극복할 수 있는 극기심이 배양된다고 말했다. 야전 교육대 훈련을 마친 훈련병들은 바다가 훤히 내려다보이는 진해 최고봉인 웅산의 천자봉을 행군하여 신병교육대대로 복귀했다.

수료 전날, 전우의 밤 행사가 열렸다. 이때 동기생, 훈육 요원과 하나가 되는 시간을 가졌다. 신병교육대에서의 마지막 밤이었다. 정모 수여 및 수료식 행사에서 지난 석 달 동안 멋진 해군이 될 수 있도록 애써준 훈육 요원들이 우리를 격려해 주었다. 우리는 수료식에 참석한 부모님에게 정모를 받음으로써 정예 해군으로 다시 태어났다. 군은 가족과 따뜻한 시간을 보낼 수 있도록 당일 외출과 면회를 허락해 주었다. 하지만 수료식 행사장에서부터 나는 외톨이 신세였다. 마치 천애 고아처럼 보였다.

내가 알리지 않았기에, 우리 가족들은 내가 해군에 입대한 사실을 몰랐다. 외사촌 형이 가족들에게 내 소식을 전할 법도 했지만, 그 형은 그럴 성격이 아니었다. 그래서 무사히 훈련을 마치고 늠름한 해군이 된 나의 모습을 자랑스럽고 대견스럽게 보아줄 이 하나 없었다. 진주 우리 집에서는 병무청에서 보낸 입영통지서를 받고서야 허겁지겁 나의 행방을 찾았다. 그리고 그제야 내가 해군 훈련소에 있다는 사실을 알게 된 모양이었다. 그리고는 나를 찾는 일을 그만두었다.

기본 훈련을 마치고 해군 이병이 되어 해군 정훈실 소속 '낙도 기동홍보단'에 배속되었다. 낙도 기동홍보단은 1969년 9월 5일에 창설되었다. 낙도는 교통과 통신 등의 인프라가 열악한 곳이었다. 육지와의 접근성이 부족하고 정부의 통제가 제대로 미치지 못해서 북한 공작원들의 활동무대가 되기에 안성맞춤인 곳이기도 했다.

해군은 베트남 전쟁 등을 겪으며 지역 주민의 마음을 얻는 것이 무엇보다 중요하다는 사실을 알고 있었다. 그래서 낙도 주민의 마음을 얻기 위해 자체적으로 홍보단을 창설한 것이다. 다행히 해군홍보단은 낙도 주민들의 환영을 받았다. 낙도는 비교적 궁핍한 곳이어서 도민들은 교육, 의료, 문화 등의 혜택을 보기가 힘들었다. 우리 홍보단은 낙도 주민들을 위해 우리 국방 홍보반과 함께 의료진료반을 구성했다. 이를 통해 주민들에게 진료와 이발을 해주었고 또 위문 공연을 하고, 일손이 필요하면 가서 돕기도 했다. 연필, 노트 같은 위문품도 전달했다. 그래서 우리 홍보단이 낙도에 도착하는 날은 주민들이 우르르 몰리면서 마치 잔칫날처럼 되어 버렸다. 1975년 6월 17일 중앙일보에는 다음과 같은 기사도 실렸다.

〈낙도에 기동홍보단 20여 개 섬 순방길에〉
해군 낙도홍보단은 17일 인천항을 출발, 대흑산도 등 20여 개 섬의 순방길에 올라 금년도 제3차 낙도 홍보 활동에 들어갔다. 오는 7월 9일까지 24일 동안 전개될 낙도 홍보 활동에서 해군은 섬 주민들에게 반공 강연과 무료 진료를 편다. 한편 이번 3차 홍보단에는 양지회 회원 10여 명도 동승했는데 국가정보원에서 퇴직한 사람들의 친목 단체였다.

낙도홍보단에는 대대로 연예인이 많이 복무했다. 한무 선배님이 홍보단 1기였고, 고영수 선배님은 같은 훈련병이었다. 후배 기수로는 그룹 '작은 별 가족'의 멤버 강인원이 있고, 한참 후의 기수로는 김용만, 지석진 그리고 가수 김건모 등이 있다. 「독도는 우리 땅」을 부른 전광태는 낙도홍보단 오디션에 참가한 적이 있다. 나는 록밴드 그룹의 기타리스트 김원식과 각별한 사이였다. 가수 전영록의 아버지이기도 한 황해 님과 이대엽 님, 서수남 님, 하청일 님 등이 출연한 「바다의 사자들」이라는 영화에서는 우리가 대원들로 보조출연하기도 했다.

지금은 거의 일어나지 않는 일이지만, 예전에는 낙도로 공연하러 다니다가 악천후로 배가 좌초하는 일이 많았다고 한다. 그 바람에 무인도에서 며칠 굶고 추위에 시달리다가 구조된 적도 있었다고 한다. 민간인들이 많이 섞여 있던 국방홍보원과는 달리 낙도홍보단은 해군본부 직속이었다. 그래서 대개 영내에서 생활했다. 공연차 외부로 나가더라도 연예병사들처럼 통제를 벗어나 자기들끼리 외부 음식점 같은 곳에 갈 수도 없었다. 상급자가 연예병사에게 존댓말을 하면서 굽신대는 모습도 상상할 수 없는 일이었다. 그래서 우리 수병들의 대외적 이미지는 매우 좋은 편이었다.

하얀 해군복을 입고 낙도 기동홍보단원으로 복무했던 3년이 삶에서 가장 즐거웠던 시절이었다. 나만의 고뇌나 번잡한 일상사에서 벗어나 있던 시절이었기 때문이다. 무조건 명령에 따라야 하는 게 군대 생활이다. 일단 타율에 길들면, 골치 아픈 일도 별로 없다.

그때 나의 별명은 고인돌이었다가, 나중에는 석가모니로 바뀌었다. 남들이 보기에 나는 조용히 책이나 보는 무던한 군인이었다. 후배들에게도 싫은 소리 한마디 하지 않았다.

해군 말년 병장 시절, 이상형의 여인을 현실에서 만났다. 어느 날 해군복을 입고 버스를 탔다. 바로 그 버스 안에서 갓 숙녀티가 나는 그녀를 처음 보게 되었다. 초등학생 때 오혜숙을 짝사랑한 이후, 23년 동안 연애 한 번 못 해 본 나의 가슴은 마냥 쿵쿵거렸다. 말 그대로 첫눈에 반한다는 말이 무엇인지 실감했다. 나는 그만 넋을 잃고 말았다. 그녀가 버스에서 내릴 때, 나도 모르게 몸이 그녀를 뒤따랐다. 그녀의 집 가까이 따라갔을 때, 그녀가 돌아서면서 한동안 나를 노려보았다.

"왜 자꾸 따라오죠?"

그녀가 물었다. 하지만 그녀는 나로부터 악의나 무서운 분위기는 느끼지 않은 것 같았다.

"차 한잔 하면서 이야기나 좀 하고 싶어서…"

나는 어눌한 말투로 더듬거렸다.

"그럼 좋아요!"

나의 모습에서 순진함을 느꼈는지 그녀는 먼저 길가에 있는 찻집으로 들어갔다. 드디어 우리는 마주 앉게 되었다. 그녀는 훗날 미스 코오롱이 되어 사보 표지 모델이 되었을 정도로 아름다운 여인이었다. 그녀의 이름은 정성미였다. 소심한 나에게 비교하면 그녀는 활달했다. 구김살이나 그늘짐이 전혀 없었다. 우리는 찻집에서 거의 한 시간 동안 대화를 나누고 헤어졌다. 그때 내가 무슨 말을 어떻게 했는지 잘 기억나지 않는다. 아마 내가 나쁜 사람은 아니니 사귀지 않겠냐는 취지의 말을 했던 것처럼 생각되지만 그녀는 나에게 연락처를 알려 주지 않았다. 다만 부대의 전화번호를 메모하며 자기가 연락하겠다는 약속만 했다. 부대로 돌아와서 그녀에게 전화가 오기를 학수고대했다. 그녀와 만날 때를 대비해 몇 편의 시를 쓰기도 했다. 그녀를 생각하며 먼산바라기를 하기도 했다. 한 달여가 지난 어느 날, 뜻밖에도 그녀가 우리 부대 행정반으로 전화를 걸어 나를 찾았다. 나는 천사의 부름이라도 받은 듯 급히 외출증을 끊었다. 마치 새처럼 날다시피 달려가 그녀를 만났다.

그날 난생처음 사랑스러운 여인과 데이트를 즐겼다. 어딜 가나 남자들의 시선이 그녀를 향했다. 차를 마시면서 우리는 많은 이야기를 주고받았다. 그녀에게 노래를 불러 주고, 문학과 삶에 관한 얘기를 했다. 그녀는 듣는 둥 마는 둥 했지만 말이다. 우여곡절이 많았지만 우리는 3년간 데이트를 즐겼다. 어떤 날은 찻집에서 한 시간을 기다리다가 혼자 교회를 다녀오기도 했다. 그녀와 함께 거제도에 여행을 갔던 적도 있다. 특히 해금강 유람선 데이트는 마치 꿈결 속의 순간처럼 가슴 속에 영원히 각인되었다.

제1부 출가의 인연

파경

1977년은 우리나라 역사에서 매우 뜻깊은 해다. 1960년대에 최빈국이었던 우리나라는 이 해에 국민소득 1천 달러, 수출 1백억 달러를 달성했다. 불과 15년 만에 중진국으로 발돋움한 것이다. 그야말로 한강의 기적이다. 내가 3년 간의 해군 생활을 마치고 현역병에서 전역한 날도 1977년 6월 30일이었다.

하지만 막상 제대하고 보니, 앞으로 어떻게 살아가야 할지 눈앞이 캄캄했다. 의식주를 해결하기 위해서는 돈이 필요했다. 하지만 예비역 해군 병장에게 돈이 있을 리 없었다. 나이도 24세나 되어서 중국집 철가방이나 여관 조바로 나설 수도 없었다. 궁여지책으로 비닐공장을 운영하는 외사촌 형을 찾아갔다. 비닐 제품 제조공장 운영을 천직으로 아는 고지식한 형은 여전히 그 자리를 지키고 있었다. 나는 형을 찾아가 너스레를 떨며 제대 신고를 했다.

"형님. 못난 동생, 제대 신고하겠습니다!"

"그래 반갑다. 고생했어!"

외사촌 형은 반갑게 손을 잡아 주었다. 형은 여전히 20여 명의 직원을 거느린 채, 웬만한 일은 손수 처리했다. 형은 항상 작업용 면장갑을 끼고 있었다.

"그래. 동생은 앞으로 뭐 할 거냐?"

"글쎄요."

"별다른 계획이 없다면 우리 공장에서 일 좀 더 하지 뭐!"

마지못해 툭 던지듯 하는 외사촌 형의 한마디에 눈시울이 뜨거워졌다. 형은 뜨거운 정을 속에 담아두고, 겉으로는 목석처럼 사는 사람 같았다. 나는 외사촌 형의 공장에서 다시 일하게 되었다. 선택의 여지가 없었다. 고향에 내려가봤자 농사지을 땅도 없었다. 그렇다고 학벌이 그럴듯해서 회사 사원모집에 응시해 볼 수도 없었다.

이윽고 새가 둥지를 벗어나듯, 외사촌 형의 공장에서 벗어나야 할 때가 되었다는 생각을 했다. 내가 사장의 피붙이라서 그런지 공장 일꾼들도 은근히 불편하게 여기는 것 같았다. 그래서 외사촌 형에게 독립하고 싶다는 뜻을 넌지시 비쳤다.

"동생 생각이 그렇다면 그렇게 해야지."

외사촌 형도 진작 그럴 생각이었다는 듯 순순히 내 뜻을 받아들였다. 나는 외사촌 형네 공장과 그리 멀지 않은 장충동 부근에

플라스틱 가공 업소를 차렸다. 물론 외사촌 형과 누님에게 돈을 빌려야 했다. 나는 7, 8명의 직원을 채용하여 공장을 운영하게 되었다. 그간 외사촌 형에게서 배운 것이 큰 도움이 되었다. 형은 거래처를 터 주기도 했다. 이처럼 외사촌 형의 도움으로 사업이 순조롭게 출발할 수 있었다.

지금도 우리 일상에서 비닐 제품들이 필수품처럼 쓰이고 있다. 플라스틱 필름은 폴리에틸렌, 폴리프로필렌, 폴리에스터 등 다양한 재질이 있고, 셀룰로스 계열의 바이오 필름도 있다. 1860년대에 발명된 플라스틱 필름을 우리나라에서만 비닐이라고 불렀다. 영어권에서는 이 비닐을 그냥 플라스틱이라고 한다. 비닐백도 플라스틱 백이라고 부르고 있다.

그때 나는 출판사에서 출고하는 단행본 표지의 비닐 커버를 주로 만들었다. 그런데 1978년 말에 불어닥친 제2차 석유 파동 때문에, 사업이 그만 고빗길에 들어서고 말았다. 석유 파동은 중동전쟁으로 OPEC(석유수출국기구)의 이집트와 사우디아라비아가 중심이 되어 리비아, 아랍 공화국, 이라크, 이란제국, 시리아, 튀니지 등이 손잡고 석유를 감산함으로써 발생했다. 거래처 출판사들이 연이어 부도를 내는 바람에 버틸 재간이 없었다. 사업을 시작한 지 3년여 만에 두 손을 들고 말았다.

이 시기, 아직도 진심으로 참회하고 있는 사건이 일어난다. 이 사건의 주인공은 바로 황윤희다. 그녀도 나처럼 중학교를 졸업한 후 일터로 나섰다. 심성이 순박하고 매사에 헌신적이 여성이었다. 그녀도 책 읽기를 좋아하고 노래를 잘 불렀다. 나와 듀엣으로 노래를 부르기도 했다. 이처럼 그녀와 나는 잘 통했다. 그녀는 내가 운영한 비닐 가공 공장의 직원이었다. 우리는 서로 좋아했기에 그녀는 임신까지 하게 되었다. 하지만 그녀를 책임질 자신이 없었다. 그녀는 나를 떠나갔다.

황윤희는 공장 경영이 어려울 때마다 나에게 용기를 북돋워 주던 여인이었다. 그녀는 순정을 다 바쳤던 여인이었으며 누구에게나 호감을 주는 여성이었다. 하지만 나는 끝내 그녀에게 마음의 문을 열지 못했다. 그녀는 눈물을 삼키며 내 곁을 떠났다. 언젠가 그녀를 만나게 되면, 두 무릎을 꿇고 눈물로 용서를 빌고 싶다. 그녀를 행복하게 해주어야 한다고 생각하면서도, 결국 불행하게 만들고 만 것이다.

'신神은 과연 정의로운가?' 사람들은 이런 의문을 품는다. 평생 양심에 따라 행동하고 바른길만 걸어왔는데도, 갑자기 사고가 나고 병에 걸리며 가난하게 사는 것도 신의 시험인 것일까?

어렸을 적에는 부잣집 아들이 돈을 펑펑 쓰며 호의호식하는 모습을 보며 부러워하기도 했다. 그러나 그 방탕함 때문에 가난해지고 초라해지는 모습도 보았다. 부자는 자식에게 돈을 물려

주는 것이 아니라, 양심과 정의를 가르쳐야 했다. 자식이 근면, 검소, 정직함을 배웠다면 더 큰 부자가 되었을 텐데 하는 아쉬움을 갖기도 했다.

그 당시에 나는 구약성서의 욥기에 심취해 있었다. 욥기는 신학자들도 성서 중에서 가장 난해하다고 여기는 부분이다. 욥기의 내용은 대략 다음과 같다.

우스 땅에 욥이 살았다. 그는 의로운 사람이었다. 또 수많은 가축을 기르는 부자였다. 7남 3녀나 되는 자녀를 키우며 행복한 인생을 살고 있었다. 욥의 어원은 박해받는 자, 미움받는 자라고 한다. 이름처럼 욥에게 고난이 닥친다. 사탄이 하나님의 허락을 받아 욥에게 엄청난 고난을 준 것이다. 욥의 자녀들이 일시에 모두 죽고, 재산도 모두 잃는다. 욥 자신도 심한 종기에 시달리게 되고, 아내에게 구박과 멸시를 받는다. 고난 속에서도 욥은 하나님을 향한 믿음으로 살아가려 했다.

욥기는 하나님의 뜻과 인간의 의지에 대해 여러 각도에서 논하고 있다. 구약성서의 창세기에서 에스더까지는 유대인들의 역사를 다루고 있다. 반면 욥기는 역사적 사실이 아니다. 욥이라는 한 인간과 하나님 사이의 내면적 갈등이 묘사되고 있다. 이 부분을 제대로 이해하기 위해서는 신학적이고 철학적인 통찰력이 필요하다.

욥기는 성경의 중간 부분에 위치하지만, 실제 욥이 살던 시기는 창세기에 속한다. 이렇게 된 이유는 성경이 차례대로 정리되지 않았기 때문이다. 그래서 다른 성경들과 달리 욥기는 저술 시기를 유추할 수 없다. 아직도 저술 시기와 저자를 정확히 밝혀내지 못했다.

또, 욥기는 구약성경의 다른 부문과 달리 액자식 구성을 취하고 있다. 산문체로 쓰인 프롤로그와 에필로그 안에 운문체로 쓰인 본문이 삽입되어 있다. 그리고 신과 사탄, 친구 사이의 대화가 나오기도 한다. 그래서 마치 고대 그리스 희곡을 읽는 듯한 느낌을 준다. 이처럼 욥기는 문학적 요소를 많이 가지고 있다. 욥이 재앙을 겪은 이후 친구들과 논쟁을 벌이는 부분은 마치 현대 네티즌들이 벌이는 키보드배틀 같이 보이기도 하다.

저자가 욥기를 통해 말하고자 하는 바는 욥과 친구들의 대화에 잘 나타나 있다. 즉 '고난苦難은 인과응보因果應報에 따른 것이다.'라는 개념은 잘못되었다는 것이다. 일주일 동안, 친구들은 고통에 빠진 욥의 곁에 말없이 울면서 같이 있어 주었다. 하지만 욥이 자신의 의로움을 드러내며 절규할 때, 친구들은 '그래도 네가 뭘 잘못한 게 있으니까 합당한 벌을 받은 거겠지. 어서 반성하고 다시 착하게 살아야 해!'라는 말만 했다. 고난을 단순히 죄악에 따른 벌로 보았기 때문이다. 그러다가 제32장에서 갑자기 '엘리후'라는 인물이 나온다. 엘리후는 이 세상을 움직이는 것은 신神이고, 인간은 신의 섭리를 알 수 없다고 말한다. 하지만 그가 말하는 정의正義란 무엇인가? 욥의 절규는 나의 절규였다. 옳고 그름이 무엇인지, 정의와 불의가 무엇인지, 도대체 알 수 없었다.

그때 나는 독실한 기독교 신자였기에 욥을 주인공으로 하여 소설을 써볼 생각을 했다. 그러면서 욥에 관한 많은 자료를 수집했다.

마태복음 7장에 '주여! 주여! 이름만 부른다 해서 천국에 가는 것이 아니요, 다만 하늘의 뜻에 따라 행하는 자라야 천국에 이를 수 있다.'라는 말이 나온다. 양심에 따라 진리를 행하는 것이 정의正義이고 사랑의 행위라는 것이다. 그런데 일부 교인들은 예수님, 하나님을 입으로만 찬양한다. 잘못했으니 바르게 살겠으며 회개했다는 말만 할 뿐, 막상 교회 밖으로 나오면 이웃을 사랑하라는 예수의 가르침과는 반대로 이웃을 속이려고만 한다. 나는 이 문제에 대한 답을 풀 수가 없었다. 두 해 동안 성경을 읽으며 공부했지만, 궁금증은 해소되지 않았고 회의적인 생각만 들 뿐이었다. 그렇게 시간이 흘러갔다.

1970년대 중반까지만 해도 우리 사회의 체제나 정서는 굉장히 보수적이었다. 삶을 하나의 공식처럼 여겼다. 예를 들어 사춘기가 지난 사내라면 으레 술도 마시고 담배도 피울 줄 알아야 했다. 남자와 여자 모두 20대 중반이 되면 결혼부터 해야 사람 구실을 할 수 있다는 유교적 관념이 팽배했다. 서른 살을 넘기고도 미혼인 남녀에게는 노총각, 노처녀란 딱지를 붙였다. 그리고 이를 애처롭게 여기며 육체적·정신적으로 문제가 있는 사람처럼 여겼다.

진주에 사는 누님은 나의 혼사 문제를 해결하기 위해 발 벗고 나섰다. 누님 생각에는 자신이라도 나서지 않으면 동생이 장가를 못 갈 것으로 본 모양이었다. 누님은 외사촌 형과 공장 밖에서 여러 차례 만나 꿍꿍이 수작을 하는 것 같았다. 원래 누님과 외사촌 형은 서로 잘 통하는 사이였다. 나는 그저 모르는 척하며, 강 건너 불구경하듯 했다. 하루는 밖에서 점심을 먹고 공장으로 들어오는데, 외사촌 형이 나를 불렀다.

"저기 태극당에 좀 내려가 봐라!"

"거긴 왜요?"

짐작이 갔지만 시침을 떼고 말했다. 태극당은 장충단 공원 근처에 있는 유명한 제과점이다. 형은 거기에서 누님이 기다리고 있으니 가 보라고 했다. 나는 면장갑을 벗어 던지고 제과점으로 갔다. 누님에게 내 일은 내가 알아서 할 테니 쓸데없는 걱정하지 말라고 할 참이었다.

제과점 안으로 들어가자 누님이 혼자 앉아서 기다리고 있었다. 누님은 무슨 결심이라도 굳게 한 것처럼 보였다. 누님은 벼르고 있었다는 듯 수인사를 끝내자마자 본론으로 들어갔다. 나더러 아무 소리 말고 결혼해야 한다며, 신부 될 사람까지 이미 다 정해 두었다고 했다.

그 순간 뇌리에 미스 코오롱의 얼굴이 떠올랐다. 그녀와는 3년 동안 몇 번의 헤어짐과 만남을 반복했다. 그녀와 헤어질 때마다 이별의 아픔을 노래한 유행가 가사 같이 내 가슴은 총 맞은 것처럼 찢어지는 것 같았다. 지금 그녀의 모습은 그저 희미하게 떠오를 뿐 자세히 기억나지 않는다. 그녀는 신기루처럼 잡힐 듯 말 듯 그런 존재였다. 그녀는 필요할 때만 만나자고 연락했다. 그녀와의 인연은 딱 거기까지였다. 나는 그녀를 향한 마음을 접었다.

누님의 바람에 따라 누님이 소개해 준 여인과 선을 봤다. 그리고 간호사 출신인 그녀와 결혼했다. 하지만 우리는 2개월 만에 헤어지고 말았다. 우리는 성격 차이를 극복하지 못했다.

결혼 생활이 이처럼 어처구니없게 끝나 버리자, 누님과 외사촌 형은 기가 막히는 것 같았다. 하지만 나에게는 아무 말도 하지 않았다. 누님과 형은 속으로 어릴 적부터 엉뚱하더니만, 끝내 내가 그렇게 되었노라고 생각했을 것이다. 그러면서도 숫기가 없긴 하지만 고약한 성격은 아니라는 걸 알았기 때문에 파경이 나만의 잘못은 아니라고 생각했던 것 같다.

6 반야심경

이혼한 후 1년쯤 지났을 때였다. 다른 일들과는 달리 책 읽기만은 내 뜻대로 할 수 있었다. 책을 많이 읽을 수 있을 것 같아서 인문 교양서적을 주로 다루는 한빛 출판사에 입사했다. 거기에서 영업부 직원으로 일하게 되었다. 책 표지 비닐을 제작하는 공장을 운영하면서 한빛 출판사의 민 사장과 친해진 것이 계기였다. 출판사 영업부 직원이 주로 하는 일은 배본과 수금이었다. 배본은 신간 서적을 각 서점에 위탁 판매하기 위해 책을 배부하는 것이다. 그리고 정기적으로 서점들을 방문하여 판매한 책값을 수금하러 다녔다. 또 출판사 일손이 부족할 때는 편집 일을 도와주기도 했다.

그때는 최인호의 『별들의 고향』, 조선작의 『영자의 전성시대』와 같은 대중 소설이 불티나게 팔리던 시절이었다. 그때 잘 나가던 소설 중에 신神과 관련된 문제를 다룬 이문열의 『사람의 아들』을 보고 충격을 받기도 했다. 또 콜린 윌슨의 『아웃사이더』는 나에게 너무나 강한 책이었고 인상 깊게 보았다. 그의 세계관은 나와 너무나 닮아 있었다. 회고록을 쓰라고 종용했던 운주사 임희근 사장과 밤새워 술을 마시며 이 책에 관해 토론하기도 했었다. 우리 둘은 아웃사이더가 되어 있었다. 파우스트도 다시 읽었고 이 책을 통해 신에 대해 다시 한 번 생각해 보게 되었다.

그 당시 우리나라에서 라즈니쉬 붐이 일어났다. 라즈니쉬 찬드라 자인은 인도의 신비주의자이자 철학자이다. 어떤 사람을 소개할 때 신비주의자라고 소개하는 것이 익숙하지 않아 어색하게 느껴졌다. 나도 라즈니쉬에게 매료되었고 정기적으로 그의 작품을 토론하는 독서그룹에 참여하고 열띤 논쟁도 했다. 라즈니쉬는 직접 글을 쓰지는 않았다. 제자들이 그의 연설이나 강연 내용 등을 정리하여 책으로 펴냈다. 인문학에 관심을 가진 많은 이들이 그의 책을 읽고 영혼이 뒤흔들릴 정도의 충격을 받았다.

라즈니쉬는 박학다식할 뿐만 아니라 언어도 유창하게 구사했다. 라즈니쉬는 그 정체성부터 묘한 매력을 발산했다. 공식적 자료에 의하면 라즈니쉬는 1931년 12월에 태어났다. 철학 교수가 된 그는 1960년대부터 인도 전역을 돌아다니며 대중을 상대로 강연하기 시작했다. 1989년부터는 '오쇼'라고 불리기 시작했다. 그는 사회주의에 대한 견해를 비롯해 마하트마 간디의 사상, 기성 종교의 교리 등에 반대했다. 성(sex)에 개방적인 입장을 표방해 윤리적 논란을 일으키기도 했다. 그는 금욕주의나 성관계를 금기시하는 여러 종교 교리들을 위선이라고 치부해 가차 없이 공격했다. 오쇼는 1970년대부터 제자를 받아들이기 시작했다. 그리고 그들의 정신적 지도자가 되었다. 이후 역사적으로 공인된 경전은 물론, 성인聖人과 철학자의 사상을 재해석하기 시작했다. 또 개인을 중시하고 모든 종교가 허용된 자치 공동체를 주창했다. 그는 어떤 결론도 내릴 줄 모르는 사람들이라고 기성 과학자와 철학자를 신랄하게 비판했다. 그는 자이나교 신자 출신이었다.

자이나교는 기원전 6세기경 인도에서 발생한 종교로 윤회 사상, 불살생 등 불교와 비슷한 점이 많지만, 자이나교의 계율이 좀 더 엄격하다. 불교는 모든 것을 하나로 보는 일원론적 관점을 가지고 있지만, 자이나교는 생명과 물질이 분리되어 있다는 이원론적 관점을 가진다. 사상을 두 개의 상호 간에 독립하는 근본 원리로 설명하는 이원론에 반대하는 힌두교의 원초의식에 입각한 가르침을 펼쳤다. 그는 특정 종교를 가리지 않고 강의했다. 마침 그 당시에는 기존의 질서와 가치관을 부정하는 히피(hippy) 문화가 유행하고 있었다. 개방적인 성문화를 긍정한 그의 주장이 이러한 흐름에 부합하여 젊은이들로부터 커다란 호응을 얻었다. 인도는 성에 관해 보수적이어서 오쇼는 자국에서 많은 비난을 받았다. 그래서 그의 제자들은 대부분 서양인이었다.

그는 현대인에게는 동적인 명상이 효과적이라고 주장했다. 그래서 춤을 추는 등 감정을 자유롭게 발산하는 명상법을 개발했다. 이러한 명상법은 그의 독특한 상징이 되었다. 오쇼의 가르침은 어떠한 틀로 규정하기 힘들 만큼 다양한 주제를 다뤘다. 그의 강의는 삶의 의미를 묻는 개인적인 문제에서부터 현대사회가 안고 있는 정치·사회적 문제에 이르기까지 모든 주제를 망라했다. 그는 자신의 강의를 가리켜 이렇게 말했다.

"내가 하는 말은 지금 당신들을 위한 것일 뿐만 아니라, 다가오는 미래 세대를 위한 것이기도 하다."

오쇼는 자신이 하는 일이 새로운 인간이 탄생할 수 있도록 기반을 닦는 것이라고 했으며, 그 새로운 인간을 '조르바 붓다'로 명명했다. 니코스 카잔차키스의 소설 속 주인공 조르바 같이 세속의 즐거움을 누리면서도 붓다와 같은 내면의 평화까지 겸비한 존재를 말한다. 오쇼가 일관적으로 설파한 것은 과거로부터 계승된 시대를 초월하는 지혜와 오늘날의 과학 문명이 지닌 가능성을 한데 아울러 통합하자는 것이었다. 또 점점 빨라지는 현대인들의 생활환경에 맞는 명상법을 도입하여, 인간의 내면을 변화시키는 데 혁명적인 공헌을 하고자 했다. 그의 독창적인 명상법은 심신의 스트레스를 풀어줌으로써, 일상에서 평화와 고요함을 좀 더 수월하게 경험할 수 있도록 해주는 것이었다. 나는 한국어로 번역된 그의 강의 내용이 담긴 책을 모두 사서 읽었다. 그의 책을 읽으면서 라즈니쉬를 한 번 만나고 싶었다. 하지만 나는 그의 아쉬람을 방문한 이후, 그에 관한 생각이 바뀌었다. 인도 전통의 암자로 주로 고행자들의 수도원이며 구루가 제자들을 가르치는 학교 역할을 했던 아쉬람이 현대화되어 대학 시설 같았다. 사람들로 북새통을 이루던 그곳은 정상적인 사람을 바보로 만드는 곳일 뿐이었다.

그렇지만 라즈니쉬는 나의 인생의 행로에 결정적인 영향을 끼쳤다. 그 이유는 바로 반야심경般若心經 때문이다. 반야심경은 라즈니쉬 강의록 중 한 권이었다. 그는 대승불교의 핵심 교리를 설파한 경전으로 반야심경을 선택했다. 그는 우리의 내면 가장 깊은 곳에 존재하는 본질적인 불성佛性을 찾아 즐길 줄 알아야 한다고 주장했다. 그리고 자신의 교리를 붓다의 가르침과 연결했다. 나는 그의 책을 읽으면서 라즈니쉬의 눈을 통해 석가모니의 모습을 어슴푸레하게 발견했다. 그와 동시에, 모든 철학적 명제 중에서도 으뜸에 해당하는 공空의 개념과 우연히 서로 만났다. 라즈니쉬는 유일신을 신봉하는 기독교에 흠뻑 빠져 있던 나의 영혼을 뒤흔들었다. 그러면서 무신론에 기반한 불교라는 별천지로 안내해 주었다.

기독교의 신·구약성경을 탐독했던 것처럼, 나는 불교의 지침서라고 할 만한 책들을 구매하여 읽기 시작했다. 불교는 그저 여호와의 존재를 믿고 따르라는 기독교와는 교리가 너무 달라서 이해하기가 쉽지 않았다.

불교는 석가모니의 가르침을 배우고 실천하는 종교다. 불교의 목적은 사람들이 깨달음을 통해 지혜를 얻고, 삼사라(Samsara)*에서 벗어나 니르바나(nirvana)**에 이르는 것이다. 석가모니의 깨달음을 한마디로 표현하자면 '연기緣起'***이다. 인연因緣에 의해 모든 존재 양식이 성립된다는 뜻이다. 아함경에는 연기법을 다음과 같이 설명하고 있다.

"이것이 있으므로 저것이 있고, 이것이 생기므로 저것이 생긴다. 이것이 없으면 저것이 없고, 이것이 사라지면 저것도 사라진다."

사리푸트라는 석가모니의 제자 중에 가장 유명한 사람이다. 석가모니의 10대 제자 중에서도 으뜸이어서 '지혜제일'로 일컬

---

* '삼사라(Samsara)'는 윤회輪廻를 뜻한다. 윤회란 불교의 중심사상 중 하나로, 생명이 죽은 후에 소멸하는 것이 아니라 다시 태어남으로써 생사가 수레바퀴 굴러가듯 계속 반복된다는 것이다.
** '니르바나(Nirvana)'는 열반涅槃을 뜻한다. 열반이란 불교에서 추구하는 궁극적 목적으로, 진리를 체득하여 일체의 속박에서 해탈한 최고의 경지이다.
*** 연기緣起는 '인연생기因緣生起'의 준말이다. 모든 사물과 현상은 그 자체로 독립적으로 존재하는 것이 아니라, 여러 조건과 관계 속에서만 존재한다고 보는 것이다.

어진다. 바로 그 사리푸트라가 이 말을 듣고 석가의 제자가 되었다고 한다. 나에게 불교는 단순히 믿음만을 강조하는 종교라기보다 인간의 본질적 존재론에 관한 철학적 보고서로 느껴졌다. 어느 날 현곡이란 작가가 쓴 글을 읽었다. 그 글을 읽고 왜 불교가 어렵게 느껴질 수밖에 없는지 이유를 깨달았다. 그 책에는 '부처를 만나거든 때려죽이라'라는 말이 있다. 부처를 향해 이런 표현까지 할 수 있다는 것이 신선한 충격이었고, 이런 불교의 세계는 나에게 종교를 넘어선 무언가로 다가왔다. 붓다는 49년간 무려 8만 4천 개의 법문을 설파했다. 그는 '한마디도 나의 말을 한 적이 없으며 있는 사실만을 말했다'라고 했다. 현실의 이치理致만을 말했다는 것이다. 문제는 이 같은 불교를 깨우치는 데에 박사 논문 수준의 전문 지식이 꼭 필요하냐는 것이다. 불교를 깨우치기가 그렇게 어렵다면 어떻게 중생을 구제하고 사회정화의 기능을 담당할 수 있겠느냐는 것이다. 교리가 너무 어렵고 신앙생활을 하는 것이 고행의 연속이라면, 그 종교는 생명력을 가질 수 없다고 생각한다.

나는 불교의 교리가 실제로는 어렵지 않다고 생각한다. 그렇지만 사람들에게는 불교가 어렵다는 인식이 널리 퍼져 있다. 사람들이 불교를 어렵게 여기는 원인에 대해서 다음과 같이 파악해 보았다.

첫째, 불교의 사상은 궁극을 추구하는 것이어서 일상의 사유思惟만으로는 진정한 의미를 헤아리기 어렵다. 종교가 존재하는 이유는 유한한 삶을 초월하려는 인간의 원초적 의지 때문이다. 그렇기에 종교는 궁극적인 것을 추구할 수밖에 없다. 만약 인간의 삶이 영원하면 종교는 필요 없을 것이다.

둘째, 불교가 신적神的 대상을 설정하고 순종과 경배만 강요하는 타력 신앙이었다면 이렇게 어렵게 느껴지지 않았을 것이다. 불교는 애초에 그런 신과 같은 대상을 설정하지 않았다. 불교는 노력으로 자신을 스스로 구원하는 자력 신앙을 근본 교지로 삼고 있기 때문이다.

셋째, 우리의 일상에 불법佛法이 녹아들어 있지 않아서 보통 사람들이 쉽게 이해하기 어렵다. 사람들은 불법이 속세를 떠난 무엇이라는 고정관념을 가지고 있다. 불교라 하면 대개 구름과 안개가 자욱한 사찰이나 암자에 들어앉은 스님들이 목탁을 두드리며 불경을 읽고 있는 이미지를 떠올린다. 비유하자면 애써 찾는 보석이 정작 우리 주머니 속에 들어 있음에도, 그것이 분명 저 높은 곳 어딘가에 있다고 생각하는 것과 마찬가지다.

넷째, 우리가 세속적인 가치관에서 벗어나려면 큰 지혜와 용기가 필요하다. 일상과 관습에 익숙해진 우리가 단숨에 자신의 틀을 깨고 참된 지혜를 깨닫는 용기를 발휘하기란 결코 쉬운 일이 아니다. 불법佛法의 진수를 만나기는 백천만 겁劫*이 지나도 어렵다는 말이 있다. 이 말은 불법이 희귀하다는 뜻이 아니라, 중생의 마음이 철옹성처럼 닫혀 있다는 뜻이다. 따라서 불교를 이해하려면 마치 무장을 해제하듯, 지금까지 자기를 지탱해 준 일상의 모든 고정관념에서 벗어나야 한다.

다섯째, 시간이 지남에 따라 처음에는 단순했던 개념들이 점점 깊어진 측면이 있다. 불교의 역사는 3천 년에 이른다. 이 사이에 여러 가지 낯선 문화들이 융합됐고, 자연스레 비불교적인 요소들도 받아들이게 되었다. 예를 들면 부적이나 칠성각 같은 것은 도교의 잔재이고, 사찰 내에 자리 잡은 산신각은 우리 토속신앙이다.

여섯째, 불교가 우리나라에 전파되는 과정에서 여러 언어가 개입되어 어려워진 측면이 있다. 불교는 원래 인도 북부지방에서 발생했다. 이것이 언어와 가치관이 판이한 중국에 정착하여 한자로 번역되는 과정을 거쳤다. 게다가 불교는 인도에서 바로 중국으로 넘어온 것이 아니라 파미르고원 동쪽의 서역을 거쳐 들어왔다. 우리나라는 불교를 중국을 통해 받아들였다. 우리나라와 중국 역시 언어 체계가 판이하다. 한문으로 된 경전들은 우리 민중들에게 어렵고 생소한 것으로 받아들여질 수밖에 없

---

* 불교에서 무한히 긴 시간을 표현하는 단어이다. 하늘과 땅이 한 번 변화기를 거치고 나서 다음 변화기까지 기간이다.

제1부 출가의 인연

었다.

삶과 죽음을 초월한 궁극적 진리인 불법佛法을 제대로 이해하기란 쉬운 일이 아니다. 더욱이 불법을 다른 사람에게 온전히 전하는 것 또한 결코 쉬운 일이 아니다. 나는 이 글을 쓰면서 그 사실을 다시 한 번 절감했다. 깨달음을 얻은 자는 일상의 언어로 불법佛法을 말할 수도 있다. 하지만 중생들은 그러한 말들이 오히려 어렵게 느껴지기도 한다. 그 이유는 서로 마음의 통로가 연결되어 있지 않기 때문이다. 서로 소통할 수 있는 통로 역할을 하기를 바라는 마음에 이 책을 썼다. 이 책을 읽는 사람들의 마음속에 지도를 그려주고 싶었고, 이 책은 일반 독자들을 염두에 두고 썼다. 그래서 불교와 직간접적으로 관련된 여러 가지 이론들을 두루 담았다. 그러다 보니 불교 외에 다른 사상들도 많이 다뤘다.

불교 논리의 구조는 유기적이어서 개체 하나하나를 따로 떼어놓고 개념을 정리하기가 무척 어렵다. 어떤 하나를 설명하기 위해 수십 개의 다른 분야를 끌어와야 한다. 예를 들면 격의불교를 이해하기 위해서 노장사상을 알아야 하고 도교도 살펴봐야 한다. 한역으로 된 불경에는 중국 고유의 사상들도 많이 스며들 수밖에 없다. 그래서 중국불교의 특징에 대해서도 간략하게 담았다. 한편으로는 큰 그림을 보여주기 위해서 너무 전문적인 내용은 담지 않았다. 나는 반야심경을 다음과 같이 해석했다.

관자재보살이 깊은 반야바라밀다*를 행할 때, 오온五蘊이 모두 비었음을 비추어 보고 모든 괴로움에서 건지느니라.

사리푸트라**야! 색이 공과 다르지 아니하고 공이 색과 다르지 아니하며 색이 곧 공이며 공이 곧 색이며 수, 상, 행, 식 또한 그러하니라!

사리푸트라야! 모든 법의 공空한 모습은 생김도 멸함도 더러움도 깨끗함도 느는 일도 줄어드는 일도 없느니라!

그러므로 공 안에는 색도 없고 수. 상. 행. 식도 없고, 안, 이, 비, 설, 신, 의도 없고, 색, 성, 향, 미, 촉, 법도 없으며, 눈의 경계도 의식의 경계까지도 없으며 늙고 죽음도 없고, 늙고 죽음이 다함까지도 없으며, 고, 집, 멸, 도도 없고, 지혜도 없으며 얻음도 없느니라!

얻을 것이 없는 까닭에 보리살타는 반야 바라밀다에 의지하므로 마음에 걸림이 없고, 걸림이 없으므로 두려움 따위도 없어서 뒤바뀐 헛된 생각을 멀리 떠나 마침내 완전한 열반涅槃에 들어가며 삼세의 모든 부처님도 반야 바라밀다에 의지하

---

* 분별과 집착을 떠난 지혜의 완성을 말한다.
** '사리자'를 산스크리트어로 부르는 말이다.

므로 최상의 깨달음을 얻느니라!

그러니 마땅히 알아라! 반야 바라밀다의 주문은 가장 신비하고 밝은 주문이며 가장 밝은 주문이며 최상의 주문이며 무엇과도 견줄 수 없는 주문이니 능히 온갖 괴로움을 없애고 진실하여 허망하지 않음을 알지니라!

따라서 반야 바라밀다의 주문을 말하리라!

아제아제 바라아제 바라승아제 보디 사바하!

불과 260자의 한자로 쓰인 이 반야심경에 대승불교의 핵심 교지가 모두 담겨 있다. 반야심경은 중생들에게 일체 만법이 공空하다는 것을 설파하는 경전이다. 초기불교, 즉 소승불교에서의 무아無我 개념이 대승불교에 와서 법이 공하다는 개념으로 확대된 것이다. 붓다가 주창한 무아 개념을 설명하기 전에 오온의 개념을 이해할 필요가 있다.

오온五蘊이란 다섯 가지 모임이란 뜻이다. 불교에서는 인간의 실체를 오온으로 파악한다. 인간의 삶은 이 다섯 가지 요소가 합쳐져서 이뤄진다. 다시 말해 오온이 함께 모여 있음이 우리의 삶이요, 오온이 각기 흩어짐이 곧 죽음이다.

그렇다면 인간을 이루고 있는 다섯 가지 요소란 과연 무엇인가? 인간의 실체는 유형인 몸과 무형인 마음으로 크게 나눌 수 있다. 불교에서는 인간의 몸을 색이라고 한다. 물질현상이라고 한다. 그리고 인간의 마음은 수, 상, 행, 식, 주관적 정신작용을 뜻한다. 수受는 외부의 자극을 받았을 때, 그것을 느끼는 인상 작용을 말한다. 상想은 느낌이나 감각의 인상을 정리하는 작용이다. 행行은 의지와 행위를 말한다. 여기에는 무의식적인 충동도 포함된다. 식識은 인식을 말한다. 분별하고 집착하는 작용을 가리킨다. 불교에서는 일상생활의 지혜도 식에 포함한다.

대승불교에서는 수행론을 전개할 때 유식학, 즉 오직 마음뿐이라고 전제한다. 수행론은 오온에 나타난 이 식을 집요하게 탐구한 논리학이라고 할 수 있다.

인간의 실체를 오온五蘊으로 보는 것은 깊은 사상에서 출발한 철학적 개념이다. 나의 실체는 색色, 수受, 상想, 행行, 식識이 아니라는 뜻이다. 본질적인 나의 존재는 없다. 인간의 존재를 오온으로 보는 관점은 무아無我사상의 출발점이 되었다. 만남이란 어차피 헤어짐을 전제한다. 오온이란 우리는 머잖아 흩어질 임시적 존재라는 뜻이다. 즉 나의 본질적 실체는 결코 찾을 수 없다는 뜻이다.

붓다는 잡아함경에서 인간의 존재를 수레에 비유하며 다음과 같은 무아론을 펼쳤다.

여러 가지 재목을 한데 모아 짜 맞추어 수레라 일컫는 것처럼 모든 쌓임, 즉 오온의 인연을 임시로 중생이라 한다.

수레는 지금으로 따지면 자동차에 비유될 수 있다. 자동차는 2만여 개의 부속품으로 이루어져 있다. 2만여 개의 부속품 하나하나는 자동차로 부를 만한 개연성이 전혀 없다. 그 부속품들이 제자리에 맞게 조립되어야 비로소 자동차라 부를 수 있다. 다시 말해 이름이 생긴 것이다. 이렇게 이루어진 자동차도 이름에 불과한 것이 되는 것이다.

싯다르타는 출가하여 6년의 고행 끝에 크게 깨달음을 얻고 붓다가 되었다. 원래 깨달음이란 성취가 아니라 새로운 진실을 발견하는 것이다. 싯다르타는 바로 이 진리를 깨닫기 위해 아리다 칼라마 스승을 찾아갔다. 그에게 우리 삶의 의미는 무엇인지 묻기도 했고, 라마푸트라 스승을 찾아가서는 우리가 영생할 수 있는 길은 어디에 있는지 물었다. 때로는 홀로 생각에 잠겨 나는 누구인지 깊은 고민도 해 보았을 것이다. 그러한 고행 끝에 진리를 깨달은 것이다.

그의 사상을 한마디로 요약하면 연기설이라고 할 수 있다. 연기설에는 제행무상과 제법무아라는 진리가 내포되어 있다. 제행무상은 모든 것이 반드시 변한다는 뜻이고, 제법무아는 나라는 육체나 마음을 볼 수 없다는 뜻이다.

아함경 중 하나로, 1법에서부터 11법까지 법의 수에 따라 편찬되었다는 특징이 있는 증일아함경에 나타나 있는 제행무상의 내용이다.

색(色. 몸)은 물거품과 같고, 수(受. 느낌)는 거품과 같다. 상(想. 생각)은 아지랑이 같고, 행(行. 지어감)은 파초 같으며, 식(識. 의식)은 허깨비 같다.

나의 존재가 없다고 말하는 무아론은 그야말로 불교 고유의 사상이다. 이는 힌두문화에서 도입된 윤회輪廻 사상과 더불어 원시불교의 핵심 교리라고 할 수 있다. 붓다는 잡아함경에서 무아無我를 등불에 비유해 다음과 같이 설명했다.

비유하면 기름을 인因하고, 심지를 연緣하여 등불이 타게 되지만 그 기름은 덧없고 심지도 덧없으며, 불도 또한 덧없고 등잔 또한 덧없는 것이다.

여기서 덧없음이란 잠깐에 불과하다는 말이고 허망함을 내포하고 있다. 그러면서 아쉬워할 필요는 전혀 없다는 뜻도 암시하고 있다. 당시 붓다가 무아사상을 천명한 일은 그야말로 경천동지할 일이었다.

16세기 서양에서는 태양이 지구를 중심으로 돌고 있다는 천동설을 절대적인 진리로 여겼다. 그걸 깨뜨린 것이 바로 코페르니쿠스의 지동설이다. 나는 붓다가 당시에 무아사상을 천명한 일이 코페르니쿠스보다 더한 충격이라고 본다. 고대 힌두사회는 온갖 신神들이 난립하고 있었다. 힌두교는 본질적인 실체를 '아트만'으로 설정하고 윤회를 고정불변의 진리로 삼았다. 그런 세상에서 붓다는 무아론을 주창한 것이다. 이를 혁명적으로 받아들인 사람도 있었으나, 대다수 사람은 비웃었다. 그만큼 당시에는 허황한 주장처럼 보였다.

붓다가 진리를 깨닫고도 일주일 동안이나 말하기를 주저한 까닭이 바로 여기에 있다. 17세기 지동설을 공표하였다가 종교 재판에 회부된 갈릴레이처럼 말이다. 이처럼 어느 시대에서나 세속인들은 변화를 두려워한다. 그들은 자신의 고정관념에 균열을 일으키는 생각들을 제거하려 했다. 그러한 사상을 퍼뜨리는 자들을 박해하려 들기 마련이다.

초기에는 무아이론에 대한 오해로, 허무주의에 빠진 붓다의 제자들이 자살한 사건까지 있었다. 사실 무아론은 부정적인 것도, 긍정적인 것도 아니다. 붓다가 인식한 사실을 객관적으로 확인하는 것일 뿐이다. 4~5세기경에 살았다고 하는 인도 대승불교 유식학파의 대학자인 무착이 말한 것처럼 단지 내(我)가 없다는 사실만 거기 있을 뿐이다. 붓다의 가르침을 한마디로 하면, 온갖 고통으로부터 중생을 해방하는 것이다. 붓다는 사람이 온갖 고통에 시달리는 까닭을 끈질기게 들러붙는 여러 욕망 때문이라고 보았다. 그 욕망의 본질은 존재하지 않는 나의 존재가 있다고 철석같이 믿고 영원을 갈구하기 때문에 생긴다고 했다. 고대 인도 사회에서는 이런 생각이 더욱 팽배해서, 장수를 기원하는 종교적 의식이 있을 정도로 이에 대한 갈망이 유별났다.

반야심경을 이해하는 키워드는 무아無我이다. 무아설은 다음과 같이 설명할 수 있다. 색이란 본질적인 존재가 아니라 인연에 기대어 붙어서 잠시 나타났다 없어지는 것이다. 그 때문에 본질적인 특성을 뜻하는 불교 용어이며 스스로 존재할 수 있는 능력을 말하는 자성自性에 의한 영속성이란 있을 수 없다.

대승불교에서는 인연으로 나타난 현상만을 보지 않고, 인연으로 나타나기 전부터 있었던 본체를 아울러 본다. 거기서 차별과 평등이 조화를 이루게 된다고 했다. 인연에 의해 잠시 나타난 현상이 곧 차별이며 색色이요, 인연으로 나타나기 전부터 있었던 본체가 곧 평등이며 공空이라는 것이다.

대승불교의 기초를 확립한 인도의 승려인, 산스크리트어로 '나가르주나'라고 부르는 용수는 궁극적 진리와 일상적 도리라는 두 개념을 설정하여 반야심경에서 말하는 공 사상을 해설하였다. 그럼으로써 당시에 이를 두고 일어난 번잡한 논쟁을 일거에 잠재워 버렸다. 용수의 논리는 다음과 같다.

진제의 입장으로 보면 공은 공이요, 색도 또한 공이다. 따라서 공은 곧 색이라는 논리가 성립한다. 그런데 유신론에서는 신

神은 신이요, 색色은 색이라고 말한다. 신은 절대로 색이 될 수가 없다는 전제가 깔려 있다.

용수의 공 사상을 계승한 학파인 중관학에서는 이제의 원칙을 무시하고 그 작용을 유추할 때 공空을 잘못 보게 된다고 했다. 진리眞理는 불변이라는 뜻이다. 용수는 진제眞諦를 침묵으로 정의했다. 여기서 말하는 침묵은 진리의 본체와 같은 의미이다. 이는 또 적멸이기도 한데 번뇌의 경계를 영원히 벗어난 경지인 열반이라 볼 수도 있다. 진제는 거하는 곳이나, 정해진 상태가 없다. 이는 평등성과 동일성을 뜻하기도 한다. 세속에서는 사물 간의 관계를 정해 놓는 일상의 분별심이 지배하고 있다. 즉 우리가 세계를 경험하며 인식하는 방식이다. 세속은 늘 언어와 관계를 맺고 생각을 표현하고 실행하기 위한 수단이다. 요약하자면, 진제는 절대적 진리이고 세속은 일상의 진리로 표현할 수 있다. 공空은 모든 사물의 자성이라는 의미에서 그저 텅 빈 것이 아니라 모든 사물의 자성을 정의하면 연기緣起가 되는 것이다. 세속을 무시한 공空의 견해는 진리의 성질을 망각한 것이다. 그것은 여러 인연에 의해 일시적으로 존재하는 것이다. 인간 존재 현상을 곡해하는 것이다. 이러한 견해는 존재를 무가치한 것으로 인식하는 것이다. 그럼으로써 경험 세계의 외형뿐 아니라, 연기까지도 끊임없이 특히 원인과 결과의 관계를 파괴하는 것이다. 덧붙이자면 대승불교 내에서도 각 학파 간에 논쟁이 지금까지도 지

속이 되고 있다. 크게 보면 중관학의 학자들과 유식학 학자들의
논쟁이다.

제1부 출가의 인연

제2부 / 구도자의 길

7 출가

라즈니쉬로 인해 반야심경을 알게 되었고 심취하게 되었다. 다른 사람들이 불법佛法과 인연을 맺는 것에 비하면 나의 경우는 그 결이 달랐다. 그 무렵 나는 구원을 바라며 회개하는 독실한 교인이었다. 열성적인 기독교 신자들에게 공공연히 불교가 지탄받기도 한다. 불교라는 것이 절간에 들어앉아 부처라는 우상이나 숭배하는 미신이라고 비난을 퍼붓기도 했다. 그들이 보기에 스님들은 마치 사악한 존재처럼 보였을 것이다. 일부 광신도들은 다른 종교의 상징물을 훼손하기도 했다. 그런 모습에 내심 동조할 정도로 불교에 반감을 품고 있었다. 사실 기독교의 사상 체계는 흑백논리에 가깝다. 유일신인 여호와를 신봉하지 않는 무리는 무조건 경원시했다.

어렸을 적 스님들을 볼 때마다 저들은 왜 삭발하는 것이고, 평소에는 어떤 일을 하면서 사는 걸까? 하는 의문이 들었다. 그들은 그저 호기심의 대상일 뿐이었다. 다독하는 와중에도 불교와 관련된 내용은 전혀 관심이 없었다. 설사 그런 내용을 보더라도 그냥 스쳐 지나갔다. 훗날 불교의 유식론唯識論을 알게 되어서 왜 그랬는지 이해했다. 비록 꽃밭에 앉아 있어도 마음이 꽃에 가지 않으면, 꽃이 보이지 않는다는 사실이다.

그런데 반야심경을 통해 그때까지 단 한 번도 관심을 가져본 적이 없는 인간의 본질적 존재와 번뇌에 관해 관심을 기울이게 되었다. 나는 불교에 푹 빠지고 말았다. 언젠가 프랑스의 실존주의 철학자 사르트르의『불교는 휴머니즘』이라는 책을 읽은 적이 있다. 반야심경을 읽고 나서야 이 책의 주제도 이해할 수 있었다.

기독교는 신과 인간의 관계를 수직관계로 설정한다. 그리고 인간은 신의 영역을 절대로 넘볼 수 없는 존재로 규정한다. 그에 비해 불교는 모든 중생에게는 부처가 될 씨앗이 있다고 말한다. 인간의 위치를 최고의 자리에 놓은 것이다.

열반경에 나오는 '일체중생 실유불성一切衆生 悉有佛性'이 바로 그 뜻이다. 기독교는 여호와를 확고하게 믿고 의지하면서 간절한 기도를 통해 하나님께 선택받기만을 기다려야 한다. 그런데 불교에서는 스스로의 힘으로 깨달음을 얻을 수 있다고 본다. 그리하여 절대적 자유인 해탈의 경지에 이르거나, 부처의 세계를 찾을 수 있다고 했다. 기독교가 여호와에게 의지하여야만 구원받을 수 있는 타력 신앙이라면, 불교는 스스로 자기 불성을 찾아 부처가 될 수 있다는 자력 신앙이다.

어느 날 문득 뇌리에 다음과 같은 생각이 떠올랐다. 출판사를 그만두고 승려가 되면, 공空의 세계를 체득하여 라즈니쉬가 말한 본질적인 불성佛性을 찾아 자유자재의 세계에서 살 수 있지 않을까?

생각이 그에 미치자 흡사 마른 장작에 불씨가 옮겨붙듯, 온 마음이 후끈 달아오르기 시작했다. 마치 미지의 세계를 향한 열정에 사로잡힌 탐험가가 된 기분이었다. 꿈도 없이 지쳐 있던 영혼은 삽시간에 흥분으로 가득찼다.

기독교인이 할 수 있는 일이란 기도와 찬양뿐이었다. 여호와를 향한 순종만이 최고의 미덕이었다. 인간의 손이 닿지 않는 높은 하늘에 계시는 전지전능한 여호와가 구원의 손길을 내밀기만을 그저 간절히 기다려야만 했다.

승려가 되면 속세의 모든 번뇌에서 벗어날 수 있겠다는 생각이 들었다. 그러자 마음이 한결 가벼워졌다. 속세를 떠나겠다고 결심하자 경남 합천에 있는 해인사가 제일 먼저 떠올랐다. 내가 다니던 중학교에서 수학여행으로 해인사에 간 적이 있다. 그때 여행비를 내지 못해 가지 못했던 기억이 있다. 아마 그게 마음에 상처가 되었나 보다. 문득 해인사에 대해 잘 모르고 있다는 사실을 깨달았다. 그곳에는 고려 때 부처님의 가피로 몽골 군대의 침략을 막아 보겠다는 염원이 담긴 팔만대장경이 있다는 사실밖에 몰랐다. 장차 내 몸을 담게 될지도 모를 곳이었기 때문에, 책들을 뒤져가며 해인사를 공부했다.

해인사는 대한불교조계종 12교구 본사로 팔만대장경판을 봉안한 세계 최고의 법보사찰이다. 본사란 해당 교구의 본부가 되는 절이다. 또 대한불교조계종의 종합 수행 도량이기도 했다. 해인사는 원효대사와 함께 신라의 대표적 고승으로 알려진 의상대사가 화엄의 교학을 전교한 열 개 사찰 중의 한 곳이다. 불교의 근본진리인 연기설의 관점에서 현상과 차별의 현실 세계를 체계적으로 설파한 것으로 요약할 수가 있다. 의상대사는 당나라에 유학하면서 본격적으로 화엄종을 연구했다. 화엄의 논리를 우리 현실에 적용해 보면 다음과 같다.

이 세상의 모든 것은 서로 그물망처럼 연결되어 있다. 따라서 그물망의 한 부분에 문제가 생기면 다른 모든 것에 그 영향이 미친다. 현대사회에서는 정치, 경제, 사회, 환경, 기후 변화 등 모든 것에 그 원리가 적용된다. 예를 들어 미국의 대통령이 바뀌면 세계 곳곳에서 정책의 변화가 일어난다. 중국에서 바이러스가 발생하면 전 세계가 공포에 휩싸이기도 한다.

연기법은 이 세상의 모든 것이 서로 연결되어 있다고 본다. 어떤 문제가 발생하면 그 원인을 찾아야 하고, 원인을 해결할 수 있는 공식公式을 찾아 문제를 풀어야 한다는 것이다. 연기법이야 말로 붓다의 교설 중에서도 가장 핵심적인 진리이다.

해인사는 신라 40대 애장왕 때 순응과 이정이라는 스님이 창건한 절이다. 순응은 혜공왕 2년(766)에 중국으로 구도의 길을 떠났다가 수년 뒤에 귀국하여 가야산에서 정진하다 애장왕 3년(802)에 해인사 창건에 착수했다. 그 소식을 전해 들은 신라 왕실의 성목 태후가 불사를 도와 논과 밭을 하사했다. 순응이 갑자기 죽자, 이정 스님이 절을 완공했다.

사찰 이름인 '해인'은 화엄경에 나오는 해인삼매海印三昧에서 유래했다. 이 이름은 해인사의 창건주인 순응이 지은 것으로 알려졌다. 풍랑이 멎고 바다가 조용해질 때 그 속을 응시할 수 있는 것처럼, 번뇌의 파도가 멎을 때 드러나는 마음의 고요한 본성을 가리키는 말이다. 따라서 해인사는 의상대사가 탐구해 온 화엄의 철학과 사상을 천명하고자 건설한 도량이 되는 셈이다.

해인사에 관한 자료들을 섭렵하는 중에 인상적인 사실을 알게 되었다. 6.25전쟁 중인 1951년 8월, 무스탕 전투기 4대가 해인사로 집결하는 무장 공비들을 토벌하기 위해 사천에 있는 공군 기지에서 긴급하게 출격했다. 그 전투기들은 해인사를 폭격하여 주변의 무장 공비를 토벌하라고 명령받았다. 해인사 상공에 도착한 전투기 조종사들은 차마 우리 민족의 역사와 얼이 깃든 문화유산을 파괴할 수 없었다. 그래서 그만 해인사 폭격을 감행하지 못하고 기수를 돌렸다. 그리고 사찰 주변에 있는 무장 공비들만 공격하였다. 해인사를 폭격하라는 작전 명령을 거부한 전설적 인물이 바로 김영환 장군(1921~1954)이다. 그는 해인사의 팔만대장경은 귀중한 우리의 문화유적이기 때문에 폭격할 수 없다며 동료 조종사들의 폭격 시도를 중지시켰다. 이 팔만대장경은 결국 국보 32호로 지정되었다. 2007년에는 유네스코 세계기록유산으로 지정되어 지금까지도 인류의 자랑스러운 문화유산으로 보존되고 있다. 해인사 경내에는 김영환 장군의 추모비가 있다. 그를 기리는 의미로 대적광전 앞마당에서 호국 추모제도 열리고 있다.

1985년 2월, 예지가 떠올랐다. 부산으로 가면 그곳에서 운명을 바꿀 수 있는 큰 사건이 일어날 것만 같았다. 훗날 스승께서 바로 그때 연화도에서 완전한 깨달음을 이루셨다는 사실을 알게 되었다.

마침내 출가를 결심하고 해인사로 향했다. 인도 카필라바스투 왕국의 태자였던 싯다르타는 사람들의 근원적인 고통과 번뇌를 해결할 길을 찾겠다는 지고한 뜻을 세우고 출가했다. 나는 붓다가 일러 주는 진리를 배워 보겠다는 생각으로 속세를 떠나고자 했다. 해군에 입대할 때처럼 가족이나 지인들에게 아무런 귀띔을 하지 않고 입산을 결정했다. 출가를 긍정적으로 받아들여 줄 가족이나 지인은 없으리라고 판단했다. 멀쩡한 사내가 머리를 박박 밀고 먹물 옷만 걸친 채 산중을 어슬렁거리거나 법당에서 염불이나 욀 중이 되겠다는데, 이를 환영할 사람은 없을 것이다.

그때까지 근무하던 하나 출판사에는 일신상의 사정으로 그만 둘 수밖에 없다는 상투적인 내용의 사직서를 제출했다. 그리고 용달차를 불러 나의 거처를 가득 채웠던 책 2천여 권을 꾸려 싣 고 청계천에 있는 단골 헌책방으로 갔다. 책방 주인이 대충 계산 해 주는 돈을 군소리 없이 받아 들고 책을 넘겨주었다. 승려가 되려는 마당에 속세의 지식이 무슨 소용이 있겠느냐는 마음이 었다.

홀로 거주했던 방을 깨끗이 정리하고 몸 하나만 우선 낯선 여 관방으로 옮겨 놓았다. 서울을 떠나기 직전, 출판사를 개업한 임 희근에게 너만 알고 있으라는 단서를 달고 다음과 같은 골자가 담긴 편지 한 장을 우송했다.

"나는 홀로 궁리한 끝에 출가를 결심했다. 얼마 동안이 될지는 모르겠지만 내가 있는 것을 있는 그대로 볼 수 있을 때 세속으로 다시 돌아올 것이다!"

지금은 운주사를 크게 키워낸 임 사장은 그 당시 책값을 수금 하러 다닐 때 항상 동행했던 친구였다. 그때는 각 출판사의 영업 부 직원들이 정기적으로 광주, 마산, 부산, 대구 등 지방을 돌며 책값을 수금했다. 그때마다 그와 같은 여관에 묵으면서 대폿잔을 나누고, 문학과 인생을 논했을 정도로 막역한 동료였다.

  1985년 2월 하순이었다. 갓 서른을 넘긴 나이였다. 겨울이 지나가고, 추위가 슬그머니 꼬리를 감춘 듯한 날씨가 계속되었다. 해장국을 파는 식당에서 대충 조반을 먹고 옷가지와 세면도구가 든 가방 하나만 어깨에 걸친 채, 서울 서초구 반포동에 있는 시외버스 터미널로 향했다. 거기에서 경남 합천행 버스에 몸을 실었다. 운전 기사에게 물어보니 서울에서 합천까지 4시간 정도 걸린다고 했다.

  달리는 버스 안에서 마구 스쳐 지나가는 창밖 풍경을 바라보니 미묘한 감상에 사로잡혀 울적해졌다. 내가 그만 세상을 하직하는 나그네로 여겨졌다. 뜻밖에도 미스 코오롱의 얼굴이 차창에 어렸다. 그녀의 얼굴은 항상 손끝이 닿지 못할 거리에 머물고 있었다. 그 얼굴에 황윤희의 눈물 어린 모습도 겹쳐 떠올랐다. 감당하기 힘든 자책감이 북받쳐 눈시울이 뜨거웠다. 삶이란 무엇인가? 사랑은 무엇인가? 의혹들이 감상적 정서에 실려 가슴을 짓눌렀다.

  버스는 금강 휴게소를 지나 합천 터미널에 무사히 도착했다. 합천 버스 터미널에서 다시 해인사 행 버스로 갈아타야 했다. 거기에서 50분 정도 더 가야 했다. 근처에 있는 허름한 중국음식점에 들어가서 음식이 입맛에 안 맞았지만 우동 한 그릇으로 요기했다. 해인사 행 버스에 몸을 싣고 가야산 기슭에 있는 터미널에서 내렸다. 해인사를 향해 이어진 길을 터덜터덜 걸어갔다. 해인사 입구에 도착하자 애연가 아니랄까 봐 불현듯 담배 생각이 났다. 포켓에서 성냥불을 꺼내 들고 담배 한 개비를 피워 물었다. 담배 연기를 내뿜다가 문득 담배를 피우는 승려의 모습은 본 적이 없다는 생각이 떠올랐다. 그와 동시에 절간에서는 금연이라는 사실이 떠올랐다. 성냥갑을 꺼내 담배 개비가 아직 잔뜩 남은 담뱃갑과 함께 숲속 저 멀리 던져 버렸다.

일주문 앞에 다가섰다. 아는 만큼 보인다는 말처럼 감회에 사로잡혔다. 나는 일주문의 의미를 되새겼다. 절의 입구에는 대개 기둥이 한 줄로 늘어선 일주문一柱門이 서 있기 마련이다. 일주문이란 여느 대문들과 달리 두 개 혹은 네 개의 기둥을 일직선으로 세우고 그 위에 지붕을 얹어 만든 문이다. 일주문은 여기서부터 사찰이라는 사실을 알린다는 의미 이외에도, 일심을 상징하는 표식이기도 했다. 온갖 속세의 번뇌로 들끓는 어지러운 마음을 버리고, 여기서부터는 오로지 진리에 귀의하는 하나의 마음만 지녀야 한다는 뜻도 담겨 있다.

일주문에 '입차문내막존지해入此門內莫存知解'라고 쓴 사찰도 있다. 그 의미는 이 문 안으로 들어온 이상 보고 듣는 것들을 세간의 알음알이로 해석하려 하지 말라는 뜻이다. 사람들은 언제나 자기의 주관적 생각으로 이 세상을 바라보고 평가하는 버릇이 있다. 우리의 생각들은 현실을 있는 그대로 받아들인 것이 아니라, 욕망이나 이기적인 감정 따위에 얽매인 번뇌와 망상일 경우가 대부분이다. 따라서 같은 사물을 바라보면서도 각기 다른 생각을 가지게 된다. 우리가 부처에 귀의하여 진리의 목소리에 귀를 기울이려면 무엇보다 그와 같은 세속의 알음알이부터 먼저 잠재워야 한다는 뜻도 담겨 있다. 일주문은 그런 중생의 마음을 경계하면서 이곳이 진리의 세계를 향한 입구임을 일깨우는 구실을 하는 것이다.

엄숙한 마음으로 일주문 안으로 들어섰다. 두리번거리며 행자실을 찾아갔다. 행자行者란 출가는 했지만 아직 계戒와 율律을 받기 전인 예비 승려를 지칭하는 말이다. 엄격하게 말하면 십계를 받아야만 사미승이 되어 절간에서 수행 생활을 할 수 있었다.

한국 최대의 종단이자 출가승 중심인 조계종은 1년의 수행 기간이 끝난 행자들에게 사미계를 준다. 결혼 생활도 가능한 태고종에서는 6개월의 수행 기간이 끝난 행자들에게 예비 사미계를 내린다. 예비 사미계를 받은 행자들은 다시 1년간의 수행을 거쳐야만 정식 사미계를 받을 수 있다.

마침 간 날이 장날이었다. 행자실에 가서 인정머리 없어 보이는 행자 반장을 만나 출가를 결심하여 찾아왔노라고 말했다. 그날따라 행자실에는 문신으로 가득한 상체를 예사로이 노출한 사람들이 많이 앉아 있었다. 그 안에는 공포 분위기가 가득 흐르고 있었다. 그들은 조직 폭력배가 틀림없었다. 행자 반장도 슬금슬금 눈치를 보는 것 같았다. 그들은 나 같은 존재는 아예 거들떠보지도 않았다. 그들 중 한 사람과 눈이 마주쳐 수인사를 겸해 고개를 숙여 보였다. 하지만 그는 못 볼 것이라도 본 듯, 얼른 시선을 거두었다. 그들은 인상만 험악한 것이 아니라 육두문자를 하는 등 말과 행동도 거칠었다. 훗날 그들이 일을 저지르고 잠시 법망을 피해 해인사로 숨어든 무리였다는 사실을 알게 되었다.

그들의 협박과 공갈에 사찰에서도 마지못해 방관하는 것 같았다. 날이 저물어 그곳을 벗어날 수도 없었기에 행자실 한쪽 귀퉁이에서 그날 밤을 보냈다. 솔직히 주눅이 들었을 뿐만 아니라, 이곳에 대한 정나미가 뚝 떨어졌다. 하늘이 두 쪽이 나도 그들과 같이 중노릇은 못할 것 같다는 생각만 했다. 이튿날 화급히 하산해 버렸다. 해인사 일주문을 벗어나자마자 어제 숲속에 버렸던 담배와 성냥을 도로 되찾았다. 그리고 담배 한 개비를 꺼내 입에 물었다.

⑧ 지장보살의 서원

해인사를 떠나며 인연因緣을 곱씹어 보았다. 해인사와는 인연이 없는 것인가 하는 생각이 자꾸 뇌리에 맴돌았다. 별수 없이 다시 서울로 올라와 하나 출판사에 다니는 친구와 만났다. 그는 요즘 들어 출판사가 더욱 고전하고 있다고 했다. 그가 기획한 단행본 소설 몇 권이 제작되어 출고까지 되었는데, 신간 시장이 좀체 움직이지 않는다는 것이었다.

그는 책들을 베스트셀러로 만들기 위해 무리인 줄 알면서도 일간지에 5단 광고까지 몇 번 했다고 말했다. 그 책들은 재직하고 있을 때 편집된 국내 창작소설들이어서 전후 사정을 잘 알고 있었다. 요즘 그는 출판사 대표를 대하기가 마치 염라대왕을 알현하는 것처럼 두렵기만 하고, 입안에서는 쓰디쓴 소태맛만 감돈다고 말했다.

대꾸할 말이 없어서 잠자코 듣기만 하는데, 갑자기 그의 입에서 다음과 같은 말이 툭 튀어나왔다. 그로서는 무심코 한탄하듯이 내뱉은 푸념이었다.

"요즘 같아선 나도 그냥 출가나 해 버리고 싶다니까."

"출가?"

입에서 조건반사와 같은 대답이 튀어나왔다.

"그래. 그냥 등산만 다니는 게 아니라 아예 삭발하고 목탁이나 두드리고 싶단 말이야."

그냥 해 보는 소리일지라도 그는 분명 승려가 되고 싶다고 말하고 있었다.

"자네가 출가한다면, 어느 절로 가고 싶은데?"

그냥 해 보는 소리처럼 맞장구치듯 툭 말을 던졌다. 그와 공감한다는 뜻이었다.

"내가 만약 출가하게 된다면… 글쎄, 김해에 있는 동림사로 가고 싶어!"

뜻밖이었다. 구체적인 대답이 나올 줄은 몰랐다.

"김해 동림사? 왜 하필 거긴데?"

이번에는 정색하고 물었다.

"그 절은 내가 잘 알아. 주지가 화엄 스님인데 달마도達摩圖를 아주 잘 그리거든. 일제 강점기에 의과 대학을 나왔지만, 의사 안 하고 스님이 된 사람이야. 우리 삼촌하고 죽마고우가 되기도 하고. 우리 삼촌이 서예가란 건 자네도 알지?"

그렇게 일이 풀렸다. 그제야 그에게 해인사를 다녀오게 된 사정을 털어놓았다. 아울러 내가 대신 동림사에 몸을 담아 보겠다고 말했다. 화엄 스님에게 소개 편지 한 통도 써달라고 했다. 김해로 떠나기 전, 동림사가 어떤 사찰인지 알아보고자 했다. 그때는 인터넷이 없던 시절이어서 종로구 수송동 조계사 옆 불교 서점에서 이런저런 자료들을 뒤적여 보았다. 하지만 동림사에 관한 자료는 전혀 눈에 띄질 않았다. 서점을 운영하는 여주인에게 물어봐도 동림사에 관해서는 잘 모르겠다는 답변만 했다. 때마침 바랑을 짊어진 객승 차림의 노스님이 서점에 들어왔다. 여주인과 노스님은 서로 잘 알고 지내는 사이 같았다. 여주인이 노스님에게 김해에 있는 동림사를 아는지 물었다. 다행히 노스님은 지난달에 거길 다녀왔다고 말했다. 그리고는 입심 좋게 동림사에 관한 이야기를 늘어놓았다.

경남 김해는 옛날 금관 가야국의 근거지여서 수많은 전설을 간직하고 있다. 역사란 이긴 자들이 남긴 기록이기에 망국에 관한 흔적들은 죄다 지워지곤 했다. 하지만 신라로 흡수된 가야국은 서기 42년부터 532년까지 5백여 년이나 엄연히 존재했다. 동림사를 설명하는데 웬 고대 국가의 역사까지 들먹이느냐 하겠지만, 거기에는 그만한 까닭이 있다.

김해를 중심으로 하여 금관 가락국을 세운 김수로는 사상 최초로 국제결혼을 한 왕이었다. 그의 왕비가 바로 허황옥이다. 그녀는 저 멀리 인도의 아유타국에서 바다를 건너온 여인이었다. 허황후를 따라온 그녀의 오빠 장유 화상은 조국인 아유타국의 국태민안을 위해서 김해 땅 서쪽에 서림사西林寺를 세웠고, 가야국의 번영을 기원하는 동림사東林寺를 동쪽에 세웠다. 현재의 은하사인 서림사는 임진왜란 때 소실되었다가 4백여 년 전에 중건되어 오늘에 이른다. 하지만 동림사는 최근 들어서야 화엄 선사에 의해 복원 사업이 이뤄졌다.

김해는 고향 땅 진주와 그리 멀지 않은 고장이었지만, 그처럼 유구한 역사의 편린이 있었다는 사실은 알지 못했다. 허황후는 거친 풍랑을 이겨내기 위한 신앙적 상징물로 파사석탑과 함께 배에 쌍어雙魚 깃발을 꽂고 왔다. 두 마리의 물고기 그림은 가마득한 옛날부터 신령스러운 토속신앙의 대상물이기도 했다.

서울에서 어물쩍거리고 있을 이유가 없어 서둘러 동림사를 찾아 김해로 내려갔다. 신령스러운 물고기 산이라는 신어산 자락에 서림사, 즉 은하사가 위치했고 오른편에 동림사의 일주문이 있었다. 내가 도착했을 때는 사찰 복원 공사가 완료되지 않은 시점이었다. 아직 천왕문을 짓고 있었다. 사찰 주위는 온통 신어산 자락이어서, 넉넉한 숲이 마치 봄맞이하는 듯했다. 곳곳에 등산로가 나 있고, 한 폭의 동양화를 떠올리게 하는 풍경들이 이어졌다. 등산로를 따라 올라가며 뒤를 돌아보니 사천왕문 너머로 산성이 시야에 들어왔다. 종각을 지나자 지장보살을 본존으로 안치한 대원보전大願寶殿이 보였다. 법당에 석가모니불이 아닌 지장보살을 본존불로 모신 걸 보고 순간 당혹스러웠다. 지장보살은 석가모니 부처의 열반 이후 미륵보살이 성불할 때까지의 기간인 말법 시대에 육도 중생을 교화하겠다는 대원을 세운 보살이라고 했다. 이때만 해도 부처와 보살의 개념을 제대로 알지 못했다. 동림사에 몸담은 이후 한동안 남몰래 이를 극복하기 위해 엄청난 공을 들였다.

앞에서 불교적 논리는 유기체적 구조라고 했었다. 흔히 들을 수 있는 보살菩薩이라는 개념도 사실은 그 의미가 만만치 않다. 보살을 제대로 이해하려면 소승과 대승의 개념부터 파악해야 한다. 보살이란 개념 속에는 대승불교의 온갖 사상이 함축되어 있다.

훗날 붓다가 된 고타마 싯다르타가 태어날 당시의 인도 대륙은 지금처럼 통일된 국가가 없는 곳이었다. 같은 종족들끼리 한 지역에 옹기종기 모여 사는 수많은 부족국가로 구성되어 있었다. 그중에서 비교적 세력이 강했던 다섯 나라가 있었는데, 오천축국五天竺國이라고 한다. 그중에 마가다국이 가장 강성한 나라였고, 붓다가 태어난 카필라바스투는 가장 작은 나라에 속했다. 지리적 위치를 살펴보면 갠지스강 남쪽 지방이 마가다국이고,

카필라바스투는 강 북쪽에 있는 코살라국에 인접해 있었다. 그 당시에도 나라 안팎이 평온하지만은 않았다. 늘 이웃 민족의 침입을 염려하는 불안한 정세가 계속되었다. 그러한 까닭에 정반왕은 출중한 아들 싯다르타가 출가하지 않고 왕위를 계승하여 주기를 간절히 원했다. 하지만 그 바람은 이루어지지 않았다.

깨달음을 얻어 붓다가 된 석가모니는 고국만을 전법傳法의 무대로 삼지 않았다. 오히려 마가다국과 코살라국에서 왕성한 전법 활동을 펼쳤다. 불전佛典에 왕사성, 영축산, 사위성, 기원정사 등이 유명한 설법 장소로 기록되어 있다. 그곳은 카필라바스투의 영토가 아니라 마가다국과 코살라국의 영토였다. 붓다는 주로 마가다 어로 설법했고, 대중이 쉽게 알아들을 수 있는 산스크리트어나 카필라바스투 국가의 언어를 가끔 곁들였다. 그는 전통 바라문들의 권위적인 제사 지상주의와 윤회의 주체이자 나의 본질인 아트만(Atman)의 존재를 전적으로 부정하면서 연기적 세계관과 중도적 실천행을 주장했다. 붓다가 입멸하고 오랜 세월이 흘렀다. 물질을 분석적으로 보는 인간의 존재는 오온五蘊의 결합이라고 보는 상좌부와 모든 생명체의 심성은 본래 깨끗하나 티끌과 같은 번뇌로 더러워질 뿐이므로 뭇사람들은 누구나 붓다가 될 수 있다고 보는 대중부로 나누어지게 되었다. 훗날 상좌부는 보수파로 대중부는 진보파로 규정되었다. 이렇게 나누어지게 된 까닭은 몇 가지 계율의 해석을 두고 합의점을 찾을 수 없었기 때문이다.

당시 논쟁거리는 열 가지였다. 불제자들은 그 문제를 조사하고 바로 잡기 위해 제2차 결집을 했다. 팔리율장에 첫 번째 묶음으로, 계율에 관한 부분에 나타난 십사 중에서 앞의 다섯 가지만 예로 들면 다음과 같다.

* 뿔로 만든 용기에 보관했던 소금을 음식물에 넣어 먹는 것이
  합법인가?
* 수행자는 정오를 넘으면 식사할 수 없다. 그런데 정오가 지나
  서 태양의 그림자가 손가락 두 마디만큼 지난 시각까지 식사
  시간을 연장하는 것은 합법인가?
* 한 번 탁발해서 충분한 식사를 했음에도 불구하고, 또다시 마
  을에 들어가 식사 접대를 받는 것은 합법인가?
* 동일계界 내에서 계율을 외우며 참회하는 포살布薩-같은 지역
  의 승려들이 보름마다 모여 죄를 고백하고 참회하는 의식-을
  따로 행하는 것은 합법인가?
* 교단의 여러 사항을 결정하는데, 우연히 비구 전원이 참석하지
  않았을 때, 참석한 성원만으로 먼저 결정을 한 다음 나중에 온
  비구에게는 사후에 승낙을 구하는 것이 합법인가?

한 번 금이 간 사기그릇이 결국 조각나고 말 듯, 상좌부와 대

중부는 다시 분열되기에 이른다. 연도 기록이 확실치는 않지만, 인도 마우리아 왕조의 3대 왕으로 사상 최초로 인도를 통일하였던 아쇼카 왕(?~B.C. 232) 치세 말기로 역사는 기록하고 있다. 이번에는 주로 깨달음을 얻은 인물인 아라한에 대한 견해차였다. 이때 발생한 논쟁을 '대천 5사'로 불렀다. 대천은 아라한의 이름이다. 이에 상좌부는 11개, 대중부는 9개 파로 다시 나누어지게 되었다. 대천 5사의 내용은 다음과 같다.

* 아라한도 유혹당할 때가 있다.
* 깨달은 것을 지각知覺하지 못할 수도 있다.
* 자신이 아라한이 된 것을 알기까지 시간적 유예가 있다.
* 자신이 아라한이 된 줄 모르고 타인이 말해 준다.
* 아라한은 최종목적지가 아니라 수행과정에 불과하므로 계속 수행해야 한다.

교단이 시끄러워졌다는 얘기는 계율戒律을 지키는 생활이 문란해졌다는 의미다. 생활이 문란해진 것은 교단이 타락했다는 의미로 해석될 수 있다. 불교사에서는 이 시기를 부파불교 시대라고 한다. 이때의 불교는 출가자 중심의 학문불교여서 실천보다는 이론만 앞세웠다. 그들이 내세운 불교 논리는 너무 사변적일 뿐만 아니라 지나치게 분석적이어서 훗날 학자들로부터 번

잡스럽다는 평을 듣기도 했다. 그래서 일반 재가 신도들은 붓다의 가르침을 깨우치려 노력하기보다는 붓다의 진신사리가 보관된 불탑을 향해 경배만 드렸다. 이렇게 되자 점차 붓다를 흠모하는 경향이 강해지고 결국 신격화하기에 이르렀다.

부처님이 예견한 대로 깨달음 이후 천 년이 지나자 진법眞法 시대가 끝나고 상법像法 시대가 시작되었다. 근본불교 시대와 부파불교 시대를 합쳐 4백여 년간, 불교 승단은 왕실과 부호의 비호 아래 경제적으로 대단히 윤택한 생활을 했다. 그러나 점차 기복 중심의 타 종교처럼 되면서 승려들도 속세와는 동떨어진 출가 중심의 은둔 세계에만 안주하게 된다. 그리하여 논리를 위한 논리만을 재생산하기에 이른다. 출가승들은 고해苦海 속을 방황하는 민중은 외면한 채, 오직 자신의 해탈만을 원하고 수행하여 얻은 공덕을 자신에게만 돌리는 지기 이익의 정신을 고수했다.

그 무렵 대승불교 운동이 일어났다. 불타의 가르침을 따라 근본불교로 되돌아가자는 취지였다. 그들의 주장은 일반 민중도 쉽게 다가갈 수 있는 교리를 개발하고 상대방부터 먼저 배려하는 이타 정신을 함양하자는 것이었다. 큰 수레라는 의미를 지닌 대승불교 운동은 부파불교의 전문화된 학문불교에서 실천적인 신앙 형태로의 전환이었다. 불탑을 중심으로 일어난 민중 불교 운동이기도 했다.

한편 붓다의 신격화가 점차 고착되어 가고 있었다. 대승불교가 흥기하면서 아라한에 대칭되는 이상적인 인물형으로 보살菩薩이 새롭게 부상했다. 보살의 개념은 소승불교 시절에도 있었지만, 주목받는 개념은 아니었다. 아라한은 자신만의 깨달음이란 의미가 강하지만 보살의 정신은 중생구제를 위해 나의 성불도 유보할 수 있다는 이타적 의미가 강하다. 따라서 대승불교 운동을 주도하는 승려들은 무엇보다 민중을 신앙의 주체로 보는 동시에 속가에서의 수행도 출가수행 못지않다는 주장을 펼쳤다. 기존 교단의 입장으로 보면 참으로 가당치도 않고 상상조차 할 수 없는 주장이었다.

당시 출가 승려들은 일종의 선민의식에 젖어 있었다. 가정생활을 영위하는 재가 신도들은 절대로 수행자의 반열에 오를 수 없다는 관념에 빠져 있었다. 그러나 대승불교 주창자들은 목소리를 낮추지 않았다. 그들은 불교 내의 혁신 세력으로 자처하면서, 이전의 보수적인 출가승들의 수행법을 소승적이라며 맹공을 퍼붓기 시작했다. 다시 말해 철저히 이기적인 소승적 깨달음은 아라한이 되기 위한 자기만의 깨달음이라는 것이다. 대승적 보살 정신은 모두 함께 깨닫자는 것이고, 이는 사회의식을 내포하는 수행에서 비롯하는 것이었다.

소승불교 측에서는 자신들이야말로 정통적인 수행법을 고수하는 사람이라고 방어했다. 그러면서 대승불교 운동 주창자들을 이단시하거나 수많은 논쟁을 일으켰다. 그렇게 소승과 대승 교단 사이에 야기된 이념논쟁은 교리의 해석에 있어서 커다란 차이를 빚어내기에 이르렀다. 소승불교 쪽에서 보면 대승불교의 사상과 논리는 너무나 파격적이어서 도저히 타협의 여지를 찾을 수 없었다. 마치 가치관을 전도顚倒시키려는 시도처럼 보였을 것이다. 이를테면 소승불교는 인생을 단순한 고통의 덩어리로 보는데, 대승불교는 인생을 부처로 가는 과정으로 보았다. 또 소승은 번뇌를 반드시 씻어버려야 할 티끌로 보는 데 반해, 대승에서는 번뇌를 부처의 씨앗으로 보았다. 소승의 교리는 묘목처럼 단순했지만, 대승의 교리는 거목과 같아 한눈에 이해하기가 쉽지 않았다. 그렇다고 소승적 수행을 섣불리 매도해서는 안 된다는 사실을 명심해야 한다.

앞에서도 소개한 오쇼 라즈니쉬도 아라한의 존재를 보살과 같은 위치에 두어야 마땅하다고 했다. 나는 그의 주장이 결코 무리가 아니라고 생각한다. 아라한의 입장으로 보면 대승불교에서 말하는 자비심 같은 생각도 엄밀한 의미에서 하나의 집착이다. 남을 돕겠다는 생각도 애당초 잘못되었다고 본다. 남을 돕는 일은 곧 남의 삶에 간섭하는 행위가 된다는 것이다. 아라한은 깨닫는 순간, 제자들을 받아들이지도 않고 설법 따위도 하지 않으며 단지 자신의 황홀경 속에서만 살아간다. 하지만 만약 누군가 그의 샘물에 목을 축이러 온다면 그때는 막지 않는다고 한다. 그러

제2부 구도자의 길

한 아라한의 삶의 방식은 개인의 자유에 절대적 경의를 표하는 방법이라는 해석이 있다.

한편 그때까지만 해도 부파불교에서는 과거와 현재와 미래를 관통하는 실체인 법法이 항상 존재한다는 이론을 고수하고 있었다. 법이 존재한다는 논리는 붓다가 설파했던 제법무아에 대치되는 개념이었다. 이처럼 소승과 대승 교단 사이에는 어지러운 논쟁이 끝없이 이어졌다.

기존 교단에 반기를 들고 대승이란 기치를 높이 올린 혁신 세력들은 사생결단으로 소승적 교단을 압도할 수 있는 사상적 논리를 개발하지 않을 수 없었다. 종교적 이념논쟁은 대의명분보다는 뛰어난 사상적 논리를 갖추는 것이 필수였다. 대의명분은 세속적으로 세력 다툼할 때 필요한 것이다. 종교 이념은 생사를 초월하는 궁극적 가치관이므로 대의명분이 발붙일 여지가 없다.

이때 대승불교 승단에 나타난 인물이 일생을 거의 발가숭이인 채로 살아가면서 수행을 계속했다는 용수(나가르주나)와 그의 제자 제파(아리아데바)이다. 용수의 사상은 흔히 중도론이라 하는데, 그의 제자 제파는 해박하기로 널리 알려진 인물이었다. 그는 『백론』이라는 저서를 남겨 소승불교를 포함한 거의 모든 인도 사상을 날카롭게 비판했다.

용수는 붓다의 가르침에 나타난 진제를 성스러운 침묵으로 상정했고 세상 사람들이 오관으로 보는 진리를 속제라 했다. 이 속제를 진리로 보는 것이 중도라고 정의했다.

그러자 중관학파가 진리를 너무 부정적으로 본다는 비판이 일었다. 무착과 세친이 대표적이다. 그들은 유식학파이자 피를 나눈 형제였다. 세친은 설일체유부에 속한 수행자였다. 설일체유부는 법의 실재가 우리의 경험 세계 너머에 영원히 존재한다고 주장한 소승 교단이다. 세친은 유명한 『구사론』의 저자이다. 대승교단으로 넘어온 세친은 지난날을 반성하며 형 무착에게 자신의 혀를 잘라 버리겠다고 말했다. 그간 대승불교를 비방한 죄를 씻기 위해서였다. 무착은 그 혀를 자르지 말고, 대승사상을 발전시키는 데 쓰라고 했다. 당시 소승과 대승의 논쟁이 얼마나 격렬했는지 충분히 짐작할 수 있는 일화이다.

그리하여 세친은 유식학을 집대성한 책을 집필했다. 이는 유식론의 기본 토대가 되었다. 유식학은 용수의 중도론에 나오는 공관空觀을 계승했다고 볼 수 있다. 그렇지만 그 해석, 전제, 방법론에 큰 차이를 보인다. 무착과 세친이 논리의 기틀은 잡은 유식학唯識學은 불교의 현상론을 집요하게 전개했다. 오직 마음뿐이라는 의미의 유식을 종교철학의 영역으로 삼은 유식학은 일종의 심층심리학이라고 볼 수 있다. 잠재의식에 잘못 입력된 분별력을 붓다의 지혜에 비춰 올바른 인식으로 바꾸는 것이 수행의 기본목적이었다.

유식학은 유가행파가 크게 발전시켰다. 유가행은 요가(yoga)

를 말하는 것으로, 노력이나 실천이라는 개념도 들어 있다. 요즘에는 요가가 건강을 위한 스포츠로 일반화되어 있다. 하지만 원래 요가는 철저한 수행의 한 방법이었다. 유식학은 우리의 상식을 혁파하는 이론들을 줄기차게 전개했다. 예를 들면 우리가 사물을 대할 때, 눈앞에 나타나 있는 것이 엄연한 실재이고 그것을 있는 그대로 본다고 생각한다. 하지만 진실은 그러한 고정적인 사물이 존재하지 않는다. 다만 우리들의 마음에 사물이 그렇게 보이고 존재할 뿐이라는 것이다.

우리들의 마음에 의해서 사물이 보이고 존재한다는 논리는 유식학의 기본 전제다. 다시 말하면 사물은 주관과 객관의 관계로 존재할 뿐이라는 논리다. 그러니까 유식학의 관점에서는 마음에 떠오르지 않는 것은 존재하지 않는 것이다. 유식에서는 시각도 마음의 한 종류다. 산이나 꽃이 저기에 있어 우리가 그것들을 보는 것이 아니다. 단지 우리의 마음이 산과 꽃을 보고 있다. 눈이 사물을 보는 것이 아니라, 한 사람의 존재 또는 전 인격이 실린 마음이 사물을 보고 있다는 것이다.

유식학파의 주장은 일상적 사물이 인간의 의식을 떠나 객관적 실재는 존재하지 않는다는 것이다. 용수에서 시작된 중관학과 무착과 세친의 형제가 체계화한 유식학으로 대승불교는 소승불교의 논리를 압도할 수 있었다.

8세기 이후 인도의 토속적인 제사 의례가 불교에 도입되었다.

그러면서 고대 성전의 주법呪法을 사용하는 의례와 신과 내면적 결합을 꾀하는 신비주의 등을 무분별하게 수용한 대승 밀교가 등장했다. 또 힌두교가 발흥하고 이슬람교가 침입함으로써, 인도 불교는 12~13세기를 고비로 세력이 흐지부지되고 말았다. 인도 불교를 멸망시킨 외세는 바로 이슬람교이다. 서양인들이 탄트라라고 부르는 밀교는 7~8세기에 힌두교와 불교가 융합된 것이다. 밀교에서는 경전을 '탄트라'라고 불렀다.

붓다가 상류층이 사용하는 베다어보다는 대중들이 알아들을 수 있는 말로 설법하다 보니, 자연스레 온갖 속어들과 방언들도 사용되었다. 그러나 그의 사후, 경전이 만들어질 때 팔리어와 산스크리트어 두 가지 언어로 정리되었다. 팔리어의 팔리(Pali)는 기록된 경전을 뜻하는 것이다.

이에 더해 자연 그대로라는 의미와 세련되지 못했다는 뜻도 담긴 인도 방언이다. 산스크리트어는 고대 인도인들이 창조신으로 믿는 브라흐마가 만든 가장 우수한 언어라는 뜻이다. 4~5천 년 전, 중앙아시아에 살던 주민들이 사방으로 퍼져나갈 때 인도 지방으로 흘러 들어간 한 무리가 사용했던 말이기도 하다. 산스크리트에는 완성된 혹은 세련된 이라는 뜻이 담겨 있다. 즉 불교의 경전은 처음부터 한편으로는 팔리어와 같은 지방어로, 다른 한편으로는 산스크리트어처럼 정돈된 표준어로 기록되었다.

팔리어로 기록된 경전과 산스크리트어로 기록된 경전은 그 성격이나 전파된 지역이 크게 달랐다. 그리고 팔리어로 기록된 경전들은 대개 소승불교 쪽으로 기울어졌고, 산스크리트어로 기록된 경전은 일부를 제외하고는 주로 대승불교 쪽으로 기울어졌다. 그리하여 팔리어 경전들은 인도를 중심으로 대개 남쪽에 있는 스리랑카, 미얀마, 태국, 라오스, 캄보디아, 말레이시아, 인도네시아 등으로 퍼져나갔고, 산스크리트어 경전은 인도의 북쪽 지방인 네팔, 중앙아시아, 티베트, 중국, 베트남, 몽골, 한국, 일본 등지로 퍼져나갔다.

즉 부파불교 시대 상좌부의 소승불교가 남쪽으로 전파되었다. 북방으로는 소승불교도 일부 섞여 있긴 했으나 주로 대승불교 중심으로 전파되었다. 하지만 이는 편의에 의한 대략적인 분류일 뿐 무조건 남방불교는 소승불교요, 북방불교는 대승불교라고 선을 그을 수는 없다.

범어梵語로 표기된 보살을 직역하면 이미 깨달은 존재가 아니라 깨달아 가는 존재라는 뜻이다. 깨달은 존재는 부처이다. 보살은 깨달아 가는 존재이거나 중생제도를 위해 부처가 되기를 스스로 유보한 존재이다. 자기 안에 불성이 있다는 사실을 인식하고, 불성을 찾고자 하는 마음으로 공부하면 보살이 된다. 보살이 되는 과정은 천차만별이다. 부처의 경지에 오른 보살이 있을 수 있고, 이제 갓 부처를 찾고자 자신의 마음을 추스르는 보살도 있을 수 있다.

열반의 세계를 추구하는 대승불교 수행자인 보살에게는 여섯 가지의 실천 수행이 있다. 법보시法布施와 지계持戒는 계율을 지키는 것이고, 인욕은 참고 견디는 것이다. 정진은 꾸준히 나아가는 것이고, 선정 즉 마음의 다스림을 받아서 지혜智慧로운 수행을 하는 것이다. 보살의 수행법 중에서 보시와 인욕은 소승불교에 없는 내용이었다. 보살의 정신이란 위로는 법을 구하고 아래로는 중생을 교화한다는 것이다. 소승불교에는 그런 정신이 없다. 보살의 수행에서 법보시는 자신이 깨달은 것을 중생에게 깨우치게 해야 한다는 것으로, 가장 앞선 덕목으로 설정되어 있다. 여기에서 알 수 있듯이 대승불교는 자기의 인격을 완성하여 아라한이 되는 것과 아울러 중생제도라는 이타 정신을 중시했다. 동림사가 '대원보전'에 지장보살을 안치한 것은 지장보살이 부처에 버금간다고 표현한 것이라 할 수 있다.

9 행자 생활

지장보살은 모든 지옥 중생을 구제하기 전까지는 절대로 부처가 되지 않겠다는 서원까지 했다. 마찬가지로 반야심경에 나오는 관자재보살 또한 깨달음을 얻어 부처의 경지에 오른 보살로 통한다. 보살은 석가모니가 입적한 후 한참 지나서야 발흥한 대승불교가 새로이 개념을 빚어낸 말이다. 또 소승불교의 존자尊者에 대칭되는 개념이다. 만인의 이상적 인물상으로 정의할 수 있다. 따라서 대승불교의 승려는 아라한이 아니라 보살이 되기 위해 수행을 이어가는 사람들이라고 할 수 있다.

나는 천천히 동림사 대원보전에 들어가 지장보살에게 세 차례 절을 올렸다. 사찰에 가면 정숙한 자세로 우선 법당에 들러 부처님에게 절을 올리고, 경내에서 스님과 마주치면 합장배례를 하는 게 기본예절이란 것쯤은 알고 있었다.

그날 화엄 스님은 서울에 가서 사찰에 없었다. 종무소를 찾아가 첫인상이 몹시 무표정한 원주스님을 만나 합장의 예를 올렸다. 그리고 여기까지 찾아오게 된 사연을 간단히 전했다. 원주스님은 아무 말도 하지 않고 얘기를 듣다가 "따라와요!" 한마디만 던지고 앞장섰다. 스님은 나에게 요사寮舍채, 즉 스님들의 거처 끝머리에 붙은 빈방 하나를 배정해 주었다. 그는 혼자 요사채의 어느 방으로 가더니 먹물 옷 한 벌과 검정 고무신 한 켤레를 가지고 나타났다. 먹물 옷은 빨래가 되어 있기는 했지만, 낡아 빠지기 그지없었다. 옷과 고무신을 받고 행자 생활이 시작되었다. 세속의 때를 벗는 시기였다. 눈치껏 스님을 따라 예불을 올리고 정해진 시간에 잠을 자며 공양供養, 즉 식사도 그들과 함께하게 되었다. 나는 행자로서 절간의 허드렛일을 도맡아 해야 했다.

가만히 살펴보니 사람들이 출가하는 원인은 무척 다양했다. 출가라는 것이 말이 쉽지, 행동으로 옮기기는 결코 쉬운 일이 아니다. 갑자기 출가하는 것처럼 보이는 사람들도 실상은 갑자기 출가하는 것이 아니다. 봇둑이 터지듯, 차곡차곡 쌓여 온 현실에 대한 불만이나 절망감 등을 버티다 못해 한계에 이를 때 출가를 결행하게 되는 것이다. 예전에는 배고픔을 참지 못해 출가한 이들도 많았다. 그리고 1970~80년대에는 사업에 실패한 사람들은 물론, 시위하다가 경찰에 쫓겨 사찰에 피신했다가 그냥 거기에 주저앉는 경우도 많았다. 꼭 이런 경우가 아니더라도 그저 삶이 무엇인지 알고자 번뇌를 거듭하다가 입산하게 된 이도 적지 않았다.

제2부 구도자의 길

나의 경우는 좀 복합적이었다. 승려의 삶에 대한 궁금증과 인생에 대한 궁금증이 가장 큰 출가요인이기는 했다. 다른 한편으로는 의식주를 해결할 수 있고, 책을 읽을 수 있는 시간이 많을 것 같아서 출가한 측면도 있다. 가정마다 가풍이 있듯이 사찰마다 사풍이 있기 마련이다. 동림사의 분위기는 그저 굼실굼실하고 덤덤했다.

나이 많은 행자가 되어서 그런지, 그곳에서는 누구 하나 나를 하대하거나 구박하지 않았다. 일일이 간섭하는 사람도 없었다. 스님들의 일과는 새벽 4시경 법당에서 부처님을 향해 절을 하고 반야심경을 독경하는 예불로 시작되었다. 예불 이전에는 도량석이 전개된다. 스님 한 명이 목탁을 치면서 사찰 경내를 돌며 잡귀를 내치기 위해 염불하는 의식이다. 스님들은 그 목탁 소리를 군대의 기상나팔 소리쯤으로 여기는 듯했다. 그 소리를 들은 경내의 모든 스님은 잠자리에서 일어나 이부자리를 정리하고 세수와 양치질을 했다. 그리고 법당에 모여 미리 정해진 자기 자리에 조용히 앉아 예불 자세를 취했다.

법당에서는 언제나 주지 스님이 최상석에 앉고 다음 자리에는 원주스님이 앉았다. 자리는 물론 무슨 일에서나 행자의 자리는 가장 뒤편이었다. 20여 분이 걸리는 새벽 예불이 끝나면, 스님들은 경내를 청소하고 운동했다. 운동이 끝나면 아침 공양 시간까지 각자 방에서 공부했다. 나는 종무소에 비치된 책 중에서 읽고 싶은 책 한두 권을 방에 가져다 놓고 시간이 날 때마다 읽었다. 선禪과 관련된 책들이 많았다. 스님들의 아침 공양 시간은 6시 30분에서 7시 사이였다. 스님들의 식사는 단순히 밥을 먹는 행위가 아니라 하나의 의식이자 수행의 일환이었다. 예를 들면 수저를 들 때 붓다의 탄생과 깨달음 그리고 열반까지의 과정을 생각하거나 자연 및 중생의 노고 등을 생각하는 것이다. 또는 보살로 살겠다는 의지를 다지거나 깨달음을 이루겠다는 서원을 다짐하기도 한다.

사찰의 공적 업무를 맡은 스님들이나 도심에서 포교나 사회봉사활동을 하는 스님들은 여건상 이들과 꼭 같은 과정을 지킬수 없다. 그러나 일반 스님들은 예불, 기도, 염불을 비롯하여 개인이 맡은 소임 이외의 거의 모든 시간을 공부하는 데 썼다. 책 읽기를 좋아했던 나로서는 더는 바랄 게 없는 일상이 이어졌다. 스님들은 틈틈이 사사로운 일도 하고 불제자들이 오면 인생살이나 신앙생활에 관한 이야기를 나누기도 했다. 동림사에 온 지 일주일쯤 지났을 무렵이었다. 하얀 수염이 무성한 화엄 스님이 서울에서 돌아왔다.

절에 있는 동안, 불사에 참여하는 일꾼들이 화엄 스님을 보고 달마대사를 팔러 다니기에 바쁜 사람이라며 저희끼리 수군거리는 말을 들은 적이 있었다. 원주스님이 나를 데리고 주지스님 방으로 갔다. 원주스님이 화엄 스님을 향해 예를 올리게 했다. 스님에게 삼배하고 무릎을 꿇고 앉았다. 스님은 아무 말도 하지 않았다. 나는 주머니 속에 넣어 두었던 김지운의 소개 글을 꺼내어 공손하게 스님에게 드렸다. 스님은 글을 다 읽고서도 아무런 반응이 없었다. 그 편지의 골자는 가엾은 중생을 큰스님께서 잘 보듬어 주십사 하는 것이었다. 원주스님이 나를 데리고 스님 방에서 나왔다.

화엄 스님은 꽤 유명한 선승이었고, 달마의 그림을 잘 그리는 선화 작가로도 잘 알려져 있었다. 그가 그린 그림은 액운을 물리치는 영험이 있다는 소문까지 널리 퍼져 있었다. 화엄 스님이 나서서 옛 절터만 남아 있던 그곳에 동림사를 중건했는데, 그 중건 기금을 달마도를 팔아서 마련했다는 소문까지 있을 정도였다.

화엄 스님에 대한 첫인상은 별로였다. 그는 나에게 아무 말도 하지 않았다. 선승들은 대개 말이나 문자가 지닌 형식과 틀에 집착하거나 이에 빠지는 것을 경계하는 불립문자의 자세를 취한다. 스님도 그런 연유로 그리했을 거라는 점은 짐작할 수 있었다. 하지만 덕담 한마디쯤은 듣고 싶었다. 동림사 스님들이 입이 무거운 까닭은 선승인 화엄 스님의 영향을 받은 탓인 것 같았다.

인도의 선禪에 비해 중국선은 별난 점이 무척 많다. 우리나라의 선종은 중국선의 전통을 이어받았다. 중국으로 넘어온 인도의 불교사상은 현실성과 실용성을 중시하는 중국인 특유의 현세 중심적 기질과 더불어 노장사상과 공존하고 융합하면서 점차 중국식 불교로 변모되었다. 무엇보다 윤회輪廻 사상은 현세 중심적인 중국인에게 엄청난 충격을 안겨주었다.

공자도 말했듯이 중국인들에게는 내세, 즉 저승에 대한 관념이 희박했다. 그리고 주역의 사상에도 나와 있듯이 간편한 삶을 선호한다. 그런데 윤회 사상을 이해하려면 적어도 전생, 금생, 내생이라는 삼세의 개념이 필요하다. 그러자 중국인들은 불교 사상을 개조하고자 했다. 그 결과 염불불교에 해당하는 정토종과 중국식 선종인 격의불교가 나타났다. 격의는 뜻을 헤아린다는 말이다. 격의불교는 산스크리트어로 되어 있는 불교 경전을 노장사상으로 풀이하고 이해하는 형태의 불교를 말한다. 위진남북조 시대의 승려 도안이 불경을 노장사상으로 풀이한 장본인이다.

원래의 불교가 보기에 중국의 염불불교나 선 사상은 참으로 기가 막힐 노릇이었을 것이다. 현생에서 극락왕생할 수 있고, 금방 부처가 될 수 있다는 사상이 나타난 것이다. 염불하는 불교에서는 한결같이 간절한 마음으로 '나무아미타불, 관세음보살' 하고 염불 삼매경에 빠지면 절로 깨달음을 얻어 극락에 갈 수 있다는 수행체계를 갖고 있다.

한편 중국의 선종이 인도의 선 사상과 모습을 달리할 수밖에 없었던 까닭에는 뜻밖에도 역사적인 사건이 개입되어 있다. 위진남북조 시대, 북위의 주나라 무제는 도교의 발전을 꾀하던 도사 구겸지의 책략에 빠져 574년에 폐불 사건을 일으켰다. 그리하여 30만 명이나 되는 승려들을 성 밖으로 내쫓았다. 그는 왕에게 넌지시 검은 것이 불길하다고 말했다. 그러자 무제는 승려복이 검다는 이유로 승려들을 무자비하게 탄압하기 시작했다. 그때 살아남기 위해 산중으로 허겁지겁 도망친 승려들에게는 당장 갖고 온 경전이 없었다. 그래서 정상적인 교리 공부를 할 수 없게 되었다. 마음속의 불성佛性을 찾는 좌선을 수행 방법으로 선택할 수밖에 없었다. 좌선은 마음을 어느 한 대상에 집중시켜 삼매경에 빠지는 것을 말한다. 즉 열중하여 무아, 무념의 경지에 젖어 드는 수행법이다. 달마대사에게 자기 팔 하나를 끊어 바친 후에야 비로소 법을 이은 제자가 되었다는 혜가 또한 그 당시 폐불 재앙에 쫓겨 피신한 사람으로 알려져 있다. 이 같이 중국의 선에 불립문자라는 개념이 생겨날 수밖에 없었던 이유에는 이러한 비극적인 역사적 배경이 깔려 있다.

1. 불립문자의 깨달음은 개념적인 지혜와 학식이 끊어진 곳에 있다.
2. 교외별전은 교리 이외에 별도로 전승되는 진리가 있다.
3. 직지인심은 교리나 계행이 아닌 사람의 마음에서 직접 불성을 찾는다.

4. 견성성불은 불교에서 말하는 중생이 본래 지닌 순수한 심성
  만 찾게 되면 그 즉시 부처가 된다.

  달마대사가 개창한 중국의 선종은 혜가를 2대 조사로 삼았
다. 3대 승찬, 4대 도신, 5대 홍인, 6대 혜능이 선풍의 맥을 이었
다. 붓다의 밥그릇인 발우와 법의인 가사는 6대까지만 전해졌다
고 한다. 6대 혜능에 이르러 우주의 진리는 시간과 공간을 초월
한다는 돈오頓悟의 원리가 생겨났다. 돈오는 수행을 계속하다 보
면, 어느 날 갑자기 일순간에 번개처럼 깨달음을 얻을 수 있다는
사상이다. 돈오는 점진적으로 깨달음을 얻을 수 있다는 점오漸悟
와 대조된다.
  강남지방은 혜능의 남종선인 돈오를 믿는 수행법을 따랐다.
반면 북경을 중심으로 위세를 떨친 신수의 북종선은 점오를 믿
는 수행법을 따랐다. 돈오와 점오는 깨달음을 얻는 방법으로써
아직도 논쟁거리이다.

  어느 날 총무스님이 면도칼로 내 머리카락을 삭발했다. 삭발
은 출가 수행자의 전형적인 모습이다. 이는 수행자가 세속인과
다르다는 것을 나타내는 동시에, 세속의 번뇌를 단절한다는 의
미를 지니기도 한다. 출가자가 머리 모양에 연연하는 것은, 출가
의지를 흐리게 하고 진리에 대한 무지를 키운다고 했다. 출가자

의 머리털을 무명초라 부르기도 했다. 삭발한 머리를 감고 나자 총무스님은 나무 의자에 앉으라고 손짓했다. 스님이 조용히 입을 열었다.

"행자님은 나이도 꽤 들었고 책도 많이 읽었는데, 삼보三寶가 무엇인지 알겠지요?"

"부처님과 부처님 말씀과 스님인 줄로 압니다."

"물론 삼보에 귀의하는 마음으로 절에 왔을 터이고?"

"그렇습니다."

"사미오계라고 불제자가 지켜야 하는 다섯 가지 계도 익히 아실 테고?"

"불제자가 지켜야 할 오계는, 생명을 죽이지 말라 하는 불살생과 주지 않는 것을 가지지 말라 하는 불투도와 거짓말을 하지 말라 하는 불망어와 사음에 빠지지 말라는 불사음과 술을 마시지 말라는 불음주로 알고 있습니다."

"그렇다면 언제 어디선가 오계를 지키며 삼보에 귀의한다는 맹세를 하고, 연비를 받은 적은 없었소? 연비 절차를 마치면서 법명을 받기도 하는데?"

"아직 그런 절차를 거친 적은 없었습니다."

연비燃臂란 왼 팔뚝에 살짝 뜸을 뜨는 간단한 의식이다. 전생에 지은 모든 죄업이 마치 마른 풀이 불에 타 사라지듯이, 봄눈이 녹아 버리듯 소멸하라는 의미의 상징적 의례이다.

"좋아요, 의식도 중요하지만, 내용이 더욱 중요할 것이니, 사미승이 지켜야 하는 십선계를 외울 수가 있겠소?"

스님의 말을 듣고 비로소 정신을 바짝 차렸다. 짐작건대 스님이 약식으로 사미승 계를 내리는 것이었다. 십계는 자율적이라는 의미에서 십선계十善戒라고 부르기도 한다.

십선계의 내용은 이미 모두 알고 있었다. 하지만 암기력이 부족했던 탓에 뚜렷하게 조리 있게 읊지는 못했다. 더듬더듬 십선계를 읊기 시작하는데 원주스님이 그럴 줄 알았다는 듯, 막힐 때마다 거들어 주었다. 그럼으로써 십선계를 다음과 같이 정리해 볼 수가 있었다.

제1. **불살생**은 살생을 삼가라! 일체 생명을 내 몸 같이 여기라는 뜻에서 살생을 금하기는 했지만, 먹고 사는 자연의 질서까지 부정한 것은 아니었다.

제2. **불투도**는 도적질 말라!

제3. **불사음**은 음행을 삼가라! 스스로 마음과 육신을 깨끗하게 지킬 때 욕망으로 인해 존엄한 인격이 노동의 도구나 쾌락의 도구, 전쟁의 도구로 전락되는 것을 막을 수 있음을 굳게 믿어야 한다.

제4. **불망어**는 거짓말 말라!

제5. **불기어**는 아첨을 삼가라!

제2부 구도자의 길

제6. **불양설**은 두말을 말라!

제7. **불악구**는 악담을 삼가라!

제8. **불탐애**는 욕심을 부리지 말라!

제9. **불진에**는 화내지 말라!

제10. **불치암**은 어리석은 짓을 삼가라!

스님은 묵묵히 나의 왼팔에 연비를 했다. 그렇게 공식적으로 사미승이 되었다.

"법명은 큰스님한테 받아요!"

스님은 그 말을 남기고 떠났다. 그날 밤 불교의 계율에 관한 책을 찾아 읽어보았다. 한 사람의 불제자로 세상을 산다는 것은 결국 불교의 계율을 지키며 생활한다는 의미이다. 계율은 계戒와 율律이 합쳐진 말이다. 대개 이 계율이란 말을 함께 사용하지만 정확히 말하면 계와 율은 의미가 다르다.

계戒의 원어는 '시라'이다. 습관, 행위, 경향이라는 뜻을 지닌다. 이 말의 기본정신은 자율적으로 하는 것이기 때문에 벌칙이 없다는 특징이 있다. 다시 말해 자기 내면 의식의 정화淨化를 뜻한다고 볼 수 있다. 그리고 율律의 원어는 '비나야'이다. 뜻은 제거, 훈련, 교도 등이다. 규칙, 규율, 규범 등의 의미가 있어서 타율적이고 벌칙이 따르는 특징이 있다. 원래 율은 스님들이 개인으로서나 교단의 한 구성원으로서나 반드시 지켜야 할 행위규

범이었다. 따라서 계는 오계, 십선계와 같이 고정되어 있지만 율은 시대나 환경의 변화에 따라 변하기도 했고 확대되거나 폐기되기도 했다. 다시 말하면 율은 수범 체제이다. 그래서 비행이 있을 때마다 그것을 규제하는 금지조항이 덧붙여지곤 했다. 비근한 예를 들자면, 옛날에는 존재하지도 않았던 컴퓨터 범죄와 관련된 규정이나 형법이 최근 들어 만들어지게 된 경우와도 같다. 붓다는 계율戒律을 제정한 이유를 사분율에 다음과 같이 명시하고 있다.

> 교단의 질서를 위해, 대중을 기쁘게 하기 위해, 대중을 안락하게 하기 위해, 믿음이 없는 이를 믿게 하기 위해, 이미 믿음을 지닌 이를 더욱 믿게 하기 위해, 다루기 어려운 이를 잘 다루기 위해, 부끄러움을 알고 뉘우치는 이를 안락하게 하기 위해, 현재의 실수를 없애기 위해, 미래의 실수를 없애기 위해, 바른 법을 오래 지키기 위해서이다.

앞에서 계는 타율적 규정이 아니라 자율적인 행위규범이라 했다. 신앙생활은 타율에 의해 이뤄질 수 없다. 억지로 하는 기도가 무슨 의미를 지닐 수 있겠는가? 불교에서는 수계受戒를 자기 발전의 길이자 해탈의 문으로 들어선다는 의미로 다음과 같이 표현하기도 한다.

삶과 죽음의 기나긴 밤을 밝히는 등불과 같고, 고통의 바다를 건너는 배와 같으며, 머나먼 길을 가는 나그네에게는 양식이 되고, 병든 이에게는 좋은 약이 되며, 혼탁한 물을 깨끗이 밝히는 구슬이 된다.

즉 이와 같은 마음가짐이 없는 채로 수계를 한다면 아무런 의미가 없다는 것이다. 목표가 뚜렷하면 굳센 의지가 생겨 웬만한 일은 참고 견딜 수가 있다. 하지만 그렇지 못할 때는 계가 욕망을 억제하는 족쇄처럼 작용할 수도 있다. 중국 최초의 한역 경전이라는 『42장경』에 보면, 사람에게는 스무 가지 어려움이 있다. 여기서 말하는 어려움이 바로 족쇄와 같은 작용을 한다.

가난하고 궁핍해서는 보시布施하기가 어렵고, 돈 많고 지위가 높아서는 배우기가 어렵고, 목숨을 버려 죽기를 기약하기 어렵다. 살아서 부처의 세상을 만나기 어렵고, 부처의 경전을 얻어 보기 어렵다. 색정色情과 욕심은 참기 어렵고, 좋은 것보고 갖고 싶은 생각을 뿌리치기 어려우며, 욕을 먹고 성내지 않기 어렵다. 권세를 가지고 뽐내지 않기 어렵고 일을 당해 무심하기 어렵다. 널리 배워 두루 연구하기 어렵고, 아만我慢을 버리기가 어려우며, 무식한 사람을 깔보지 않기 어렵다. 마음을 평등하게 쓰기 어려우며 남의 옳고 그릇됨을 말하지 않기 어렵다. 올바른 스승을 만나기가 어렵고, 자성自性을 보아 도道를 배우기 어려우며, 형편대로 교화하여 사람을 제도濟度하기 어렵다. 어떤 경우를 당하여 움직이지 않기 어려우며, 방편方便을 잘 알기 어렵다.

불교에서는 선악의 소행을 업業으로 표현했다. 업이 원인이 되어 그에 합당한 결과를 얻게 된다. 인과응보는 윤회설에 근거하여 선악의 소행에 따라 그에 해당하는 과보가 있다는 뜻이다. 십계十戒는 신업身業, 구업口業, 의업意業으로 크게 나눌 수 있다. 신업은 몸의 소행, 구업은 입의 소행, 의업은 뜻의 소행이다. 불살생, 불투도, 불사음은 몸으로 짓는 업에 해당한다. 불망어, 불기어, 불양설, 불악구는 말로 짓는 업에 해당하고 불탐애, 불진에, 불치암은 생각이나 마음으로 짓는 업에 해당한다. 여기서 눈여겨보아야 할 점은 십계 중에 구업이 무려 네 가지나 있다는 것이다. 인간의 말이 가장 많은 업을 지을 수 있다는 사실을 일러주고 있다.

계를 지킬 때는 지혜가 필요하다. 계의 근본정신이 무엇인지 숙고해서 행해야 한다. 예를 들면 불살생의 계를 지키겠다고 적군에게 희생당하는 부모의 모습을 그냥 지켜볼 수만은 없는 것이다. 또 전염병을 옮기는 모기가 피를 빨아먹어도 모른 척할 수는 없는 일이다. 이 십선계 외에 팔재계도 있는데, 오계에다 다음과 같은 삼계를 더한 내용이다.

* 제때가 아닌 음식물을 먹지 않는다.
* 꽃이나 향로로 몸을 단장하지 않으며 이를 즐기지 않는다.
* 다리가 있는 좋은 침대가 아닌 마루에서 잔다.

　삭발한 출가자로서 절밥을 먹는 사람의 생활은 단순명료해야만 한다. 절밥을 먹고 하는 일은 노동이 아니라 수행의 일종이라는 말도 있다. 동림사의 행자로서 내가 한 일은 다음과 같다. 매일같이 절 근처 신어산에 있는 삭정이나 썩은 나무뿌리들을 채취하여 지게로 짊어지고 가져왔다. 그리고 요사채의 군불을 지피거나 공양간에 대주었다.

　어느 날에는 풀숲에서 뱀의 허리를 밟아 혼비백산하기도 했다. 그런데 다시 한 번 놀란 이유는 그 뱀이 사실은 이상한 무늬의 나뭇가지였다는 사실을 알아챘기 때문이다. 착각이 그토록 무섭다는 사실을 그때 처음 깨달았다. 스님들 세계에 별다른 일은 있을 수 없다. 불교의 생사관은 죽음을 삶과 같은 것으로 보는데 놀랍거나 별다른 일이 언제 어디에서 생겨날 수 있겠는가! 나로서는 세속을 벗어나지 못한 행자여서 그러했으리라!

　놀라움과 슬픔 같은 일상적 감정은 여전히 남아 있었다. 눈물이 몸 안에 남아 있던 것이다. 동림사의 사미승이 된 지 두 달이 지났을 때였다. 그날도 한더위를 무릅쓰고 산에서 공양간에 드릴 화목을 한 짐 채취하여 지게로 짊어지고 내려왔다.

"어이, 행자님!"

원주스님이 종무소의 문을 열고 나를 불렀다. 그리고 와서 전화를 받아보라고 손짓했다. 공양간 앞에 지게를 받쳐 두고 종무소로 향했다. 잘못 걸려 온 전화겠지 하고 생각했다. 절에 있는 나에게 전화를 할 사람은 없다고 생각했기 때문이다.

"여보세요!"

원주스님의 책상 위에 널브러진 수화기를 집어 들고, 마치 바위에 말하듯 감정 없는 어조로 누구냐고 물었다. 잠시 침묵이 흐르더니 수화기에서 "저예요." 하는 여자의 울적한 목소리가 들려왔다. 아! 그 목소리의 주인공은 다름 아닌 미스 코오롱이었다. 너무나 뜻밖이어서 말문이 막혀 버렸다.

"준권 씨 행방을 찾아 천지 사방을 헤매다시피 했어요. 겨우 임희근 씨와 통화를 해서 어디에 있는지 알게 되었고요."

그녀의 목소리는 세상 모든 남자가 간절히 듣고 싶어 하는 것인지도 모른다. 그런데 그 목소리가 껄끄럽게만 들렸다. 불경에 나오는 마구니 목소리 같았다고나 할까?

"미안합니다. 우리의 인연은 끝난 줄 알았습니다. 그래서 출가했고요. 전화 끊겠습니다."

미련 없이 수화기를 제자리에 놓았다. 실로 어려운 숙제 하나를 풀어 버린 듯, 마음 한구석이 뻥 뚫린 듯했다. 마음이 한결 가벼워졌지만, 눈시울에는 눈물이 고였다.

동림사에도 단풍이 물들었다. 계절은 바뀌어도 생활의 패턴은 변하지 않았다. 화목을 마련하거나 잡다한 일을 하면서도 손에서 책을 놓지 않았다.

용수는 불교의 진리를 바다에 비유했다. 불법佛法은 단숨에 냉큼 뛰어 건널 수 있는 자그만 실개천이 아니라, 큰 바다와도 같다고 했다. 그는 불법의 바다에 들어가려면 우선 믿음이 있어야 하고, 불법의 바다를 탈 없이 건너가려면 지혜가 필요하다고 했다. 여기서 말하는 믿음이란 불타의 교리에 대한 믿음이고, 지혜란 세속적인 지혜가 아닌 참 지혜였다. 그때 나는 불법의 바다에서 서툰 헤엄을 치고 있었다.

10 보왕삼매론

다른 사람에게 뭔가를 베풀었다는 자만심 없이 행하는 보시를 무주상 보시라고 한다. 어느 날 빈 지게를 짊어지고 신어산을 오르다가 우연히 이끼 낀 바위 밑에서 솟구치는 맑은 샘물 줄기 하나를 발견했다. 근처 수십 미터 사방을 둘러보았지만, 오염되지 않은 깨끗한 물이었다. 그날 처음 생겨난 물줄기가 아니라 그간 미처 아무도 발견하지 못한 샘터 같았다. 예삿일로 보고 그냥 넘어가려는데, 맑은 샘물이 너무나 아깝다는 생각이 자꾸만 들었다. 그래서 그날 채취해 온 화목을 처리하고 난 다음, 종무소로 찾아가 원주스님에게 그 샘물을 발견하게 된 경위를 모두 설명했다. 때마침 화엄 스님도 종무소에 내려와 앉아 있었다.

나는 그 샘물을 플라스틱 파이프로 연결하여 우리 절까지 끌어 내리면 좋겠다고 말했다. 원주스님은 눈짓으로 화엄 스님의 허락을 받은 다음, 그렇게 해 보라며 경비를 내주었다. 김해시장에서 눈대중으로 필요한 만큼의 파이프를 사서 샘물 유입공사를 시작했다. 땅 위로 파이프를 연결하는 손쉬운 방법도 있었지만, 임시방편적으로 공사를 해서는 안 되겠다고 생각했다. 동림사가 존재하는 한 맑은 생수는 필요할 테니 이왕이면 영구적인 시설로 만들어야겠다고 생각했다. 그렇게 하자면 불가피하게 땅을 파고 파이프를 묻어야 했다. 그렇게 하는 것이 미관상으로 좋고 겨울에 파이프가 동파하는 일을 막을 수 있다. 기어코 삽과 곡괭이로 땀을 뻘뻘 흘리며 2백여 미터가 되는 파이프 매설공사를 홀로 해냈다. 혼자 한 일이라서 그런지 신어산 바위 밑의 샘물을 동림사 경내까지 끌어오는 데 꼬박 한 달이 걸렸다. 비로소 동림사는 사시사철 맑은 지하수가 풍부한 도량이 되었다. 맑은 샘물을 쉼 없이 뿜어내는 플라스틱 파이프 주둥이를 대형 물통에 연결했기에 동림사를 찾은 사람이면 누구나 언제든지 물을 바가지로 퍼서 마실 수가 있다.

화엄 스님의 달마도가 무척이나 고가로 거래되는 인기 작품임을 우연한 기회에 볼 수 있었다. 화엄 스님이 김해 시내에 있는 목욕탕에 갈 때 가끔 차를 타고 동행했다. 그때 스님의 때밀이 역할을 하기도 했는데, 꼭 상하 관계여서 한 일만은 아니었다.

스님은 엉뚱한 말과 행동을 하는 데 이골이 난 사람 같았다. 민머리에 수북한 수염을 휘날리며 지팡이를 짚고 다니는 화엄 스님의 모습은 영락없이 옛 동양화에서나 볼 수 있는 도인 같았다. 거리에서 스님의 뒤를 따라 젊은 사미승인 내가 졸래졸래 걸는 모습을 본 행인들은 마치 옛 동양화 한 폭을 감상하는 듯, 호기심에 빠져들었을 것이다.

어느 날 목욕을 마친 후 차를 타고 동림사로 향하는데, 김해경찰서의 경찰차 몇 대가 우리 차를 호위했다. 그 차를 바라보면서 동림사가 김해시의 유명 관광지라서 김해시 재정 자립도를 높이는 데 한몫하니까, 지방 경찰서에서 그렇게 신경을 쓰나 보다 하고 생각했다. 경찰차는 우리와 함께 동림사 경내까지 들어왔다. 승용차에서 밖으로 나온 스님은 우리가 탄 차를 호위해준 경찰관을 향해 감사하다는 말도 없이 방으로 들어가려 했다. 그러자 경위 계급장을 어깨에 단 경찰관이 차에서 내려 우리 쪽으로 걸어왔다. 그 경찰관은 화엄 스님을 향해 거수경례한 후, 뭔가를 원한다는 듯이 두 손바닥을 비비며 애원하는 목소리로 말을 건넸다.

"스님!"

"기다려!"

스님은 말 한마디만 툭 던져놓고, 방을 향해 뚜벅뚜벅 걸어가 버렸다.

그때 나는 화엄 스님이 경찰관에게 그 자리에 잠시 머물러 있으란 뜻으로 그렇게 말한 줄로 알았다. 그런데 알고 보니 그게 아니었다.

"스님, 몇 년을 더 기다려야 합니까?"

경찰관은 멀어져가는 화엄 스님의 뒤에 대고 목청껏 소리 높여 물었다. 스님은 끝까지 아무 대꾸도 하지 않고 사라져 버렸다. 그제야 경찰관이 스님에게 달마상 한 점 내려받기를 오랫동안 기다려왔다는 사실을 알아차렸다.

스님 방의 찻물이나 먹물을 갈아 주는 일을 하면서 스님이 달마도 한점을 그리는 데 10분도 채 걸리지 않는다는 사실을 알고 있었다. 선화禪畫는 원래 가필이 금물이다. 화가가 화선지 앞에서 먹을 묻힌 붓을 들었다 하면, 일필휘지에 한 점의 달마도를 완성해야 한다. 그야말로 눈 깜짝할 사이에 눈알만 툭 불거진 달마도 한 점이 그려졌다. 스님은 파출소 소장 계급장을 단 그 경찰관에게 오랫동안 기다리라는 말만 한 모양이었다.

스님 앞에 뭉칫돈을 내려놓고 달마도 한 점을 그려달라고 해도 스님의 손에 화필이 쥐어질 리 없었다. 무당이 접신을 해야만 작두날 위에서 춤출 수 있듯이 스님도 마음이 내켜야 화필을 잡는다고 했다. 그의 달마도 한 점이 몇 백만 원을 호가하는 까닭이 바로 거기에 있었다.

젊은 사미승으로서 화엄 스님을 시중하는 일이 수시로 생겼다. 큰스님을 시봉하는 보살들의 손이 달릴 때는 내가 대신할 수밖에 없었다. 스님 방에 들락거리게 되면서 기막히게 억울한 일을 당한 적이 있었다. 어느 날 화엄 스님 서랍에 들어있던 제법

많은 돈이 없어졌다는 사실이 경내에 알려졌다. 그와 동시에 동림사에 있던 모든 사람의 시선이 나를 향했다. 그 시선은 의혹의 눈초리로 변했다. 동림사에는 관광객, 일반 신도 이외에도 스님들이나 불사에 참여하는 인부 등 항상 5, 6명의 보살이 들락거렸다. 공교롭게도 스님이 원주스님에게 서랍의 돈이 없어졌다고 말한 그 직전에 스님의 방에서 나온 사람이 바로 나였다. 부산에 갔던 스님이 돌아올 때가 되자, 청소해 둘 생각으로 방에 들어갔었다.

누군가가 대놓고 나를 향해 "당신이 범인이잖소?" 하고 물으면 "난 아닌데요." 하고 대답이라도 할 텐데, 그렇게 묻는 사람도 없었다. 하나같이 입을 봉한 채 침묵으로 일관했다. 스님의 돈이 없어졌다는 사실과 그 돈을 훔쳐 간 사람은 틀림없이 사미승이라는 확신만이 짙은 안개처럼 절간에 가득 서렸다. 그때 보왕삼매론에 의지하고자 했다. 보왕삼매론은 중국 명나라 때 묘협이라는 스님이 말한 것인데, 사람이 살다가 어려운 일이 닥쳤을 때 그 어려움에 대처할 열 가지 마음가짐을 담고 있다. 그때 처한 상황이 열 가지 금언 중 열 번째의 경우와 일치했다.

억울함을 당할지라도 굳이 변명하려고 하지 말라! 억울함을
변명하다 보면 원망하는 마음을 돕게 되니, 성인이 말씀하기
를 억울함을 당하는 것으로 수행의 문이라고 하셨느니라!

사필귀정이라는 말처럼, 모든 일은 반드시 바른 길을 찾아가게 된다는 뜻이었다. 시간이 지나면 검고 흰 것이 저절로 드러나듯이 진실은 마치 꽃향기처럼 감추려 해도 감춰지지 않는다 라는 말이다. 또 굳이 변명하려 애쓰지 말라고 했다. 변명하려 들면 거기서 원망하는 마음과 여러 가지 잡음이 생겨날 수 있다. 참고 견디면서 안으로 자기 자신을 살펴야 한다.

석 달이 지났을 때, 김해경찰서에서 범인을 체포했다는 연락이 왔다. 그때까지 절에서 경찰서에 도난신고를 했다는 사실조차 몰랐다. 범인은 몇 년 전에 동림사에서 잠시 행자 노릇을 했던 이였다. 그는 오간다는 말도 없이 환속한 다음, 떠돌이로 방황하다가 동림사로 돌아와 돈을 훔쳐 도둑이 된 것이었다. 혐의가 벗겨져 좋기는 했지만, 범인으로 체포되었다는 그 사람의 처지가 안타깝게 느껴졌다. 마음 한구석이 몹시 쓰리고 아팠다.

나는 살면서 오해를 받은 적이 많았다. 왜 그랬는지 모르지만, 오해받을 때마다 굳이 해명하려 하지 않았다. 그저 전생에 무슨 일이 있었기에 이런 일이 생기는 것일까 하고 생각했을 뿐이다.

선택의 길

일 년 가까이 흘렀을 때, 동림사를 떠나게 되었다. 감정 상한 일이 있었다거나, 문제를 일으킨 것은 아니었다. 그렇다고 타의로 신어산을 등지게 된 것도 아니었다. 문제는 수행 방법이었다. 동림사는 선 수행을 위주로 하는 도량이었는데, 이것이 몸에 맞지 않은 옷처럼 느껴졌다. 어쨌든 일단 머리 깎은 수행자가 되었으니 깨달음을 얻고 싶다는 소망은 있었다.

어느 날 화엄 스님에게 수행 방법에 대해 조심스레 질문을 던져 보았다. 화엄 스님이 경내에 피어 있는 들국화를 혼자 바라보고 있을 때, 조용히 다가가 말을 걸었다. 나를 향한 스님의 침묵을 한번 허물어 보고파 오랫동안 벼려왔던 일이기도 했다. 그간 스님은 불문佛門에 든 나에게 불교와 관련된 말은 단 한마디도 한 적이 없었다. 그날 화엄 스님에게 들었던 말은 흡사 귀에 익은 옛 가요처럼 들어보나마나 한 대답에 불과했다.

"네 마음을 봐라!"

스님의 말이 간화선 즉 화두로 깨달음을 얻는 선의 공안이라는 건 익히 알고 있었다. 하지만 나에게는 정나미가 떨어지는 대답처럼 들렸다. 마음이 어떻게 생겼는지 알 수가 없고, 마음이 어디에 있는지도 모르는데 어떻게 마음을 보라는 것인지 알 수 없다는 생각만 들었다.

방으로 돌아와 곰곰이 그동안 섭렵한 불교의 이론들을 되새겨 보았다. 그러면서 불법의 수행 문제를 재정리해 보았다. 수행이란 해탈解脫을 위한 것으로, 즉 초월적 경지를 향해 자신의 마음을 닦는 과정이라고 정의할 수 있다. 반야, 즉 깨달음의 지혜를 찾는 과정이라 말할 수도 있다. 수행은 내면의 탐욕과 노여움, 어리석음이라는 삼독을 제어한다. 계율, 선정, 지혜를 닦아 큰 지혜로 생사를 초월하는 본성을 보는 것으로, 해탈을 이루려는 목적을 실천하는 것이다. 불교는 믿음의 종교가 아니라 수행의 종교이다. 붓다의 교설은 어떤 지식을 전해주는 게 아니라, 지혜만 일러줄 뿐이다. 그 지혜는 수행이 뒤따르지 않으면 체득할 수 없다.

또 불교의 수행은 별개로 다룰 성질의 것이 아니다. 마음과 몸이 별개일 수 없고, 생활과 관련 없는 수행과 깨달음이 따로 있을 수 없기 때문이다. 그뿐만 아니라 이해와 믿음과 행위도 별개일 수 없다. 이해 없는 믿음은 맹목이 되고, 이해 없는 행위는 무모함이다. 믿음이 없는 이해는 잡학이 될 것이다. 믿음이 없는 행위는 무익이 되고, 행위가 없는 이해는 단순한 학문이 될 것이다. 행위가 없는 믿음은 무의미함이다.

불교 수행법의 기본을 이해하는 것이 필수적인 까닭은 한글을 익히려면 자음과 모음부터 익혀야 하는 이치理致와 같다. 기원전 2세기 후반 인도 서북부에 나타난 그리스 식민지 왕국의 왕 메난드로스(Menandros)는 독실한 불교 신자로, 고승 나가세나와의 대화를 엮은 『밀란다팡하』(밀란다 왕의 물음)로 유명하다. 나가세나 스님의 대담록에는 수행자의 자세에 대해 이렇게 묘사하고 있다.

고양이가 쥐를 잡을 때 한눈팔지 않고 노려보고 있듯이 수행자도 자신의 오온五蘊이 일어나고 사라지는 과정을 관찰해야 한다. 이같이 색色이 일어나고 색이 사라지고, 이같이 감정(受)이 일어나고 감정이 사라지고, 이같이 인식(想)이 일어나고 인식이 사라진다. 이같이 행行이 일어나고 행이 사라지고, 이같이 의식(識)이 일어나고 의식이 사라짐을 관觀해야 한다.

붓다도 다음과 같은 말을 했다.

현재 여기, 현실에서 찾아야 한다. 지고한 천국으로 가는 길은 어디에 있는가! 현재 일어나고 있는 오온五蘊에서, 이곳 자신 안에서 모든 것을 찾아야 하느니라!

신라 시대의 원효 스님도 『발심수행장發心修行章』에서 추상적인 관념은 배제해야 한다는 뜻을 다음과 같이 밝혔다.

허망 분별 또는 전도몽상의 소견으로 수행을 하려는 것은 모래를 쪄서 밥을 지으려는 것과 같다. 가야 할 곳은 동쪽인데, 자꾸 서쪽으로 달려가는 꼴이 되는 것이다.

『42장경』에는 수행자의 자세가 이렇게 묘사되어 있다.

깨달음을 얻으려는 사람은, 무거운 짐을 짊어지고 진흙땅에 빠진 소가 좌우 돌아볼 겨를도 없이 온몸과 정신의 힘으로 진흙땅을 빠져나와 숨을 토해내는 것처럼 해야 한다.

두루 아는 것 같다가도 또 눈앞이 막막해지는 적이 한두 번이 아니었다. 선문답이라는 것이 무슨 척만 하는 허튼소리나 수수께끼처럼 느껴졌다. 일 년 가까이 절밥을 축내다 보니, 이웃 절들의 소식도 가끔 전해 들을 수 있었다. 승가대학에 들어가면 본격적으로 경전 공부를 할 수 있다는 말을 듣고 솔깃했다.

스님은 이판승과 사판승으로 나뉜다. 이판승은 수행승을 말하고, 사판승은 사찰의 사무나 역임에 종사하는 스님을 말한다. 물론 나도 사판승이 아닌 이판승으로 살아가길 원했다. 그런데 나는 아무래도 선승과는 거리가 먼 것 같았다. 견디다 못해 옆방에 거주하는 무진 스님을 찾아가 솔직한 심정을 토로했다.

"저는 선승이 될 수 없을 것 같습니다."

스님은 그저 웃다가 타이르듯 일러 주었다.

"그동안 두고 보았는데 행자님은 선승이 아니라 학승이 어울릴 것 같네요."

스님이 솔직한 어조로 견해를 말했다. 학승이란 경전을 통해 깨달음의 길을 찾는 스님을 가리킨다. 그 말을 듣고 보니 은연중에 그쪽으로 기울어져 있음을 발견했다.

"학승의 길은 어떻게 찾을 수가 있겠습니까?"

"저기 부산에 가면 범어사란 큰 절이 있어요. 절 안에 승가대학이 있는데, 거기 가서 공부를 좀 해 보시죠."

스님이 딱 부러지게 답을 들려주었다. 대놓고 말한 적은 없었지만, 그는 가까이에서 나를 지켜보며 나름 느낀 바가 있었던 것 같았다.

범어사는 합천 해인사, 양산 통도사와 아울러 남도의 3대 사찰 중의 한 곳이다. 또 한국 불교계의 중추적 도량에 속했다. 금정산 동쪽 기슭에 자리 잡은 범어사는 신라 30대 문무왕 18년

(678)에 화엄종의 전도사 의상대사가 창건했다. 그리고 흥덕왕 때 중건되었는데, 개축 당시 수행승의 거처가 360곳이나 되었고 토지가 많았다. 그러나 임진왜란의 참화로 모두 소실되어 거의 폐허가 되었다. 현재의 건물들은 광해군 5년(1613) 묘전 화상과 해민 스님이 중건했다.

현존하는 범어사에 관한 기록 중 가장 오래된 것은 신라 시대의 천재 유학자이자 문인인 최치원이 지은 『법장화상전』이다. 기록에 의하면 범어사는 해인사와 같이 해동 화엄종의 맥을 잇는 열 개의 사찰 가운데 하나이다. 그 사실은 일연 스님이 『삼국유사』에서 신라의 화엄십찰을 열거할 때 금정 범어라고 표기한 것과 일치했다. 하지만 그 기록들에는 범어사라는 명칭만 전해질 뿐, 창건이나 역사적 배경에 관한 내용은 나오지 않았다.

신라 시대의 흔적으로 범어사에 남아 있는 것은 3층 석탑이 유일하다. 기단의 석재가 마모돼 일제 강점기에 새 석물로 교체하기는 했으나 몸통돌과 지붕돌은 신라 때의 것이다. 범어사 경내에는 등나무 줄기가 서로 얽혀 있어 군락지를 이룬다. 4, 5월경이 되면 등나무 줄기마다 꽃들이 만발해 봄날의 화사함을 한층 더해 준다. 나는 마른침을 삼키고 원주스님 앞에 가 거두절미하고 범어사에서 경전 공부를 더 하고 싶다는 뜻을 밝혔다. 짐작했던 것처럼 원주스님 또한 군소리 한마디 없이 그렇게 하라고만 했다. 화엄 스님에게 작별 인사차 들렀더니 "오가다 들려!"

하는 말 한마디만 던져 주었다.

　범어사 종무소 총무스님에게 김해 동림사에서 일 년간 행자 노릇을 하다가 왔다고 말했다. 일 년간 절밥을 먹어 어느새 몸에 사찰 분위기가 베어서인지 쭈뼛거리지도 않았다. 총무스님이 범어사로 찾아온 이유가 무엇이냐고 묻길래 승가대학에서 공부하고 싶다는 뜻만 밝혔다. 스님은 요식 행위처럼 인적 사항과 입산 경력 등을 기록하고 절차를 알려주었다.
　대가람인 범어사의 경내는 장중한 안정감과 아울러 유구함에서 나오는 위압감도 느껴졌다. 동림사에서 절간 생활의 관행을 충분히 익혔기에 범어사에서 생활하면서 전혀 불편함을 느끼지 않았다. 의식주, 일과 생활 등이 알고 있는 것과 거의 같았다.

/2 늦깎이 학생

예로부터 대가람에서는 참선을 공부하는 선원, 불전을 공부하는 강원, 계율을 연구하는 율원 등을 설치하고 운영해 왔다. 그와 같은 교육기관은 정부의 인가 여부와 상관없이 종단에서 만든 종법에 따른 것이었다. 강원이 승가대학으로 명칭이 바뀌었는데, 나는 그 승가대학이란 명칭이 근사하게 느껴졌다. 그해 5월부터 강좌가 열린다는 소식을 듣고, 범어사 내의 승가대학에 입학하기로 마음을 먹었다.

범어사의 승가대학은 '불조佛祖의 원력을 계승한다. 협동 단결로 행동한다. 자비와 봉사로 주는 자가 된다. 인내와 끈기로 관철한다.'라는 교육 이념 아래에서 운영되었다. 승가대학은 1966년에 첫 번째 졸업생을 배출했다. 이전의 강원講院도 이름난 간경의식 도량, 즉 도반들이 함께 경전을 읽던 터전이었다. 기록에 따르면, 강백도 많이 주석했다. 초대 강주인 찬윤 스님 이후에도 석전 스님, 만해 한용운 스님 등 당대의 쟁쟁한 강백이 그곳에서

후학의 간경看經을 이끎과 동시에 학해를 넓혔다.

　나는 오직 마음뿐이라는 의미의 유식학唯識學에 매진했다. 종교철학으로서의 유식학은 일종의 심층심리학이라고 볼 수 있다. 불교의 목적은 우리들의 잠재의식에 잘못 입력된 분별력을 붓다의 지혜에 비춰 올바른 인식으로 바꾸는 것이다. 유식학은 우리의 상식을 단호하게 혁파하는 이론들을 줄기차게 전개했다. 예를 들면 우리가 사물을 대할 때 눈앞에 나타나 있는 것이 엄연한 실재이고, 우리는 그것을 있는 그대로 본다고 생각한다. 하지만 진실은 그러한 고정적인 사물이 존재하는 것이 아니라 다만 우리들의 마음에 의해 사물이 그렇게 보이고 존재할 뿐이라는 것이다. 마음에 의해서 비로소 사물이 보이고 존재한다는 이 논리는 유식학의 기본 전제가 된다. 다시 말하면 사물은 주관과 객관의 관계로 존재하는 것에 불과하다는 논리다. 우리 마음에 떠오르지 않는 것은 우리에게 존재하지 않는 것이 된다. 시력도 유식에서는 마음의 한 종류이다.

　유식학은 일찍이 붓다가 법인으로 제시한 바 있는 제행이 무상하고 제법이 무아라는 존재론 위에 인식의 구조를 올려놓고 실천론을 전개한 것이다. 일단 연기緣起의 세계를 의타기성으로 정의했다. 의타기성은 절대적으로 타에 의지할 수밖에 없는 본성을 지녔다는 뜻이다. 유식학에서는 인간 존재를 변계소집성, 의타기성, 원성실성 등 삼성으로 나누어 수행하고자 한다. 삼성

三性을 상으로 표기하기도 한다. 변계소집성은 미망迷妄에 빠진 자기이다. 의타기성은 연기緣起의 자기이고, 원성실성은 깨달음의 자기이다. 중생은 의타기성, 즉 연기에 의해 나타난 가유假有에 집착한다. 그래서 원성실성을 놓치며 살고 있다고 진단한다. 가유에 집착하는 모습이 바로 변계소집성이다. 변계소집성에 매달려 있는 중생들은 연기의 진상을 제대로 깨달아 원성실성을 되찾는 수행을 해야 한다. 연기의 진상은 다름 아닌 공空으로 나타난다.

유식학에서는 제법諸法이 인간의 마음속에 있다고 본다. 부처의 눈에는 부처가 보이지만 돼지의 눈에는 돼지만 보인다는 말이 곧 유식학에서 생겨난 말이다. 요약해 보자면 중생들이 보고, 듣고, 냄새 맡고, 맛을 보고, 만지는 등의 감각적인 행위에 그 인물의 성격이나 인격이 그대로 반영된다는 뜻이다. 영화에는 액션물, 에로물, 예술성이 짙은 작품 등등 수많은 장르가 있다. 그 많은 장르 중에서 우리가 어떤 영화를 선택하는지는 전적으로 마음이 결정한다. 유식학에서는 포르노 필름이 거기 있어 우리가 포르노 필름을 보는 것이 아니다. 우리의 마음이 음탕해서 포르노 필름을 보는 것이다. 우리가 하는 결정 속에 우리의 인격이나 품위가 실린다는 말은 부인할 수 없는 진실이다.

그렇다면 유식학은 인간의 마음을 어떻게 해부했을까? 간단히 말해 인간의 마음을 8식八識이라는 심층구조로 인식한다. 그러면서 다른 한편으로는 삼능변三能變으로 나누기도 한다. 예를 들면 다음과 같다. 우리가 한 송이의 꽃을 본다고 하자. 그러면 꽃이 눈을 통해 보이고 의식이 작용하여 꽃이라는 인식을 일으킨다. 이것이 곧 수동적인 과정이다. 그와 반대로 능동적인 과정이란 우리의 심층의식에서 한 송이의 꽃을 보고자 하는 마음이 먼저 생겨 눈을 통해 비로소 꽃을 보는 행위로 진행된다. 그런데 능동과 수동은 한 몸이며 동시에 진행된다. 불교에서 자주 사용하는 단어인 찰나에 그러한 작용이 번개처럼 전개되는 것이라고 보는 것이다.

유식학에서는 인간의 감각 작용인 오관五官에 의한 인식 작용을 안식, 이식, 비식, 설식, 신식 등 5식으로 보았다. 이에 더해 우리가 흔히 지각, 지성, 감정, 의지, 상상력 등으로 부르는 의식意識을 6식으로 보았다. 의식이란 말도 원래는 불교의 전문용어였다. 오관에 의한 인식을 안식, 이식 등으로 각기 분리하고 독립해서 탐구 대상으로 삼았다는 사실에도 주의해야 한다.

유식학에서는 대상과 식識이 작용하는 장소가 다르므로 5식의 작용을 각각 분리해야 한다고 여겼다. 그리고 생각하고 판단하는 또하나의 작용과는 절대 분리할 수 없다고 보았다.

예를 들면 새의 울음소리는 5식에 해당하는 귀로 듣지만, 어떤 새의 울음소리라는 판단은 6식이 한다. 이러한 작용이 동시에 일어난다. 능동은 무심할 경우, 그 새의 울음소리를 듣지 못할 수도 있음을 말한다. 6식인 의식보다 마음 더 깊숙한 곳에 잠재된 식이 따로 있다고 본다. 7식, 즉 말나식은 자기중심적 생각만을 지탱하는 것이다. A를 토대로 하여 A에 의존하여 생기고, A에 대해서 아집을 일으키는 극단적인 이기심이다. 예를 들면 아름다운 여자를 대했을 때 남자라면 그 여인을 품에 안고 싶은 마음, 즉 음욕이 생기기 마련이다. 그러한 마음의 작용을 담당한다. 부처나 보살, 중생은 이 말나식의 차이로 확연히 구분된다고 볼 수 있다. 이 작용 또한 부지기수이다. 51가지를 나열하기도 하고 18가지로 분류하기도 하는데, 다음의 5가지만 예로 들겠다.

1) 자기의 어리석음을 모른다.
2) 남의 주장을 배척한다.
3) 교만하거나 거만하다.
4) 허상의 자기만 애착한다.
5) 자기 위주로 골라서 분별한다.

그뿐만이 아니다. 말나식보다 더 심층에 자리 잡은 무의식계를 한 번 더 상정했다. 근본 의식, 제8식이라고 일컫는데, 모든 식의 씨앗이라고 하겠다. 종자식이라고 부르는 훈습된 경험이 인격 속에 침투함으로써 이뤄진다. 경험에는 선천적인 것도 포함하는데 선천적인 훈습을 본유 종자로 부르고, 후천적 경험에 의한 훈습을 신훈 종자라 부른다. 종자식은 무엇이 될 가능성이 숨어 있다는 뜻이다. 각자의 개인적 특성은 이 식에서 나타난다고 본다. 다시 말하면 개체의 원점으로서 과거의 업業을 등에 짊어진 오늘의 개성적인 자기 존재와 같은 것이다. 생물학에서 말하는 유전인자 같은 것으로도 생각할 수 있다. 따라서 내가 좋아하는 것, 싫어하는 것과 같은 취미나 기호를 결정하는 능력을 지녔다고 본다.

우리는 5식에 의해 대상을 알게 되고, 제6식에 의해 사물을 판단하고 생각한다. 그것이 우리들의 지각이며 인식이다. 그러나 앞에서도 말했듯이 결코 바깥 것을 그대로 거울처럼 비추는 것이 아니다. 능동에 의해 대상이 선택되고 분별이 된다. 유식학에서는 일차적으로 대상이 객관이 아니라 주관에 불과하다는 인식의 전환을 요구한다. 우리가 한 송이의 장미꽃을 바라보고 있을 때, 장미꽃이 거기 있어 보이는 것이 아니라, 우리 마음의 그림자가 그려낸 장미꽃을 보고 있다는 뜻이다.

실생활에서 예를 들어보자면, 어느 산을 다녀왔을 때 마음먹고 살피지 않는 한 그 산에 어떤 꽃들이 피어 있고 어떤 새들이 살며 무슨 노래를 부르고 있는지 전혀 알 수가 없다는 것이다. 혹은 이런 예를 들 수도 있겠다. 사진작가가 학생시위대와 경찰관이 맞붙어 충돌하는 장면을 필름에 담는 경우를 생각해 보자. 만약 학생이 그 사진작가의 친동생이라면 아마 경찰봉에 맞아 피를 철철 흘리는 학생들의 모습을 필름에 담을 것이다. 만약 그 사진작가의 형이 경찰관이라면, 학생들이 던진 돌멩이를 맞은 경찰관의 애처로운 모습을 필름에 담을 것이다. 인화 과정을 거쳐 나온 사진 자체는 하나의 객관적인 사실이 틀림없다. 하지만 다른 한편으로 보면 사진작가의 주관, 즉 엄중히 고발하고 싶은 그 마음의 표현이 사진에 구체적으로 나타난 것이다. 주관은 어떤 계산이 들어간 관점으로 생각하기 쉬운데, 유식학에서 말하는 주관이란 무의식적이면서도 극히 가볍게 일어나는 조건반사적 작용이다.

우리가 보고 있는 대상은 우리 주관이 투영된 것에 불과하며 마음의 그림자에 불과하다는 것이다. 수동이 곧 능동이며, 들어오는 구멍이 곧 나가는 구멍이다. 이 구조를 떠난 우리의 인식은 없다. 이것이 의타기성이 가리키는 점이다. 그런데 중생은 인식 세계를 진실한 것으로 실제화하고 고정화한다. 여러 가지 조건이나 요소에 의한 인식을 절대화하여 인연의 소생임을 잊어버린다. 자기가 보고 있는 것을 진실이라고 믿어버리는 것이 변계소집성이다. 의타기성은 여러 가지 조건이 결합되어 있다는 뜻이고, 그곳에는 무엇 하나 고정적이지 않다는 것이 곧 공성空性이다. 그러니까 자기 자신의 미망이 변계소집성이고, 의타기성의 세계를 자각하여 그 존재의 진실의 모습을 깨닫는 것이 원성실성이다. 유식학에서 말하는 수행이란 결국 식識을 지혜智慧로 변화시키는 과정이다.

시인 서정주는 국화꽃을 바라보며 존재의 이치를 발견하고 '국화 옆에서'라는 작품을 썼다. 이렇듯 주관과 객관의 관계를 깊이 연구하여 분별 의식을 탐구하기도 했다. 이를 세속적인 지혜에서 얻을 수 있는 반야般若로 전환해, 사물 그대로의 여실한 모습인 진여로 보아야 한다. 진여는 공성空性이며 연기緣起이다. 여기서 선함과 악함, 아름다움과 추함, 흑과 백 따위의 일상적인 언어 개념은 분별지에서 나온 의미로 규정되면서 빛을 잃는다. 대승불교에서 분별심을 버려야 한다는 말은 여기에서 유래한다. 유의해야 할 점은 다만 이는 수행 과정에만 해당한다는 것을 잊어서는 안 된다. 세속에서는 단 한시도 시비 분별력을 버릴 수가 없기 때문이다. 교통신호를 무시한다면 단 하루인들 어떻게 살 수 있겠는가!

제2부 구도자의 길

/3 또 다른 미혹

범어사의 승가대학 4년 과정을 이수하면서 꽤 유능한 학승으로
공인받았다. 뛰어난 언변 덕을 보기도 했다. 원래는 말재간이 어
눌한 편이었는데, 불교와 관련된 사안에서만큼은 그 어떤 이에
게도 밀리지 않을 만큼 열정적으로 말할 수 있었다. 이때가 생애
중 가장 자신만만했던 시기였다.

옛날에 '장학퀴즈'라는 텔레비전 프로그램이 있었다. 차인태
아나운서의 매끄러운 진행과 더불어 인기가 대단했었다. 매주
방송 시간만 되면 퀴즈를 풀기 위해 무던히 애를 썼다. 어느 날
방송에서 누구도 안 부럽지만, 책을 많이 읽은 사람은 부럽다는
내용의 말을 한 적이 있다. 나는 그 말에 자긍심을 느꼈다. 사업
에 성공한 사람들은 돈이 돈을 벌어 주었다고 말한다. 나는 마치
책이 책을 읽는 것처럼 독서가 습관이 되어 있었다. 하루에 두세
권을 읽은 적도 있다.

지금까지 5천여 권의 책을 읽은 듯한데, 근래에는 불교 관련

서적만 탐독했다. 그래서 마치 불교학에 통달해버린 듯하다. 그 어떤 인생사나 세상사도 불교적 논리로 척척 풀어낼 수 있었다. 답변도 거침없이 나왔다. 이러한 상태를 유지하기 위해 남몰래 각고의 노력을 정진해야 했다. 공空 사상을 보기 위해 용수의 중관학이나 무착과 세친의 유식학에 미친 듯 빠져들어야 했다. 인간의 사후나 구원 문제 등을 규명해 보기 위해 집요하게 윤회 사상을 탐구하기도 했다.

윤회는 산스크리트어 '삼사라'를 번역한 말이다. '함께의' 의미를 지닌 '삼(saṃ)'과 '달리다, 빨리 움직이다, 흐르다' 등의 뜻을 지닌 '사라(sāra)'의 합성어이다. 따라서 중생이 미망의 세계에 태어나 죽고 다시 태어나는 것이 마치 수레바퀴가 굴러가는 것과 같다는 의미에서 윤회라고 번역되었다. 붓다가 생존했던 그 당시에도 승단 내의 수행자들이 무아사상을 선뜻 수용하기란 그렇게 쉬운 일이 아니었다. 머리로는 무아를 인정할 수 있지만, 가슴으로는 좀체 받아들일 수 없었던 것 같다. 무아사상이 뿌리 깊은 윤회 사상과 정면으로 대치되는 논리였기 때문이다.

우리 할머니 세대는 윤회를 생활철학 삼아 고달픈 인생을 견뎌냈다. 이를테면 생활이 괴로울 때마다 '전생에 쌓은 죄업이 많았겠지!' 하며 불행을 자신 탓으로 돌렸다. 악행을 일삼는 무뢰배를 향해 혀를 차면서 '저러다 지옥 불에 떨어지고 말 텐데' 하고 안타까워하기도 했다. 이러한 인식이 바로 소박한 윤회설에서 비롯된 가치관에 속한다.

윤회 사상은 인도뿐만 아니라, 고대 사회의 일반적 가치관 중하나였다. 고대 그리스에서도 윤회론이 정설처럼 되어 있다. 철학자 플라톤도 영혼 불멸설이나 윤회설을 논리화한 바 있다. 붓다가 태어난 인도 사회에서는 힌두교로 대표되는 민족 신앙과 함께 뿌리 깊은 윤회 사상이 정립되어 있었다. 재생 사상이라 할 수도 있는 윤회 사상은 원시 신앙의 한 형태이다. 인간이 해탈하지 못하고 죽으면 그가 전생에 지은 행위, 즉 업業에 따라 새로운 생명체의 모습으로 태어나기를 거듭한다는 내용이다. 삶의 유한성을 벗어나고자 하는 인간의 끈질긴 욕망이 그렇게 후생의 개념을 창조하게 된 것이다.

당시 인도 윤회설의 골자는 해탈하지 못한 중생이 그의 죄업에 따라 육도삼계를 끊임없이 유전한다는 논리였다. '육도'는 크게 삼악도와 삼선도로 나뉜다. 삼악도는 최악에 해당하는 '지옥', 귀신들의 세계인 '아귀', 동물의 세계인 '축생'을 말한다. 삼선도의 세계는 아수라, 인간, 신적 존재인 하늘의 세계로 나뉜다. 삼계는 욕계, 색계, 무색계이다. 욕계는 욕망과 집착으로 가득 찬 곳이다. 색계는 욕망은 끊어졌으나 육체가 아직 남아 있는 세계다. 무색계는 육체가 없고 오직 정신적 요소만으로 이루어진 세계이다. 삼계는 수행으로 점차 높은 단계로 진입할 수 있다. 이는 우리 마음의 상태를 비유적으로 가리키는 것이기도 하고, 선정의 단계가 되기도 한다.

처음에는 윤회설도 엄청난 비밀이나 되는 것처럼 은밀하게 전수되었다. 인도의 옛 문헌에 나타나 있는 윤회에 대한 최초의 기록은 다음과 같다. 바라문 아르타바가는 야즈나발키야에게 다음과 같이 질문했다.

"사람이 죽으면 목소리는 불 속으로, 호흡은 공기 속으로, 시력은 태양 속으로, 정신은 달 속으로, 청각은 공중으로, 몸은 땅 속으로, 영혼은 정기 속으로, 각종 털은 물속으로, 머리털은 나무들 속으로 들어가고, 피와 정액은 물속에 가라앉는다. 그렇게 되면, 그 사람은 어디에 있는가?"

그러자 아르타바가에게 귓속말로 그 이야기는 아무도 없는 외진 곳으로 가서 단둘이 나누자고 한다.

"친구여 내 손을 잡아라. 이것에 대해 우리만 알아야 한다. 우리는 대중 앞에서 절대 그것들을 이야기해서는 안 된다."

아르타바가를 외진 곳으로 데려가 윤회에 대해 은밀하게 일러주기 시작했다. '선행하면 좋은 결과를 얻고 악행을 하면 그에 상응하는 나쁜 결과를 얻게 된다. 죽음을 맞이하면 그 결과에 따라 육도의 어느 곳에 다시 태어난다.'는 내용이었다.

윤회 사상에서 정작 중요한 것은 재생이라는 개념 자체보다,

존재들을 재생하게 하는 보편적 행위에 대한 과보果報의 개념이
다. 착한 업은 좋은 결과를 낳고, 악한 업은 윤회의 굴레를 벗어
나지 못한다는 개념이 현실의 윤리관을 형성하는 기본논리가
되기 때문이다.

한편 사후 세계를 현실의 연장선으로 바라보는 윤회 사상은
참고 느긋하게 기다릴 줄 아는 사람들을 만들어냈다. 그리하여
조용히 앉아서 진리를 사유하는 명상수행이라는 오랜 관습이
생기기도 했다. 힌두교에서 말하는 '해탈'은 다른 말로 '범아일
여'의 상태를 뜻한다. 나의 개체적 영혼인 '아트만'이 육도삼계
의 윤회에서 벗어나, 영원한 우주적 영혼인 '브라흐만'과 합일되
는 것을 말한다. 지존至尊의 노래라는 의미를 지닌 힌두교 성전
『바가바드기타』에 의하면, 힌두교에서는 해탈에 이르는 길을 다
음의 3가지로 제시했다.

첫째는 '행동行動의 길'이다. 카르마(업)를 생성시키는 것은 욕
망이지 카르마 자체가 아니다. 그러므로 결과에 대한 이기적 집
착이 없는 의무의 수행은 과보果報를 낳지 않는다. 따라서 이는
윤회에서 벗어나는 길이다.

둘째는 '지식智識의 길'이다. 참다운 자아는 육체적 감관이나
사고 등이 아니라 영원불변하는 '아트만'이다. 이것은 브라만과
동일시되는 직관적 통찰에 이르게 한다.

셋째는 '박애博愛의 길'이다. 인격의 신 비슈누 또는 시바에 대한 헌신獻身과 사랑의 길이다.

불교의 무아의 이론과 반대로 힌두교의 성전이라고 할 수 있는 『우파니샤드』에서는 나의 실체인 '아트만'이 일정한 크기를 가지고 있을 뿐만 아니라, 심장 속에 존재한다고 기록되어 있다. 나는 그것이 사실이라고 확신한다. 스승께서는 이 책을 본 적이 없었고, 의식의 크기에 대해서도 말한 적이 없다. 하지만 해탈 후에 의식意識의 눈을 뜨고 본 내용이 심장 속 깊은 곳에 있다고 수시로 말했다. 다시 말하면 아트만은 불교에서 말하는 어떤 원인들과 독립하여 자체의 힘만으로 존재할 수 있는 본체이자 자성自性을 가진 존재이다. 업이라는 말로도 통하는 행위는 아트만을 움직이는 동력에 해당한다. 인도의 전통 힌두 사상에서는 본질적 나의 존재인 '아트만'이 있음을 전제한다. 그리고 인과응보에 해당하는 철저한 윤리관의 바탕으로 한 윤회설로 인간의 존재 양식을 논리정연하게 풀이하려 했다.

무엇보다 윤회설은 현실의 불평등한 인간 조건을 설명하는 데에 제격인 논리였다. 예를 들면 어떤 사람은 빈둥거리고 놀기만 하는데도 주체할 수 없을 만큼 많은 돈을 쓸 수 있다. 어떤 사람은 뼈가 빠지게 일하는데 호구지책조차 어렵다. 평소에 착하기만 한 어떤 이가 어느 날 불행의 늪에 빠져 허우적대다가 요절까지 한다. 어떤 자는 갖은 악행을 일삼는데도 평생 편안하게 잘 산다. 이런 불평등이야말로 언제나 사람들이 이상하게 생각하는 의문 중의 하나다. 그러한 불평등을 설명해 주는 데는 윤회설만큼 편리한 논리가 없었다. 밀린다 왕과 나가세나 존자의 교리 문답으로 구성된 경經에서 예를 찾아보자.

"나가세나 존자여! 어떤 이유로 사람들은 모두 평등하지 못한 것일까요? 즉 어떤 이는 명이 짧고, 어떤 이는 명이 깁니다. 또 어떤 이는 병이 많고, 어떤 이는 병이 적습니다. 어떤 이는 추악한 모습을 하고 있지만, 어떤 이는 우아하고 단정합니다. 어떤 이는 힘이 약하며 어떤 이는 힘이 셉니다. 어떤 이는 재산이 적고 어떤 이는 재산이 많습니다. 어떤 이는 비천한 집안에서 태어나고, 어떤 이는 고귀한 집안에서 태어납니다. 어떤 이는 어리석고 어떤 이는 현명합니다."

밀린다 왕의 질문에 나가세나 스님은 다음과 같이 대답했다.

"대왕이여! 어째서 수목은 모두 평등하지 않을까요? 그들의 과실을 보면, 어떤 것은 시큼하고 어떤 것은 달콤하며, 어떤 것은 씁쓰레하고 어떤 것은 떫고 어떤 것은 맵습니다."

"나가세나 존자여! 그것들은 각기 종자가 다르기 때문이라고 나는 생각합니다."

"대왕이여! 그것과 마찬가지로 전생의 업이 되는 숙업이 다르기에 그로 인하여 현생의 사람들은 평등하지 못한 것입니다. 어떤 이는 명이 짧고, 어떤 이는 명이 깁니다. 대왕이여! 붓다께서는 이렇게 말씀하셨습니다.
'바라문 사제들이여! 모든 생명체는 각기의 업을 가지고 있고 업을 상속하며 업을 모태로 하고 업을 친족으로 하고 업을 의지하고 있다. 업은 모든 생명체를 천한 것과 귀한 것으로 차별한다.'"

여기에서 보다시피 붓다도 윤회 사상을 일단 받아들였다. 왜 '일단'이란 단서를 달았는가 하면, 붓다는 비록 윤회설을 수용하기는 했지만 더는 윤회에 대해 별다른 이론을 전개하지 않았기 때문이다. 심지어 나중에는 윤회론을 별로 탐탁지 않게 여기는 경향까지 내비쳤다. 사실 붓다와 윤회설의 관계를 짚어 보면 많은 의문이 뒤따른다. 당장은 인도에 힌두 사상이 워낙 뿌리 깊게 박혀 있어서 힌두사상의 핵심 원리인 윤회 사상을 거부하면 인도에서 불법 전파가 어려울 것 같아 일종의 타협을 도모했는지도 모른다.

그렇지만 누가 뭐래도 붓다는 철저한 무아無我사상의 발견자였다. 불교에서는 인연으로 인해 변한다는 '무아윤회설'을 내세웠다. 주체가 있지 않은데 윤회는 인정한다는 어정쩡한 꼴이었다. 또는 윤회는 없지만 새로운 생존은 있다는 식이다. 붓다는 윤회의 주체라 할 수 있는 아트만의 실체만은 단호하게 인정하지 않았다. 만약 아트만 같이 자성을 지닌 어떤 존재를 상정하게 되면, 불교의 교리는 단번에 무너지게 된다. 붓다는 어떤 존재 속에서 고정불변한 무언가를 찾으려 함은 어리석은 일이라고 지적했다.

마치 어떤 이가 파초 나무를 보고, 재목으로 쓸 수 있다고 생각하여, 뿌리를 끊고 잎을 자르고 껍질을 벗기고 단단한 알맹이를 찾지만, 다 벗겨 보아도 단단한 곳은 도무지 찾을 수 없는 것과 같다.

이런 비유까지 들었다. 그런데 문제는 어리석은 사람들을 무아윤회설로 설복시키기가 쉽지 않았다는 것이다. 윤회의 주체로 설정할 만한 개념이 없기 때문이다. 힌두교에서 말하는 아트만과 같이 '나'라는 실체를 인정하면, 윤회론은 삼척동자도 알아들을 수 있을 만큼 쉽게 전개할 수 있다.

행복, 불행과 같은 현재의 불평등은 전생에 지은 업의 과보이
니, 현재의 삶에서 많은 공덕을 쌓으면 그 공덕이 원인이 되
어 후생에 행복을 얻을 수 있다. 수행으로 자기의 업을 소멸
시키면, 해탈을 얻을 수 있다.

이렇게 설명할 수 있기 때문이다. 그런데 나의 실체가 없다고
딱 잘라 말하는 불교에서는 실체적이거나 본질적인 내가 존재
하지 않는데, 무엇이 윤회의 주체가 될 수 있단 말인가! 이런 궁
극적인 의문에 딱 맞아떨어지는 해답을 찾기 쉽지 않았다. 따라
서 불교에서는 윤회의 주체가 과연 무엇인지의 문제가 계속해
서 하나의 화두처럼 남겨질 수밖에 없었다. 지금까지도 그 문제
만은 미해결의 장이 되어 있다.

나중에 스승을 만나 알게 된 사실이지만, 그 해답은 의식이 눈
먼 사람이 있는 것을 볼 수 없듯이 깨달아서 눈을 떠야 볼 수 있
는 것이었다. 윤회의 주체 문제는 붓다가 죽고 난 후, 교단 분열
의 계기가 될 만큼 중요하고도 풀기 어려운 문제가 되었다.

정리해 보자면 불교에서는 비록 주체는 존재하지 않지만, 업
도 있고 과보도 있고 윤회 역시 이루어진다고 본다. 초기 경전인
잡아함경에 '업이나 과보는 있지만 짓는 자는 없다'라는 표현이
나온다. 이것이 바로 그 내용이다. 아직도 이론상으로는 미흡해

제2부 구도자의 길

보이지만, 지금까지 정리되어 있는 불교의 윤회와 그 주체 문제는 대략 다음과 같이 볼 수 있다.

주체가 없는 윤회설을 설명하기 위해 불교에서는 '푸드카라'를 내세웠다. 푸드카라는 필설로는 표현할 수 없다. 그저 오온五蘊을 짊어진 짐꾼으로 비유된다. 푸드카라 이론을 자세히 들여다보면 힌두교의 아트만 이론과 명칭만 다를 뿐 내용이 크게 다르지 않다. 그래서 이 주장은 처음부터 설득력이 없었다.

다음은 아함경에서 식識이 아트만 같은 생명 원리로 취급된 예를 볼 수 있다. 여기서 말하는 사물을 인식하거나 이해하는 마음의 작용은 오온에 나오는 수, 상, 행, 식의 이론을 보다 심층적으로 확대한 아뢰야식 이론이다. 이는 유식학파가 주장해 온 이론으로 인간의 감각기관에 대상이 만날 때 발생하게 되는 하나의 정신적 작용이다. 하지만 아트만처럼 불변적이고 상주하는 것이 아니라, 순간적으로 일어났다가 사라지는 것이라고 정의했다. 이를테면 인간이 수태受胎되기 위해서는 세 가지의 조건이 필요하다. 첫째, 부모가 한 곳에 만나야 한다. 둘째, 식이 어머니의 태내로 들어가야 한다. 셋째, 출생 때까지 그 식이 모태를 떠나지 않아야 한다. 하지만 결과적으로 의식이론도 보편적으로 인정받지 못했다.

끝으로 불교의 윤회설에는 상속이론이 나타나 있는데, 장아함경에서는 비유를 들어 다음과 같이 해설하고 있다.

비유하면 우유와 같다. 우유는 변하여 낙酪이 되고, 낙은 변
하여 생소生酥가 되고, 생소는 숙소熟酥가 되고, 숙소는 제호
醍醐가 된다.

상속이론에 따르면 우리들의 존재, 즉 나는 마치 촛불처럼 간
단없는 찰나에 발생하고 소멸하는 연속의 과정에 불과하다. 촛
불을 보면 불꽃은 연이어 사라지면서 또 다른 불꽃이 그 뒤를 잇
고 있는 모양새다. 막 사라지는 열과 빛이 뒤따르는 기름과 심지
에 열과 빛을 상속시키고 있다는 뜻이다. 현대의 어느 학자는 이
러한 상속이론을 1초에 24개의 컷이 연속으로 이어져서 하나의
지속적인 상像을 형성시키는 영화 필름의 영사에 비유하기도 했
다. 일 찰나에 구백 번의 생멸生滅이 상속된다는 이론이나 촛불
이론과 부합되는 논리라 볼 수 있다.

어떤 학자는 춤이라고 표현했다. 존재란 지속하지 않는 요소
들로 형성된 하나의 연속이어서, 나타남과 사라짐이 동시적인
찰나적 상속이다. 따라서 이 상속이론에 의하면, 소멸과 생성은
같지 않다. 하지만 전혀 별개의 것도 아니다. 후자는 전자 없이
존재할 수가 없기 때문이다.

나비의 탈바꿈을 그 예로 들기도 했다. 나비는 처음 알이었다

가 애벌레가 되고, 그 애벌레는 다시 번데기로 변화하며, 번데기가 다시 나비로 탈바꿈한다. 알과 애벌레와 번데기와 나비는 동일한 것이 아니다. 그렇다고 완전히 다른 것도 아니다. 자립적인 상속은 존재하는 업으로 계속되며 죽음도 유전을 중단시킬 수 없다. 붓다는 윤회 사상에 집착하는 제자들의 모습이 내키지 않았다. 붓다가 비구들에게 무아無我를 설법하고 있을 때, 그 자리에 참석했던 한 비구가 다음과 같은 질문을 던졌다.

"만일 아我가 없다면, 내가 없는 업을 지을 텐데, 미래 세상에
과연 누가 그 과보를 받을 것입니까?"

그러한 의문을 가지는 것이 일견 당연함에도, 붓다는 그 제자를 질책했다. 어리석어 지혜도 없고 가르침에 밝지도 못한 자라고까지 했다. 사실 정확히 말하면 붓다는 비단 윤회 문제뿐 아니라 이 같은 문제들에 대한 대답을 유보했다.
'나와 세계는 상주하는가?'
'시간은 국한되어 있지 않은가?'
'몸과 영혼은 하나인가?'
'인격의 완성자는 사후에 생존하는가?' 등과 같은 14가지의 궁극적인 질문에 끝내 대답하지 않았다. 그 대신 붓다는 독화살의 비유를 들어 부질없는 논쟁의 무익함을 다음과 같이 일러 주

었다.

어떤 사람이 독이 묻은 화살에 맞아 괴로워하고 있다고 치자! 그의 친구들과 친족들은 그를 위해 의사를 불러오려고 할 것이다. 그러나 화살에 맞은 당사자가 나를 쏜 자가 왕족인지 서민인지 노예인지를 알지 못하는 동안에는 이 화살을 뽑지 말라! 또 그의 성이나 이름을 알지 못하는 동안에도 화살을 뽑지 말라! 그의 키는 큰지 작은지 중간인지 피부 색깔은 검은지 누런지 혹은 금빛인지 그 사람은 어디에 사는 누구인지 그의 활은 보통의 활인지 이런 모든 것을 알기 전에는 결코 화살을 뽑지 말라 했다면 그는 끝내 죽고 말지 않겠는가!

붓다는 제자들이 바른 지혜로 속히 해탈하기만을 원했던 것이다. 붓다의 기본 입장은 무의미하거나 필요 없는 일은 논의하려 들지 말고, 분명하고 확실한 근거를 가진 것이 아니라면 일체 거론할 필요가 없다는 것이었다.

승가대학을 수료함과 동시에 나는 부산불교대학에서 재가불자들을 상대로 불교학 강사 노릇을 하게 되었다. 그때도 공空 사상은 너무 난해하여 수행자들끼리의 담화에서나 오갈 수 있는 테마였다. 따라서 이에 대해 논의할 기회도 잘 오지 않았다. 윤회설은 활용도가 무척 높았고, 재가 불자들의 관심도 온통 그쪽으로 몰려 있었다.

나는 태교胎教의 전문가이기도 했다. 지금은 그때 어떤 강의를 해서 그들을 감격하게 했는지 구체적으로 기억나지 않는다. 그런데 강의를 들은 분들이 들려준 몇 마디의 말은 아직도 또렷이 기억난다. 십 수 년간 절에 드나들며 지극정성으로 불교 공부를 해왔다는 모 여사는 은밀히 고백하듯 말했다. 지난 십 수 년간 미처 배우지 못한 진리를 나의 한 시간짜리 강의를 통해서 비로소 이해했다는 것이다.

또 건축 회사를 운영하는 모 처사는 진지한 어조로 스님 명의로 사찰을 건립할 테니 중생을 가르치는 일을 해달라는 제의까지 한 적도 있었다. 중학교 교감이었던 박 모 선생님은 강의 도중에 큰절을 세 번이나 하고 울먹이며 연신 감사하다고 했다. 인기 높았던 불교학 강사로서 지금도 식은땀을 흘릴 만큼 충격적인 사건을 겪기도 했다. 그날도 열심히 불교학을 강의하고 있었다. 중학교에서 수학 선생을 한다는 사람이 강의를 듣다가 불쑥 손을 번쩍 들고 물었다.

"불성佛性이란 무엇입니까?"

바로 그 순간이었다. 웬일인지 말문이 콱 막히고 머릿속이 백지장처럼 하얘지면서 눈앞이 캄캄해졌다. 내가 불성을 모를 리는 없었다. 입에서 불성에 대한 무슨 답변들이 쏟아져 나오기는 했다. 그러나 그것은 그저 책에서 본 내용일 뿐, 나로서도 알 수가 없는 내용 같았다. 가사의 뜻도 모르는 채 팝송을 열창하고 있는 꼴이었다. 그는 뚱한 표정으로 내 얼굴만 노려보는 듯했다.

그날의 충격으로 강단에 서기를 포기했다. 앞으로는 앵무새처럼 남의 생각과 말들을 입으로만 조잘대는 짓을 그만두겠다고 결심했다. 이어 머릿속에 입력된 모든 지식을 차용금을 되돌려 주듯 모조리 비워 버리고만 싶었다. 다시는 책들을 읽지도 말아야겠단 생각이 들었고, 다시 한 번 출가하고 싶다는 생각까지 들었다. 삶의 현장에서 몸소 체득하는 깨달음을 얻어야겠다는 생각도 했다.

교과서적으로 말하자면, 스님들의 마음은 늘 평온하고 고요해야만 했다. 스님이 속인들처럼 오욕五慾과 칠정七情에 휘둘리는 마음을 지닌다는 것은 그야말로 어불성설語不成說이다. '오욕칠정'이라는 불교 용어는 사람의 다섯 가지 욕망과 일곱 가지 본능적 감정을 말한다. 오욕이란 재물욕, 명예욕, 식욕, 수면욕, 색욕 등을 말한다. 이를 인간의 근원적인 욕망으로 본다. 칠정七情이란 사람의 오관을 통해 일어나는 일곱 가지의 감정인 애착과 욕망을 말한다.

제2부 구도자의 길

그 당시 내 마음은 들떠 버렸다. 참선 수행자 중에서는 가끔 선광禪狂에 걸리는 자도 있다고 한다. 스스로 돈오頓悟, 즉 참된 깨달음을 얻었다는 착각에 빠져 기행奇行을 일삼게 되는 것이다. 자기 혼자 자유자재한 해탈의 경지를 얻었다는 착각에 빠져 파계破戒를 일삼기도 하고, 세속의 윤리나 도덕 따위가 나를 속박할 수 있겠냐는 식의 만용을 부리게 되는 것이다. 하지만 나는 선방에 들어앉아 본 적이 없었기에 선광에 걸렸다고 할 수는 없었다.

아마 불교에 관한 한 사통팔달이라도 했다는 교만함에 사로잡혀 있었던 모양이다. 그때는 불교적 논리에 관한 한 그 누구에게 어떤 질문을 받더라도 자신 있게 답할 수 있다는 자신감이 충만했다. 우러러봐야 할 큰스님의 모습도 내 눈에 띄지 않았다.

1990년 겨울철 뒤끝 무렵이었다. 나는 스님의 신분으로 부산 동래에 있는 전통찻집의 단골손님이 되어 있었다. 가야금을 잘 타는 찻집의 마담은 항상 고운 한복 차림으로 손님을 맞이했다. 마담은 문학을 전공하는 조카를 아르바이트생으로 고용하고 있었다. 해주라는 이름의 그녀는 늘 세속의 때가 전혀 묻지 않은 해맑은 표정으로 손님을 맞이했다. 그녀는 시인이 되기 위해 공부하는 중이었다. 그녀와 문학에 대하여 많은 이야기를 나누었다.

먹물 옷을 입고 삭발을 한 스님의 신분이 되면 뭇사람의 따가운 시선을 의식하지 않을 수 없게 된다. 맘 놓고 드나들 수 있는 세속의 가게들이 많지 않은 법이다. 술, 담배, 고기 그리고 여인 곁에는 갈 수 없기 때문이다. 마침 그때 한창 성행했던 전통찻집 만은 그나마 스님들도 잘 어울릴 수 있는 가게였다. 거기서는 기본 메뉴와 더불어 녹차뿐만 아니라 쌍화차나 대추차도 마실 수가 있었다. 나는 틈새 시간을 그 찻집에서 보내곤 했다. 그 가게의 마담도 가끔 절에 다닌다며 늘 반갑게 맞아 주었다. 손님이 뜸할 때는 곁에 앉아 세상사에 관한 자기감정을 털어놓기도 하고 종교에 관한 질문을 곧잘 던지기도 했다. 그녀의 조카 해주에게 나는 호기심의 대상이었다. 해주는 마치 나와 대화를 나누기 위해 아르바이트를 하는 것처럼 반갑게 맞이해주곤 했다.

그날도 부산 앞바다가 겨울의 찬 기운에 질린 듯했고, 간간이 바다에서 터지는 파도 소리가 봄을 부르는 듯했다. 한가한 한올 찻집에서 작설차를 마시고 있는데, 아담한 분위기를 풍기는 비구니가 조심스레 다가왔다. 그녀가 합장해서 얼른 합장으로 답례했는데 비구니의 모습이 낯설지 않았다.

"잠깐 실례해도 될까요, 스님?"

그녀는 앞에 비어 있는 의자를 손짓으로 가리키며 말했다. 그리고는 살포시 내 앞에 앉았다.

"스님한테 꼭 한 말씀 묻고 싶은 게 있는데요."

"말씀해 보시죠!"

"스님은 지금 행복하세요?"

그녀는 마치 수년간 벼르다가 드디어 기회를 포착했다는 듯 딱 부러지게 질문을 던졌다.

일순 당황해서 "글쎄요!" 하는 말로 얼버무렸다. 부산불교대학에서 불성이 무엇이냐고 학생이 물었을 때처럼 또 머릿속이 백지장처럼 변했다. 비구니의 입에서 그런 질문이 나올 줄은 미처 상상하지 못했다. 그녀는 고삐를 당기듯 재차 물었다.

"스님께서는 행복의 근원이 무엇이라 생각하세요?"

그녀는 흡사 복서가 상대방의 급소를 강타하듯 질문을 던졌다. 아니, 그녀는 그저 가볍게 잽을 날렸는데 내가 결정타를 맞은 것처럼 느꼈는지도 모르겠다. 아찔하고 한동안 숨이 막혀 아무런 말도 할 수 없었다.

그럴 수밖에 없었다. 나는 행복이란 개념을 탐구해 본 적이 없었다. 그간 읽었던 많은 책에는 분명 행복에 관한 해설이나 개념이 들어 있었을 것이다. 하지만 뇌리에 행복에 관한 그 어떤 풀이말도 입력되어 있지 않았다. 텅 비어 있다시피 했다. 무대 위의 배우들이 열연하다가 별안간 대사를 까먹게 되었을 때 나타나는 현상 같기도 했다.

세상 사람 모두 행복을 추구하며 살기 마련이다. 그런데 나는 어찌하여 행복과는 무관한 사람이 되었는지 그 까닭을 알 수 없었다. 의식에 균열이 생겨나는 것만 같았고, 자괴감이 엄습해 왔다. 불법佛法을 통달한 것처럼 떠벌렸던 내가 행복이란 말도 모르는 꼴이 아닌가! 중생들이 절을 찾고 부처를 향해 절을 하는 까닭도 따지고 보면 결국 행복 추구의 한 방편이 아니었던가!

"어느 절에 계시는 누구십니까?"

태연함을 가장한 채, 역습이라도 하듯 그녀에게 말머리를 돌렸다. 인연을 맺고 싶다는 뜻과 함께 담화를 잇고 싶다는 뜻도 내포된 질문이었다. 그녀는 바랑 속에서 손지갑을 꺼내 명함 한 장을 찾아 내밀었다. 명함에는 '달마원 소연'이란 표기와 전화번호가 적혀 있었다. 금시초문이지만 호기심이 일어 달마원이 어떤 곳인지 물었다.

"진리眞理의 실상實相을 일러주는 곳이에요."

"진리의 실상? 우리 스님들은 붓다가 일러준 진리의 실상에 매달려 살잖아요?"

"그런데 스님은 행복의 실상도 모르고 계셨잖아요?"

그녀는 미소를 머금은 채, 다시 결정적인 어퍼컷을 날렸다. 그리고 스승에게 배운 내용을 말했다.

"관심이 생기시면 연락해주세요. 오늘은 선약이 있어서 그만 실례하겠습니다."

그녀는 나에게 KO 펀치를 날린 다음 유유히 사라졌다. 한동안

멍하니 앉아 있었다. 수렁에 빠져 버린 듯했다. 별을 관찰하며 걸어가다가 물웅덩이에 빠진 고대 그리스 철학자 탈레스가 별 안간 떠올랐다. 그래도 그는 역사상 처음으로 일식日蝕을 예측해 냈고 달력에서 한 달을 30일로 나누었으며 일 년을 365일로 정한 위인이었다. 지금 나는 수렁에 빠져서 끽소리 한마디 못하고 있었다. 참선 수행자들이 '이것이 무엇인고?'라는 화두話頭 앞에서 은산 철벽을 느낀다고 했다. 그때의 심정이 바로 그랬다.

"스님, 왜 그렇게 넋이 나간 표정을 짓고 계셔요?"

오 마담이 다가와 소연 스님이 앉았던 의자에 앉으며 나를 흔들어 깨웠다.

"호호! 방금 그 소연 스님이 또 이상한 말을 했을 테죠?"

"이상한 말?"

"있잖아요! 그 스님 자칭 여래라고 하는 사람의 가르침을 배운다고 하는데, 무슨 뜻인지도 모르겠고 나한테도 법회에 나와 달라고 했지만, 기분이 좀 찜찜해서요."

"잠깐만요. 자칭 여래라는 사람? 여래라면 붓다가 당신을 지칭할 때 여래라고 했는데?"

"그래요. 자칭 여래라는 그 사람은 스스로 깨달음을 얻었다고 하는가 봐요! 사이비 교주일지 몰라요. 방금 그 소연 스님의 말로는 꼬박 일 년간을 두고 봤는데, 진짜라는 확신이 생겨 그분의 첫 번째 제자가 되었다고 했지만, 어디서부터 어디까지가 진짜

지 그런 걸 누가 알아요?"

"혹시 여래라는 그 사람의 이름도 알아요?"

그 여래라는 사람이 중노릇하다 뛰쳐나간 사람이라면 내가 아는 사람일 수도 있겠다는 생각이 들어 마담에게 물어보았다.

"이삼한이라는 분이라던가 했지, 아마? 고향이 저기 경남 하동이라 했고. 스님! 그까짓 신경 쓰지 마세요."

마담이 신경 쓰지 말라고 해서 내 마음을 점령해 버린 의혹이 사라질 리 없었다. 그렇다고 소연 스님이 여래로 모신다는 사람이 진짜 여래이리라는 믿음 따위가 생겨날 리도 없었다.

텅 빈 마음에 불성佛性을 물었던 학생의 뚱한 표정과 조금 전에 행복의 근원을 물었던 소연 스님의 표정만 남아 있었다.

제3부

제2의 출가

14 여래를 만나다

며칠 뒤에 소연 스님에게 전화를 걸었다. 이삼한이라는 사람을 한 번 만나 봐야겠다고 결심한 것이다. 자칭 여래라는 사람이 부산에 나타났다고 하니 스님 입장으로 못 들은 척할 수만은 없었다. 사이비 교주들이 혹세무민하거나 정통 교단의 이미지를 실추시킨 경우가 한두 번이 아니었기 때문이다. 그를 만나 보고 사이비라는 확신이 들면 고발해야겠다는 생각이 들었다.

유별나게 호들갑을 떠는 것이 아니었다. 대반열반경에 '일체중생실유불성'이라는 말이 있다. 모든 사람에게는 부처가 될 가능성이 있다는 뜻이다. 스스로 깨달음을 얻어 부처나 보살의 경지에 올랐음에도 불구하고, 때를 기다리며 침묵을 지키는 이들도 있을 수 있지 않을까! 어떤 이가 깨달음을 얻어 여래가 되었다는 사실은 놀라울 만한 일은 아니었다. 찻집 마담은 이삼한이라는 사람을 사이비 교주로 치부하며 부정적 시각으로만 보려 했다. 그런데 그건 어디까지나 선입견에서 나온 판단에 불과할 수도 있다.

소연 스님과 찻집에서 다시 만나기로 약속했다. 스님은 시간에 맞춰 나타나 주었다. 우리는 합장의 예를 나누고 함께 녹차를 마셨다. 오 마담은 영문을 모르겠다는 표정을 지으면서도 예사로운 척 손님을 맞이했다.

"이삼한이란 분에게 배우신다고요?"

"네."

"그분도 스님이신가요?"

"아뇨."

"아니라면?"

"그분은 그냥 깨달은 분이세요."

"깨달은 분?"

"네. 그분은 진실한 분이시고, 중생들에게 뜻과 근본과 바탕을 일러 주시는 분이지요. 있는 것을 보고 있는 것을 그대로 가르치는 분이세요."

"잠깐만요! 있는 것을 보고 있는 것을 가르치는 분이요?"

그 순간 내 머리에는 퍼뜩 인연이라는 말이 떠올랐다.

"왜 그러세요?"

"아, 아닙니다."

출가하면서 출판사를 운영하는 친구 임희근에게 편지를 써서 보낸 적이 있었다.

"있는 것을 있는 그대로 보는 날 다시 세속으로 돌아올 것이다"

지금 생각해 보면 조금 건방진 표현일 수도 있겠지만, 고타마 싯다르타가 그 누구도 보지 못한 인간 존재의 실상인 연기와 제법무아를 제대로 보게 되어, 인류의 스승이 되고 부처가 되었다는 사실을 빗대서 한 말이었다. 다시 말하면 세속인들은 탐욕, 노여움, 어리석음이라는 삼독에 찌들어 있지만, 그것을 있는 그대로 보지 못해 번뇌의 사슬에서 벗어나지 못한다는 의미가 담겨 있다.

"그렇다면 스님이 처사님을 스승으로 모신 격이 되는군요?"

"그렇게도 볼 수 있겠죠!"

"그분을 한번 뵙고 싶습니다."

그 말을 들은 소연 스님은 잠시 뜸을 들이더니 새삼스레 나를 향해 합장했다. 반가움의 표현이었다.

"감사합니다. 좋은 인연이 될 거예요."

그렇게 되어 소연 스님을 따라가게 되었다. 스님은 나를 데리고 대신동 대로에서 좀 떨어진 주택가 골목길로 들어갔다. 그리고 어느 한옥 앞에 섰다. 대문 오른쪽 문설주 상단에 '달마원達磨院-깨달음의 집'이라는 간판이 달려 있었다. 훗날 이 주택의 법적 소유권자가 소연 스님의 고모로 되어 있다는 사실을 알게 되었다. 이삼한이라는 분을 만나 본 소연 스님의 고모가 집을 사서 보시報施처럼 소연 스님에게 넘겨준 것이다. 거처이자 깨달음의 집으로 사용하라는 뜻이었다.

대청마루로 들어서자 어느 중년 남자가 있었다. 이삼한이라는 사람 같았다. 그에게서 특별한 인물이라는 느낌은 받지 못했다. 도리어 외로워 보인다는 느낌이 들었고 행색 또한 초라해 보였다.

"스승님! 일전에 말씀드린 스님인데, 스승님을 뵙고 싶어 해서 모시고 왔습니다."

소연 스님의 소개말을 들은 그분이 고개를 들어 나를 바라보았다. 그의 눈빛 하나만은 너무나 강렬하여 마치 내 마음을 훤히 꿰뚫어 보는 것만 같았다. 아울러 얼굴에 있는 특징적인 한 부분도 눈에 띄었다. 이마 정중앙에 도톰한 혹처럼 불거져 나와 있는 부분이 있었다.

"이리 앉지!"

그분은 승복을 입은 나를 향해 합장도 하려 하지 않았고, 단박에 말을 놓아 버렸다. 도리를 따지자면 무례한 행동이었기에 비위가 상할 수도 있는 일이었지만, 웬일인지 전혀 불쾌하게 느껴지지 않았다. 그래서 내심 깨달은 부처는 아닐지라도 보살은 되었나보다고 지레짐작했다. 나는 그분과 처음으로 마주 앉았다. 소연 스님은 마실 차를 준비했다.

"나한테 묻고 싶은 게 많을 텐데 망설일 것 없다."

"불성佛性이란 무엇입니까?"

뜻밖에 입에서 불성이 무엇이냐는 질문이 불쑥 튀어나왔다. 그는 기다리기라도 했다는 듯 바로 대답해 주었다.

"불성은 진실성眞實性이다. 네 속에 있는 모든 거짓이 사라지고, 진실성이 회복될 때 깨달음을 얻을 수 있다."

그의 대답에는 전혀 거리낌이 없었다.

"스승님의 깨달음과 붓다의 깨달음이 같은 것인지요?"

어느 틈에 그를 스승이라고 부르고 있었다. 하지만 그와 동시에 선승의 할처럼 정체를 이실직고하라는 뜻이 담긴 질문을 던졌다. 당신이 어떻게 감히 여래로 자처할 수 있느냐는 것이었다.

"너는 부처에 대해 이해를 잘못하고 있는데, 절에 가면 석가모니를 보물이라 한다. 그런데 석가모니가 얼마나 인간 세계에서 괄시받았는지 너는 모른다. 석가모니는 왕자로 태어났지만 깨달음으로 인해 얻어먹고 다녔다. 그래서 탁발이라는 말이 그때부터 나왔는데, 얻어먹고 다녔다는 말이다. 주면 먹고 안 주면 굶고, 법을 전하다 보니까 돈을 벌 수도 없는 일이 아니었겠느냐? 그리고 재물에 연연할 수도 없고 마음을 매 놓을 수도 없고 하니까 가다가 누가 주면 먹고 안 주면 집 앞에 가서 한 술 달라고 탁발 그릇을 내밀었고, 그것도 안 주면 굶었다. 그러니까 부처가 깨달았다 해서 사람들에게 대접받았다는 생각은 하지 마라! 깨달은 자를 대접하는 사람은 참으로 세상에서 복이 많은 사람이다. 그 복은 전생에서부터 지어 와야지 욕심으로 어디 그게 되겠는가! 아무리 자기가 공덕을 짓고 싶어도 그 인연이 닿지 않으면 안 된다. 전생에 자기가 지어 온 근본이 있어야 세상을 구하는 일에 도움이 되는 일을 할 수 있다. 세상에서 가장 큰 일인데, 아무나 나서서 도울 수 있겠는가? 방해나 하지! 나의 깨달음이 붓다의 깨달음과 같은 것인지 물었다. 그런데 나의 깨달음은 과거 석가모니의 깨달음과 똑같다. 그러나 그 당시 석가모니가 말하지 못한 사실을 이 시대에 내가 와서 보고 너에게 전할 수 있다는 것을 첨가할 수 있다. 또 석가모니는 왕자로 태어나서 깨달음을 얻었기 때문에 실제 나와 같이 강인하지 못했다. 그 삶의 근본이 강인하지 못했는데, 나의 경우에는 그러한 결점을 보완해서 태어나자마자 내 운명을 만들어 왔다. 세상을 스승으로 삼고 너무나 철저하게 교육을 받았기 때문에 과거에도 나를 앞설 수 있는 사람이 없었다. 미래에도 이러한 깨달음에 대해서 나를 앞설 사람은 이 인류사에 나타나는 일은 없을 것이다."

이왕 내친걸음으로 다시 엄중하기 짝이 없는 질문을 던졌다.

"그렇다면 제 속에 있는 모든 거짓을 털어내고 진실성을 회복하려면 어찌해야 하겠습니까?"

스승의 대답은 가볍기만 했다.

"내 곁에 머물러라!"

"얼마나 머물라는 말씀입니까?"

"네가 내 곁에 있어서 내 말을 듣고 나를 보고 나를 관찰하고 가까이 보라! 1년쯤이 지나면, 너는 아무런 환상이 없는 멍청한 사람이 된다. 그러나 멍청한 상태가 돼서 다른 사람 앞에 가서 토론하게 되면, 진실만을 서로 이야기하게 되니까 거기에 대해 구체적으로 질문하게 된다. 자기 의견을 솔직하게 발표하게 되면 말은 어디든지 막히지 않고 뛰어나게 된다. 2년 정도 내 옆에서 보고 듣고 배우게 되면, 그때부터는 정신이 깨어나면서 스스로 자신이 하는 일과 주변에서 일어나는 일을 보고 혼자서 옳고 그름이 존재하는 것을 알게 된다. 그래서 옳은 일은 좋은 결과를 나게 하고, 그릇된 일은 나쁜 결과를 나게 한다는 사실을 알게 된다. 그래서 절대 그릇된 일은 자신이 두려워하게 된다. 그러면 양심이 살아나 양심이 눈을 뜬다. 근면해지고 검소해지고, 자신의 문제를 자신에게 의지하는 사람이 된다. 다시 1년 정도 나의 곁에서 계속 보고 배우고 관찰할 때, 양심과 용기가 자기의 몸속에서 일어나고 있는 걸 느끼면서 당당하게 자기의 의사를 말하면서 그것을 전달하게 된다. 그때 보고 느끼고 알고 있는 사실을 다른 사람에게 가르치는 것이 축복하는 것이다. 사람들이 죄를 짓고 잘못에 빠지는 것을 모르기 때문에 그런 현상이 일어난다. 그러나 알게 되면 자신의 끝없는 앞길을 구할 수 있다. 실제 원리는 같다. 바위에 많이 부딪쳐 흐르는 물은 항상 깨끗하고 살아

있으니, 그런 일을 하는 사람의 생명은 살아 있다. 그것이 공덕功
德이고 사랑이다."

나는 할 말을 잃고 말았다. 너무나 간단하고 명료했다. 그는
나에게 몸과 마음을 움직일 결단을 내릴 수 있겠는지, 적어도 3
년 동안 곁에서 배울 결심을 할 수 있는지 질문을 던진 셈이었
다. 기가 막힐 일이었다. 그는 나에게 대뜸 3년을 배워 보라고 말
했다. 석가모니와 같은 반열에 든 깨달은 사람이라는 표현은 자
만심이라고 치더라도, 승복을 입은 나를 향해 제자로 들어오라
는 말을 어찌 그렇게 스스럼없이 할 수 있단 말인가?
"그럼 난 가 볼 데가 있어 일어나겠다."
몸을 일으킨 그는 바람처럼 사라졌다. 할 말은 다 끝났다는 뜻
이었다. 몇 마디 담론만으로 무슨 뜻이라도 이룰 생각이라면 더
는 상대할 까닭이 없다는 의미인 것 같았다. 또는 나의 결단을
기다려 보겠다는 행동 같기도 했다.

소연 스님은 출가 전에 영어 선생을 했다고 한다. 그래서 외국
으로 전법傳法 여행을 다닐 때 스승과 대동하여 통역도 하고 녹
취록을 번역하여 우리말로 옮겨 정리해 두는 작업도 했다.
스님의 말을 들으니 스승이 범상한 인물은 아니라고 판단되
었다. 인상이 꾀죄죄하다는 사실이 오히려 진실성을 보여주고

있다는 생각이 들었다. 겉모습이 그렇게 초라해 보여서는 사이비 노릇을 하며 선량한 사람들에게 사기를 칠 수 없을 것 같았기 때문이다. 나는 한참 동안 아무런 말 없이 녹차로 목을 축이며 소연 스님이 해주는 말을 듣기만 했다. 그러다 문득 의문이 생겼다.

"스승님은 어느 곳에서 수행하셨습니까?"

"공부하신 적이 전혀 없는데도 다 알고 계십니다. 막힘이 전혀 없었습니다."

"사실이 그렇다면 놀라운 일이군요!"

"그렇게 말씀하실 줄 알았습니다. 우선 저기 있는 테이프를 복사해 드릴 테니 조용히 한 번 들어보세요! 아마 스승님이 어떤 분이신지 아실 수가 있을 거예요. 우리는 그분의 말씀을 한마디도 빠트리지 않고 녹음해 둡니다. 우리는 그분의 말씀을 불법승 3가지 보물 중에서 법法으로 여기고 있으니까요."

소연 스님의 말을 듣고 보니 앞에 있는 책장 속에 녹음테이프와 노트들이 빼곡히 꽂혀 있었다. 소연 스님이 그중에서 하나를 골라내어 녹음기에 넣고 복사하면서 말했다.

"아! 참, 스님. 지금 계시는 절 요사에서 이런 걸 들으며 스승님에 관해 공부하시기가 불편하실 거예요. 여기 달마원에 계시도록 하세요. 그게 곧 스승님과 함께 계시는 셈이 되기도 하니까요."

"생각해 보겠습니다."

일단 숨을 좀 돌렸다. 스님의 사려 깊은 배려를 바로 받아들인다 해도 별다른 문제는 없을 것 같았다. 하지만 일단 그날은 거기에서 물러나기로 했다. 스님이 건네준 카세트테이프를 바랑에 담아 절로 돌아왔다. 요사채에 틀어박혀 리시버를 끼고 스승의 육성으로 녹음된 그의 지난 생애에 귀를 기울이기 시작했다. 스승의 숨소리가 피부에 와닿는 느낌이 들었다.

나는 1942년에 화전민의 아들로 태어났다. 부친은 내가 태어난 지 6개월 만에 죽었다. 나는 한 여인에게 양육되었다. 그녀는 배운 것도 없고 두메산골에 살다 보니 남의 집에 가서 하루 종일 일해야 했다. 하지만 죽도록 일을 해도 일당으로 보리쌀 한 되쯤 받을까 말까였다. 내 위로 여섯 자녀까지 부양했던 그 여인은 실제로 나를 무거운 짐처럼 여겼다. 그래서 몇 번이나 산에 갖다 버렸다. 게다가 모유를 먹지 못하고 생수를 먹으며 어린 시절을 보내게 되었다. 나는 태어날 때부터 가족에게 천대만 받은 인간이었다.

가까운 일가친척이나 이웃으로부터도 멸시받았다. 여덟 살인가 아홉 살 때쯤 되었을 때, 막노동으로 하루 한 끼니의 보리밥이라도 먹여주던 모친이 세상을 떠났다. 그때부터 어린 나는 스스로 삶을 책임질 수밖에 없는 절박한 상황에 놓였다. 형제들에게서도 모진 학대를 받았다. 그들은 남을 도울 힘이 없었다. 이처럼 형제의 도움도 못 받고 열한 살이 되어 부산으로 내려가 혼자 힘으로 성장했다. 그토록 어려운 과정을 겪으면서 단 한 번도 남을 속인 적이 없으며 남의 것을 훔친 적도 없다. 초등학교 졸업장은 받았지만, 다른 사람처럼 학교를 일주일에 6일 다닌 것은 아니었다. 일주일에 이틀을 갈 때도 있었고 잘하면 사흘, 잘못하면 하루만 가기도 했다. 성장 과정이 녹록지 않다 보니 이렇게 졸업장을 얻었다. 그러나 스무 살이 되면서부터 주변으로부터 대단한 인기를 끌었고 천재 소리를 들었다.

나는 어렸을 때부터 나 자신에 대해 항상 큰 기대를 가지고 있었다. 그 꿈으로 무엇을 해야 할지 생각하다가 25세에 정치인으로서 발을 내디뎠다. 국가와 사회 그리고 주위 사람들을 위해서 그들이 원하는 평화와 축복, 보람을 찾아주기 위해서였다. 보통 지구당원 이상을 정치인이라 부른다. 나는 정당에 입당하지 않고 바로 정당의 지구당 위원장으로 정치를 시작했다.

그 당시 같이 활동했던 사람들은, 나이가 있으신 분들은 알 만한 분들인 월파 서민호, 양일동, 김홍일 등이었다. 그분들은 나를 매우 아꼈다. 그래서 만 25세의 나이로 부산 영도에서 국회의원 선거에 출마했다. 당선을 바라고 출마한 것은 아니었다. 이번에 사람들한테 얼굴을 알리고 삼십 대에 국회에 진출할 생각이었다. 그렇게 해서 오십 대에 이 나라 최고의 행정 수반이 되겠다는 꿈을 가지고 있었다. 마음속으로는 충분히 꿈을 이룰 수 있으리라는 예지가 있었다. 한 번 출마하고 나니, 사람들이 나를 똑똑하다며 아껴주고 받들어 주면서 인도해 주었다.

그런데 유신정변이 일어났다. 사람들이 입을 다물었기 때문에 오히려 나 같은 사람이 말할 기회가 많아졌다. 양심과 용기를 갖지 못한 사람들은 입을 다물기 마련이다. 나는 연단에서 대중에게 사회 현실을 말할 기회가 많아졌다. 그러다가 제3공화국 때 감시의 대상이 되었고 많은 박해를 받았다. 한 사람을 박해할 때 그의 주변 사람들부터 처벌한다. 그와 접촉하는 인사도 쳐 버린다. 결국 사람들을 찾아다닐 수 없게 되어 타락한 사람처럼 항상 술집에서 술로 세월을 보냈다. 그들의 부탁을 들어주면 출세나 부가 보장되었다. 하지만 나는 그 길을 거부했다. 그러면서 1970년대에는 정계와 재야사회에서 이름을 날리게 되었다.

박해에 시달리게 되자 너무 외롭고 고달팠다. 그래서 결혼을 생각하게 되었다. 결혼하고 싶다는 뜻을 밝히자 중매도 많이 들어왔다. 그때 깊은 생각 없이 불같이 결혼하게 됐다. 결혼할 때 신부가 될 사람한테 내가 솔직하게 이야기한다고 비굴한 사람이라 여기지 말라고 했다. 그때가 삼십 대 초반이었다. 그녀는 빈손으로 시집왔다. 은행에 다니다 받은 퇴직금은 친정에 주고 왔다고 했다. 자식을 셋 낳았는데 방이 좁아 누울 자리가 부족했다. 어쩔 수 없이 1974년에 가족을 부양하기 위해 잠시 장사에

투신하게 되었다. 밑천 없이 시작한 장사였지만 1년 만에 부산 시내 경쟁업체를 모두 제치고 최고의 자리에 올랐다.

현現 남구 국회의원인 허 모 씨와 그때 동업했는데, 그가 20만 원의 배당금을 받을 때, 나는 250만 원의 배당금을 받았다. 1978년에 국회의원으로 출마하기 위해서 주식회사를 설립한 것이지, 만일 출마 권유를 받지 않았다면 혼자 사업을 했을 것이다.

3년간 사업을 한 결과 가족들이 일생 먹고살 걱정은 안 해도 될 만큼의 돈을 벌었다. 그래서 약간의 토지도 사두었다. 이후 한국의 양심 세력이라는 재야인사들의 요청을 이기지 못해 1978년 12월 12일 국회의원 선거에 출마하여 부산 영도 중구의 입후보자가 되었다. 연단에 서서 정견을 발표할 때마다 박수가 쏟아졌다. 사람들에게 엄청난 인기를 끌게 되었다. 그러자 정부의 박해가 더욱 심해졌다. 박해를 이기지 못하고, 수입이 좋았던 사업을 때려치우면서 아내와 가족에게 이렇게 말했다.

"나는 이제 일생 돈벌이하지 않을 것이니까 이걸 가지고 잘 관리하여 사시오!"

이 나라에서 성공할 기회는 많았지만, 양심을 팔 수는 없었다. 박정희 씨가 죽고 5·27 사태가 일어나기 전, 어떤 사람이 동아일보 편집국장이라고 신분을 가장한 채 찾아왔다. 그리고 국회의원이 되어보지 않겠느냐고 제의했다. 국회의원은 꼭 똑똑해야 할 수 있는 것이 아니다. 될 수 있는 사람이 나서서 서로 협력하고 약속하면 되었다. 요구하는 대로 도장만 찍으면 자금도 얻을 수 있고 인기도 올라갈 수 있었다. 관에서도 적극적으로 지원해서 국회의원이 되는 일은 나로서는 매우 수월한 일이었다. 그런데 그것을 거부하고 술로 세월을 보냈다.

1983년에도 어떤 사람이 찾아와서 33만 평짜리 공원묘지를 만들어 주겠다고 했다. 그 사람이 집에 전화를 걸어 만나고 싶다길래 오라고 했다. 그는 같이 사업을 하자며 가방에서 서류를 꺼냈다. 가방에는 공원묘지 허가서 등 모든 서류가 들어 있었다. 나의 대답에 따라 그들은 서류를 삽시간에 만들 수 있다고 했다. 당시 33만 평의 공원묘지라면 프리미엄만 해도 10억 원은 되었을 것이다. 그렇다고 10억 원을 낸다고 해서 아무나 살 수 있는 것이 아니었다. 청와대 쪽에 줄이 없고서는 절대로 안 되는 일이었다. 그 허가권은 도지사 명의로 나가는 것이지만 1980년 이후여서 절대로 도지사 명으로 만들어질 수 없었다. 그가 제의하자 이렇게 물었다.

"요구조건이 무엇이오?"

"입을 다물고 볼륨을 낮추고 멋있게 사는 것입니다."

그 사람의 말은 '볼륨을 낮추고 바른말, 진실을 말하지 말고 자가용이나 사서 멋있게 살아라! 이것이면 네 일생을 살아갈 수 있지 않겠는가! 그런 뜻이었다. 그러자 나는 그 사람이 보는 앞에서 한참 동안 눈물을 비처럼 흘렸다. 그리하여 한참 동안 대화가 끊어졌다. 눈물을 너무 흘리니까 그는 감격해서 그러는 줄 알고 가만히 참고 있었던 것이다. 나는 이렇게 대답했다.

"아무리 생각해도 돈을 쓸 곳이 없소. 우리나라가 일본 사람들의 수중에 들어갔을 때, 그 돈을 독립운동하는 사람들 도와주는 데에 썼다면 애국자라는 소리라도 들을 수 있었을 것이오. 그런데 오늘날의 시대에는 같은 민족의 통치하에서 잘못하면 잘못된 사람에게 애국자로 죽는 것이 아니라, 역적으로 몰려 죽게 되어 있는 상황이오. 그러니 나에게 무슨 돈이 필요하겠소! 이 돈이 화를 만들게 될 것이니 받지 않겠소."

그 사람은 일주일 동안 내 주위를 머물다가 돌아갔다.

11대 국회의원 선거 기간을 전후해서는 CIA에 근무하는 사람이 6개월 동안 집에 와 있었다. 사무실 옆에는 아예 붙어 있다시피 했다. 5공화국에서는 나에게 자리를 만들어 주기 위해 노력을 많이 했다. 내가 이런 말까지 하는 이유는, 그 당시까지만 하더라도 깨달음에 대하여 몰랐고 깨닫고 싶지도 않았다고 말하고 싶어서이다. 나는 깨닫고자 하는 마음이 없었는데 깨닫게 되었다. 이 문제에 대해서 집중적으로 질문해 주기를 부탁한다.

모든 것을 거부하고 내가 오직 할 수 있는 일이 무엇인가! 이 땅이 진정 필요로 하는, 모든 인간이 소망하는 밝은 뜻을 이루기 위해서 아무런 일도 하지 않고 기다리고 있었다.

1983년이 지나자 뇌리에 계속 어딘가로 가서 쉬어야겠다는 예지가 떠올랐다. 그 당시의 상황을 그대로 말하자면, 의식을 통해서 미래를 비춰보았다. 지리산을 선택해서 2년 동안 머물렀다. 그곳에서 그 이후를 보았더니 모든 신계神界를 지배할 수가 있었다. 요즈음 깨달음을 얻었다고 하는 사람들은 신계를 지배하는 사람이 아니라, 신에게 지배당하는 사람들이다. 나의 근본은 그들의 신계를 지배하는 힘이 존재하는 것을 느낄 수 있었다.

나는 조용한 곳을 찾기 위해 남해안을 수소문했다. 무인도를 사기 위해 몇 개월 동안이나 노력했는데도 인연이 없으려니까 살 수 없었다. 그런데 우연히 배를 타고 충무에 갔다가 배 안에서 연화도라는 섬에 산다는 분을 만났다. 연화도에 오면 적당한 집이 있다고 해서 연락처만 교환하고 헤어졌다. 그 후에도 다른 사람들은 하루 만에 연결이 되는데, 일 년이 가도 연결이 되지 않았다. 답답해서 전화했는데 마침 배에서 만났던 분이 들어오라고 해서 연화도 섬에 갔다. 조용한 곳에 휴양을 좀 하고 싶다고 했다. 마침 조용한 곳에 집이 한 채 있었다. 막걸리 한 되를 사 놓고 세 사람이 이야기하다가 취중에 서로 거래가 이루어졌다. 집을 사서 한 달 후에 혼자 그곳으로 이사했다.

연화도 섬에 들어가고 나서 나에게 계속 변화가 일어나기 시작했다. 마음에 안정이 왔고 나 자신의 근본에 대해서 많은 의문점을 품게 되었다.

'나는 어디서 왔는가? 나는 왜 이토록 기구한 운명을 선택해서 살아야 하는가?'

이런 의문이 쌓였다. 내가 알고 싶었던 것은 나 자신의 근본이었다. 나는 누구였는데 왜 이 시대에 와서 이렇게 힘든 삶을 살아야 하는지 의문을 풀지 않고서는 견딜 수가 없었다.

'입신入神의 경지라는 말이 사람들의 입을 통해 더러 전해진다. 그런데 과연 입신의 경지에 들려면 어떠한 노력을 해야 하는가?'

이에 대한 대답을 제시해 놓은 자는 아무도 없었다. 하지만 나의 의식에서는 이러한 내용이 떠오르기 시작했다.

'태어나기 이전의 세계로 돌아가라!'

태어나기 이전의 세계로 돌아가면, 바로 거기가 입신의 자리이다. 보통 살아 있는 자가 입신을 본다는 것은 불가능하다. 지난번 법회가 끝나고 나서 어떤 분이 나에게 찾아와 근본 자리를 물었다. 그래서 '세상에는 모든 근본이 다 다르거늘 만물은 제각기 다른 근본을 가지고 있는데, 너는 어떤 것을 지적해서 그 근본 자리를 묻느냐?' 했다. 그랬더니 사람의 근본 자리가 어디에 있는지를 물었다. 내가 대답했다.

"과거 3천 년 전에 이 땅에 완전한 깨달음을 얻은 분이 있었다. 그의 이름을 고타마 붓다라고 하는데 그가 설한 내용 중에 반야심경般若心經이라는 책이 있으니, 그 속에 있는 내용이 근본 자리이다. 근본 자리는 여래에 이르지 않으면 이 세상에서 아무도 알 수 없고 볼 수 없는 자리이다."

그러면 근본 자리는 어떻게 되어 있는가?

생명이 시작되면 새로운 의식이 조성되고 생명이 죽으면 거기에서 신이 나고, 신이 죽으면 아무것도 없는 무無의 세계이다. 의식이 없으니까 아무것도 느낄 수 없는 세계이다. 그래서 공空 사상이니, 불교에서는 이 용어들을 사용하고 있다. 의식이 없는 이 자리에서 의식이 죽으면 다시 윤회가 되어서 생명이 시작된다. 죽고 나는 자리가 근본 자리이다.

내가 어떻게 태어나기 이전의 세계로 돌아갈 수 있는지 의문이 생겨서 나는 입신의 자리에 들기 위해 고요히 눈을 감고 이렇게 외웠다. 마흔셋, 마흔둘, 마흔 하나, 마흔, 서른아홉, 태어나고 살아왔던 나의 과거를 지우기 시작했다. 그러다 하나의 나이에 도착했고, 그 하나마저도 없어지는 순간 하나의 공간이 존재하고 있었다. 그 주위에는 아무것도 없는 하나의 공간인데 거기에는 아무것도 없고 마음 하나가 있었다. 그 마음이 세상에서 가장 고귀한 마음이었으며 바로 여래如來의 마음이었다. 전생에 내가 여래라는 부처 속의 부처였다는 사실을 알게 되었다. 그 이

후에 나에게 많은 변화가 일어났다. 번뇌와 망상이 사라지기 시작했으며, 평소에 잘 끓어오르던 분노와 증오가 없어져 버렸다. 그리고 벽을 보고 하루 내내 앉아 있어도 아무런 생각이 일어나지 않았다. 그런데 하나의 사물을 보고 어떤 상황으로 나의 의식이 닿기만 하면 거기에 이해理解가 나타나기 시작했다. 나는 그러한 생활 속에서 세상의 모든 현상은 뜻의 결과이고, 이 뜻은 또한 뜻으로 인해서 계속 난다는 것을 알게 되었다.

아무것도 없는 곳에서 하나가 있고, 그 하나가 열이 되며, 열이 백 개가 되고, 백이 천이 되며, 천이 일 만이 되어서 이 세상은 끝없는 법계 속에 존재한다는 사실을 알게 되었다. 나의 의식이 닿는 어떤 분야에 있는 것도 그에 대한 모든 사실을 알게 되었다.

나는 천대와 멸시와 학대와 박해를 받아왔다. 한 사람은 이 중 하나만 받아도 지탱하기가 힘들다. 이 네 가지를 모두 경험해 보았다는 것은 인간 사회 어디에서도 들을 수 없는 것이다. 그러한 경험을 했기 때문에 가난하게 살고 한이 많은 형제나 일가친척, 친구들, 내 이웃과 사회, 그리고 이 민족이 나로 인해서 큰 덕을 보게 되었다는 것이 제일 먼저 떠올라 기뻤다. 나는 2년을 못다 채우고 그곳을 나와서 사람들을 만나기 시작했다. 여기까지가 세상에 태어나서 얻은 '이삼한'이라고 불리던 이름으로 깨닫기까지의 과정을 스스로 고백한 내용이다.

탁발 수행

파란색 안경을 끼고 세상을 바라보면 온 세상이 파랗게 보이듯, 의심의 눈으로 세상을 보면 세상만사가 온통 의혹투성이로 보이기 마련이다. 이삼한이라고 불리는 한 사람의 정체를 의심하고자 하면, 그의 삶이나 행적에 한없이 의문부호를 가질 수도 있을 것 같았다. 하지만 전생에 그분과 무슨 인연으로 얽혀 있었는지는 모르나 그를 향한 마음이 부정적으로 기울지만은 않았다. 호기심에 이끌린 탓이라 하더라도 결론은 변할 수 없는 일이었다. 꾸밈없이 투박한 그의 말투에서 느껴지는 진정성이 부정적 선입견이나 고정관념들을 상쇄했다.

달마원에 오가며 당분간 소연 스님이 정해준 순서에 따라 그의 녹취록을 통해 공부에 열중했다. 어느 곳에 있든지 어느새 마음은 달마원에 가 있었고 그분의 가르침이 귓가에 맴돌았다. 깨달음을 얻은 이후 이어진 그분의 고백적 진술에서 조금도 과장이나 꾸밈의 흔적들을 발견할 수 없었다. 소연 스님을 만나기까지의 과정도 많은 시사점이 내포되어 있었다. 적어도 평범한 사람은 아니었다. 그랬으므로 그분의 말씀을 계속 듣게 되었다.

1985년 어느 봄날 밤이었다. 먼 곳으로부터 심중을 통해 전해온 메시지를 접하게 되었다. 그때의 기분은 표현할 수가 없을 정도였다. 마음은 온통 그 감동만을 느끼고 있었다. 그러자 심중에서는 이런 말이 들려왔다.

"양심과 정의와 사랑을 통해 인간의 세계를 축복하라!"

그리고 며칠 사이에 또 한 번 이런 말이 들려왔다.

"진리를 알게 되면 외롭고, 진리를 말하게 되면 저주받는다."

그때마다 가슴이 감동으로 터질 것만 같았고, 메시지는 심중을 통해 더욱 생생하게 전해졌다. 만일 하늘이 그때 그 두 개의 메시지를 나에게 전해주지 않았다면, 지금 하고자 하는 일이 너무나 힘든 일이 되었을지도 모른다. 연화도에서 2년가량 머물다가 뭍으로 나와야 했다. 해야 할 일이 있었기 때문이었다. 나의 할 일을 알고 나그네의 삶을 이렇게 노래했다.

나는 나그네 짐 진 나그네
찬란하게 빛나는 보물 짐 진 나그네

나는 나그네 짐 진 나그네

멀고 먼 길 찾아온 보물 짐 진 나그네

나는 나그네 짐 진 나그네
외로운 님 찾아 나선 보물 짐 진 나그네

나는 나그네 짐 진 나그네
세상에 찾아와서 주인 찾는 나그네

세상을 위하여 인간들에게서 진실을 구하는 일은 너무나 어려운 일이다. 완전한 깨달음을 얻고 그들을 구하는 일을 하려 하자, 보통 사람들과 나 사이에 너무나 큰 벽이 생겨났다. 아내에게 내가 깨달은 자라는 말과 함께 내가 무엇 때문에 세상에 오게 되었는지에 대하여 설명하자 아내는 오히려 내가 잘못된 줄 알고 설득하려고 했다. 제발 부처가 될 생각은 그만두고 똑똑한 남편 노릇이나 해달라고 부탁했다. 아내와 자식들을 설득하는 일조차 어려웠으며, 나와 가깝게 지내던 모든 사람에게 나의 진실을 이야기해 보았지만, 그들은 내 말을 듣자 등을 돌리고 말았다. 3년 동안 노력한 결과, 한 사람의 진실한 자도 만나지 못하고 주위에 있던 사람들만 멀리 쫓아버리고 말았다.

하루에도 몇 번이나 다른 인간들이 경험할 수 없는 일들을 보아야 했다. 하늘은 너무나 큰 시련을 요구했다. 속에서 끝없이 나타나는 기대와 절망과 좌절을 보며 지내야만 했다. 어느 곳을 가든지 내가 아니면 나를 위로할 수 없다는 것도 알게 되었다. 그런 날이면 너무나 외로워서 이런 기대까지 했다.

"누가 나의 일을 조금만이라도 도와준다면, 그가 원하는 모든 소원을 들어줄 것이다."

그런데도 사람들은 나의 말을 믿으려 하지 않았다. 간혹 소원을 말하는 자가 있어 만나 보면 병원에서 고칠 수 없는 질병을 고쳐 달라고 하는 것뿐이었다. 혹시 그자의 소원을 들어주면, 나에게 조금은 관심을 가지지 않을까 하는 기대도 했었다. 그러나 나로 인하여 병을 고친 자는 자신이 가지고 있던 병만 주고는 두 번 다시 찾아오지 않았다. 그래도 하루도 내 일을 게을리하지 않았다. 아무리 생각하고 궁리해도 진리를 사람들에게 전하는 것은 쉬운 일이 아니었다. 사람들이 모이는 곳이면 어디든지 찾아갔지만 환영하는 곳은 어디에도 없었다.

이와 같은 소외의 터널 끝에서 그분은 드디어 소연 스님을 만나게 되었다.

그날도 어딘가로 찾아갔다. 그들이 사람들을 속이고 있는 것을 보고 책임자에게 이렇게 말을 했다.

"나는 진심으로 당신을 도울 수가 있습니다. 만일 당신이 내

가 하고자 하는 일을 보고 그 일을 조금만 도와주겠다고 약속한
다면, 이곳에 찾아오는 불행에 시달리는 자들의 병을 낮게 해 드
릴 수도 있소. 이곳에 찾아와서 진실로 소원을 기원하는 자가 있
다면 모든 재앙이 그들로부터 물러가는 일을 보여 줄 테니 당신
이 그런 일을 배우고 가르치는 자가 되어보지 않겠소?"

그러자 그 사람은 매우 거북한 표정을 지으면서 불쾌한 말을
하며 더는 말을 붙일 수 없도록 했다. 온몸에 힘이 빠져 그곳을
나오고 말았다. 도로를 건너 버스 정류장을 향해 걷는 발걸음에
좌절감만이 쌓이고 있었다.

깨달음을 얻고 나서 어느 곳에서도 인간적 대접을 받지 못했
다. 조금 전에 있었던 일이 당연한 일같이 여겨지면서도 마음은
그렇지 못했다. 생각하면 할수록 맥 빠지는 일들뿐이었다. 나의
삶은 얼마나 더 많은 수모와 방황 속에서 헤매야 하는가!

그러면서도 내 일을 잠시도 중단할 수 없었다. 세상 사람들이
모두 나를 버릴지라도 내 마음은 그들을 버릴 수가 없었다. 그들
은 나의 유일한 희망이요, 내 삶의 전부였기 때문이었다.

달리는 버스 안에는 사람들이 별로 없었다. 차 안을 둘러보았
으나 알아보는 사람은 없었다. 그런데 바로 앞 좌석에 비구니 한
사람이 앉아 있었다.

손을 뻗어 그녀의 어깨를 살짝 두드렸다. 그 여승이 뒤로 고개
를 돌려 쳐다보았다. 어린아이가 잘못을 들켰을 때처럼 가슴이

뛰었고, 죄인이 된 것 같은 마음으로 조심스럽게 말을 붙였다.

"스님! 말 좀 물어봐도 되겠습니까?"

먼저 상대에게 승낙을 구하고 나서 다시 물었다.

"스님! 혹시 주위에서 진실한 사람을 본 적이 있습니까?"

그 질문에 여승은 조금 당황하는 것 같았지만 버스 안에 있던 다른 사람들의 시선을 잊고 여승에게 말을 계속했다.

"나는 부처의 말을 아는데, 그 가르침을 전할 곳이 없구려! 만일 스님이 나에게 진실한 사람이 있는 곳을 알려 준다면, 나도 스님이 원하는 곳을 알려 드리겠소!"

그러자 여승은 잠깐 나의 얼굴을 쳐다보더니 말했다.

"어디까지 가십니까?"

나는 영도까지 간다고 대답했다. 자신은 초량에 내리는데 차를 대접해도 되겠는지 물었다. 버스가 도착하자 여승을 따라 차에서 내렸다. 그리고 주변에 있는 찻집으로 발걸음을 옮겼다. 먼저 여승에게 석가모니의 가르침에 관해 물었다. 그렇지만 여승은 확실하게 대답하지 못했다.

나는 조심스레 석가모니의 삶을 통해 보는 세상의 진실眞實을 말했다. 여승은 지루한 모습을 보이지 않고 관심을 가지고 들어주었다. 차 한 잔을 앞에 놓고 4시간이 넘게 이야기를 주고받으면서도 시간 가는 줄을 몰랐다. 영업시간이 끝났다는 종업원의 말을 듣고서야 자리에서 일어날 수 있었다. 여승에게 집 전화번

호가 쓰여 있는 명함을 건네면서 시간이 나면 연락해 달라고 당부했다.

다음날 오랜만에 나를 찾는 전화를 받았다. 전화를 건 사람은 어제 밤늦게까지 대화를 나누었던 그 여승이었다. 그녀는 집의 약도를 물었다. 크게 기대하지 않았지만, 내 말을 들어줄 사람이 있다는 사실만으로 신바람이 나서 집에 찾아오는 길을 일러주었다. 그녀는 내가 하는 말을 전부 믿는 것 같진 않았지만, 열심히 들어 주는 것만은 사실이었다.

"나는 세상에서 최고에 이른 자이며, 자신을 여래如來라고 말하고 세상에는 나를 앞설 자가 없소."

그녀도 이런 말을 했다. 어떤 큰스님이 자기가 깨달았다고 말을 했다는 것이다. 그 말을 듣고 물어보았다.

"도대체 스님은 무엇을 가지고 깨달은 자라고 생각하시오?"

여승이 대답하지 않아서 내가 말했다.

"눈먼 사람이 눈을 떴다면 스스로 보게 될 것이고 그러면 자신이 눈을 뜬 것인지 그렇지 않은 것인지 세상을 볼 때마다 알게 될 것이니 깨달음 또한 이와 같은 것이오!"

여승은 그 말을 듣고 돌아갔는데, 다음날도 내가 집에 있는지 확인하고 찾아왔다. 그래서 있는 사실에 대하여 설명해 주었다.

"깨달음이란 쉽게 이루어지는 것이 아니오. 선근善根이 피고 져서 수없이 계속되는 동안에 하늘도 땅도 움직일 수 없는 마음이 그 속에 피어야 비로소 깨달음을 얻을 수가 있을 것이오. 만일 책을 통하여 그런 일을 알 수가 있었다면, 왜 지난날 많은 수행자 속에서 깨달은 자가 나타나지 못했으며, 기도나 고행을 통해서 깨달음에 나아갈 수 있다면 어찌 과거에도 그런 사람이 없었다고 말할 수 있겠소? 깨달음이란 오직 공덕을 통하여서 오는 것이니 먼저 그 근본이 있어야 하고, 다음은 그 바탕이 있어야 합니다. 모든 이치가 자연 속에서 그대로 나타나고 있습니다. 만일 그릇된 자가 자신을 깨달은 자라고 말하고 있다면, 그 자는 분명히 어떤 문제가 있을 것이니, 그런 자는 나를 만나지 않거나 설사 나를 만난다 해도 아무것도 대답하지 못할 것이오. 만일 스님이 오늘도 나의 말을 듣고 마음에 닿지 않는다면, 나와 함께 깨달았다고 하는 자가 있다는 곳으로 여행해보면 진실을 알 수 있을 것이오."

여승이 다음날 다시 찾아와서 자기에게 십만 원 정도 있는데 정말 여행을 할 수 있는지 물었다. 그렇다면 당신이 어떤 사람들을 만날 것인지 먼저 정하고 다섯 군데 정도에서 상대를 만나 보는 것이 어떻겠는지 의견을 말했다.

여승과 함께 다음날 출발했다. 처음 찾아가서 만난 상대는 자신은 깨달은 자도 아니며, 소문처럼 그런 능력이 있지 않다고 극구 부인했다. 여승과 함께 미리 선정했던 다음 상대를 만나기 위해 발길을 재촉했다. 그러나 상대가 머무는 곳을 찾아가면 그곳에는 상대들이 없었다. 몇 군데를 더 찾아보고 나서 그들은 깨달은 자가 아니라고 여승에게 일러주었다. 그리고 그들이 왜 그런 일을 하고 있는지 그 비밀을 말해 주었다. 여승은 그때마다 나의 말을 관심 있게 받아들였다. 그래서 세상의 진실들을 하나씩 차근차근 전해주었다. 여승은 과거 성인聖人들의 삶과 그 속에 존재했던 일들에 대하여 내가 해주는 말을 듣고 나서는 더는 여행을 원하지 않게 되었다. 마지막 방문지로 조계사를 찾아갔다.

그곳에 가자고 한 이유는, 행여나 이 나라에 있을지 모르는 진실한 수행자들을 알 수 있게 되지 않을까 하는 기대 때문이었다. 마침 풍채가 당당해 보이는 승려 한 사람을 만나게 되었다. 그 자리에서 정중하게 예를 갖추며 조심스럽게 말을 걸었다.

"스님께서는 나의 말을 달리 생각하지 마십시오! 혹시 스님께서 진실한 분을 알고 계시나 싶어서 여쭙는 것입니다."

승려는 아래위로 훑어보더니 대뜸 물었다.

"어떤 자가 진실한 자입니까?"

다시 조심스럽게 말을 건넸다.

"바로 보고, 바로 듣고, 바로 말하는 자를 찾고 있습니다."

그랬더니 그 승려는 재미있다는 표정을 지으며, 우리를 보고 따라오라 하고는 성큼성큼 빠른 걸음으로 앞장섰다.

한참을 걸어서 몇 개의 골목을 돌아가더니 어떤 찻집으로 우리를 안내했다. 그는 빈자리로 가서 앉더니 우리에게 앉으라는 말도 하지 않고, 의향을 묻지도 않은 채 석 잔의 차를 시키는 것이었다. 그리고는 나를 먼저 시험해 보겠다고 하면서, 공부가 얼마나 되었는지 알아보아도 되겠는지 물었다. 그에게 알아보아도 좋다는 의사를 표했다. 그러자 승려는 이렇게 물었다.

"캄캄한 밤중에 금 까마귀 날아가는 도리를 아십니까?"

말을 잘못 들은 것이 아닌가 싶었다.

"세상에 금 까마귀가 있기는 있는 것이요?"

그에게 사실을 확인했더니 승려는 벌컥 성을 내더니 혼자 휙 나가 버렸다. 그들의 삶이 한없이 불쌍하게 느껴졌다. 과연 그들은 무엇을 알고, 무엇을 전하고 있단 말인가! 그때까지 곁에서 지켜보고 있던 여승에게 이런 사실을 말해 주었다.

"눈먼 사람은 없는 것으로 논쟁하고, 눈을 뜬 자는 있는 사실로 논쟁한다."

우리는 부산으로 돌아왔다. 그녀는 그때까지도 내가 진실로 깨달은 자인지 아닌지에 대해서 확신이 가지 않은 모양이었다. 여행을 다녀온 후에도 자주 연락했는데, 여승이 알고자 하는 질문들 대부분은 내가 쉽게 이해할 수 있는 것들이었다.

그러던 어느 날 그녀가 만나자고 해서 어떤 찻집으로 갔다. 그녀는 나를 시험하려고 했다. 여승은 필기해 두었던 글을 꺼내 읽으면서 무슨 글인지 알아보겠느냐고 물었다. 그 글을 듣고 나서 내용에 대해 말했다.

"저 말을 한 자도 깨달은 자인데, 말을 한 자가 누구인가?"

그러자 여승은 오열을 터뜨리며 지금 자신이 읽은 글은 부처님의 말씀을 보살이 전한 것이라고 말했다. 여승은 다음날 집으로 찾아와서 내 앞에서 세 번을 절하고 제자가 되기를 청했다. 비로소 깨달음을 얻은 지 3년이 지나서야 첫 제자를 두게 되었다. 여승은 나의 제자가 되고 나서 자신이 겪었던 지난 이야기를 하게 되었다. 바른 삶의 길을 찾기 위해 승려가 되었으나, 진리를 알지 못해 방황해야 했던 지난 일들을 솔직히 고백해 주었다. 나는 여승에게 소연小蓮이라는 이름을 지어주었다. 소연이란 이름은 내가 세상을 위하여 처음으로 지어준 이름이었다. 그 이름을 지어놓고 모든 비밀을 말해 주었고 소연을 위한 시를 짓기도 했다.

소연! 외로운 가슴에 핀 한 송이 꽃이여.

이슬 젖던 마음속에 새벽은 오는가!

밝은 세상을 위하여 한 줄기 빛으로 피우려 하니

내 온갖 지혜를 담고 싶어라!

빨간 장미꽃을 생각하다가도 하얀 백합꽃을 그리다가도 한 송이 작은 연꽃이 피기를 원하였노라!

소연! 네가 세상을 위하여 외롭게 피고,

네가 세상을 위하여 고뇌할 때

그 큰 시련에 피던 한 송이 꽃을 두고
소연이라 원하였노라!

그때부터 소연과 사제 관계가 되어 세상을 위하여 같은 길에 나서게 되었다. 소연에게 내가 하는 일을 설명했다.

"성자는 인간의 무지無智를 이용하지 않으며, 인간의 무지를 깨우기 위해 자신을 희생하러 온 자이다."

소연도 나를 따르는 것에 모든 것을 바칠 각오가 되어 있다고 말했다. 나는 먼저 진실을 찾는 자를 찾아 섬겨야 한다고 말했다. 소연과 이 일을 두고 하루에도 몇 번이나 궁리해보았다. 하지만 날이 새어도 대답은 언제나 제자리에 맴돌고 있었다.

그러던 어느 날 소연과 시내의 한 찻집에서 만났다. 소연이 의견을 말했다. 부산 영도 중턱에 스님이 없는 절이 하나 있는데, 당분간 그곳에 의탁해도 되겠는지 물었다. 나는 그럴 수 있으면 해 보라고 의견을 말했다. 소연이 내 얼굴을 보더니 놀라면서 말했다.

"여래님 얼굴에 해탈의 상징인 백호광白毫光이 나왔어요!"

무슨 말인지 처음에는 금방 알아채지 못했다. 손으로 얼굴을 만져보고 나서야 아침까지 없었던 무엇인가가 이마 한가운데 나타나 있는 것을 알게 되었다.

며칠 후 소연은 내 집과 가까운 거리에 있는 송남원이라는 절로 거처를 옮겼다. 소연은 그곳에 온 날부터 연이어 며칠 밤이나 잠을 이루지 못했다고 했다. 자신의 힘으로 해결해보려고 참다가 결국은 나에게 말하게 되었다. 소연을 위해 그곳의 대웅전으로 찾아가 죽은 자들의 영혼을 위하여 법문했다.

"나는 여래이며, 소연은 나의 제자이니, 이곳의 신들은 소연을 도와서 지난날의 깨달음을 얻기를 바란다!"

그날 밤부터 소연은 충분히 잠을 잘 수 있었고, 마음에 느껴지던 두려움마저 없어졌다고 했다. 소연은 절에 찾아오는 사람들에게 나를 스승이라고 소개했다. 그녀는 하루하루 달라졌다. 소연은 내가 하는 일을 보고 나를 돕기 위해 진리를 알고 싶어 하는 자를 찾는 일에 게을리하지 않았다. 자신이 직접 경험했기 때문에 그 일이 얼마나 소중하고 힘든 일인지 알게 된 모양이었다. 그러던 어느 날 소연이 절에 오는 신도 한 사람이 점심 공양을 드리고 싶어 하니 승낙해 달라고 말했다.

소연이 모처럼 하는 부탁을 거절할 수가 없어 점심 한 끼 정도면 응하겠다고 했다. 다음날 소연이 부산역 근처의 고급 레스토랑으로 안내했다. 레스토랑에 들어서자 절에서 언뜻 보았던 여자가 일하다 말고 우리를 보며 인사했다. 오늘 이곳으로 초대한 사람이 누구냐고 소연에게 물었더니 소연이 조금 전에 인사하던 바로 그 여자라고 했다. 원래 레스토랑의 업주였는데 빚 때문에 다른 사람에게 넘겨주고 지금은 주방 일을 한다고 했다.

웨이터가 가지고 온 메뉴판을 보고 당황했다. 그곳에서 두 사람이 점심을 먹고 간다면, 저 여인이 3일 동안 일해야 하는 금액이 된다는 것을 알게 되었다. 그러자 그곳에 앉아 있을 수가 없었다. 주방에서 일하고 있던 여자를 불러 매우 난처한 표정으로 오늘 약속은 취소하겠다고 말했다. 그 여자는 무척 당황해서 무슨 말을 하려고 했으나 거듭해서 말했다.

"만일 당신이 오늘의 이 난처함을 구해준다면 보답하겠소. 지금 그냥 가는 대신에 당신이 원하는 것이 있으면 무엇이든지 들어주겠으니 스님 편으로 말해 주시오."

그러자 그녀도 더는 막지 않았다. 며칠 후 소연으로부터 그녀의 남편을 한 번만 보아달라는 부탁을 들었다. 그 부탁을 듣고 그 일이 나에게는 얼마나 힘든 일인지 알면서도 며칠 전에 했던 약속 때문에 거절할 수가 없었다. 다음 날 새벽에 전화벨이 울려 받았더니 소연이었다. 그 여자의 남편이 왔다는 것이었다. 절에 가서 나의 의식으로 그를 비추어 보았다. 그 남자의 손을 보아주었고 바로 집으로 돌아와서 아침부터 자리에 드러눕고 말았다. 미리에서는 터질 것 같은 통증이 시작되었고 머리카락 밑 두상에 진물이 났다. 그 남자는 연탄가스를 마시고 멍청해졌다고 했다. 며칠간 그의 머리 안에 있던 가스를 없애기 위해 힘들게 싸웠다. 자리에서 일어나던 날, 그의 몸에서도 고통이 사라지고 말았다.

그해 겨울 소연은 세상일에 쓰기 위해 탁발을 시작했다. 나는 내가 필요한 사람들을 찾아 수소문하며 다녔다.

부산에서 상당히 소문난 의사를 찾아갔다. 그는 노령에도 불구하고 의사 일을 계속하고 있었다. 그에게 소개해준 사람의 이름을 말했고, 그는 이야기할 시간을 내주었다. 그에게 이렇게 말했다.

"당신을 소개해 준 함석헌 언론인은 당신을 매우 진실한 사람이라고 했습니다."

신분을 그대로 말하지 않고 당시 지니고 다니던 자연과학 연구학회 '이삼한'이라고 쓰인 명함을 건네주었다. 명함을 보고 찾아온 용건이 무엇인지 궁금해하길래 말했다.

"나는 세상의 일을 보면 그 일에 대해 진실을 알 수 있고 이런 일을 당신과 이야기하고 싶습니다."

그러자 그는 다른 시간에 다시 만나기로 약속해주었다. 일요일마다 오후 3시에 자신의 사무실인 이사장실에 사람들이 모여서 성서를 연구하니, 그때 찾아오면 좋겠다고 했다

그렇게 하겠다고 말하고 그곳에서 나왔다. 일요일 오후에 사무실에 찾아갔는데 10여 명이 넘는 사람들이 모여 있었다. 그 의사는 자신의 테이블에 앉아 있었다. 사람들이 나에게 자리를 내주었다. 그들은 성경책을 읽고 찬송가를 합창하였으며, 각자 예수에 대하여 찬양하는 말을 오랫동안 말하기도 했다. 나는 2

시간이 넘도록 그들이 하는 일들을 바라만 보았다. 그러자 이사장 직책을 가진 그 의사가 나에게 말했다.

"15분의 시간을 줄 테니 할 말이 있으면 하시오!"

그래서 오늘 같은 날, 이런 자리에서 그들이 말했어야 할 사실들을 설명했다.

"세상의 어떤 사람이라도 예수의 이름이나 찬양만으로 자신의 영혼을 구하고자 하는 자가 있다면 그런 일은 그들 앞에 영원한 꿈이 될 것이나, 누구라도 예수의 가르침을 알고 그 가르침을 따라 살 수만 있다면 자신을 구하지 못할 사람이 없을 것입니다."

그렇게 말하자 그곳에 있던 누구도 아무런 공박하지 않았다. 그들 속에서 약간의 동요가 생기자 그 의사가 물었다.

"당신이 속해 있는 단체는 몇 사람이나 모이고 있습니까?"

"지금은 나 하나요!"

내가 대답하자 의사가 말했다.

"보시오! 우리는 여럿 아니요?"

그곳에 있던 사람들이 모두 큰 소리로 웃기 시작했다. 그들은 더 나에게 말할 수 있는 시간을 주지 않았다. 나를 원하는 사람이 어디에도 없는 것을 보고 그곳을 나왔다. 날마다 사람들을 만나며 외면당하는 자신을 보면서도 기대 때문에 차마 쉴 수가 없었다. 그럴 때마다 좌절과 절망을 느꼈고, 그런 자신을 잊으려

몸부림쳐야만 했다. 그들은 잘못을 버리지 않으면서 좋은 결과를 꿈꾸고 있었다.

그날도 아침 일찍 기차를 타고 버스를 갈아타며 대구에서 가장 큰 절이 있다는 팔공산을 헤매고 다녔다. 만나는 승려마다 붙들고 진실한 사람을 찾고 있다고 말했으나, 그들은 한결같이 요즘 세상에 진실한 사람이 어디 있느냐고 대답했다.

어떤 암자를 지나게 되었을 때, 두 여승이 글방에 모여 무슨 놀이를 하는지 떠들고 있었다. 한 여승에게 이곳에서 공부하는 사람이 있으면 한 분만 만날 수 있게 해 달라고 간곡하게 말했다. 그 여승은 다른 여승에게 귓속말하더니, 작은 방으로 안내했다. 방에 잠시 기다리자, 두 여승이 소반에 차와 음식을 차려서 들고 들어왔다. 먼저 여승에게 인사를 하고 이곳에서 공부하는 분이냐고 물어보니 그렇다고 대답하였다. 자신을 소개하며 두 여승에게 지금까지 본 것이나 배운 것 중에서 진실을 알지 못한 것이 있다면 말해달라고 했다. 두 여승 모두 입을 다물고 있더니 자신들은 바쁘니 가라고 하면서 아직 손도 대보지 않은 소반을 들고 도로 휑하니 나가버렸다.

전라도에 우리나라에서 가장 청정한 승려가 있다고 어떤 사람이 말했다. 그 말을 듣자마자 그를 만나러 갔다. 당장 버스를 타고 몇 시간이 걸려 그가 있는 곳에 도착했다. 외딴곳에 지어놓은 암자에 혼자 살고 있었다. 나는 진실한 사람을 찾아서 여기까지

왔다고 말하면서 그의 표정을 살폈다. 그는 금방 표정이 일그러지더니 뒤꼍으로 갔다. 잠시 후 그가 손에 들고 온 것은 밭갈이 할 때 쓰는 쇠스랑이었다. 그는 쇠스랑을 높이 쳐들고 고함을 질렀다.

"야! 이 미친놈아! 세상에 모든 자가 다 진실한데 누가 진실하고 진실하지 않단 말이냐!"

그가 하는 행동을 꼼짝하지 않고 그 자리에 서서 지켜보자 그는 질렸는지 쇠스랑을 내려놓으며 몸을 부르르 떨었다. 세상 사람들은 진실이 무엇인지도 모르는 자를 두고 진실한 자라고 추앙했다.

나는 내가 본 사실에 대해 웃고 말았다. 소연은 이런 이야기를 들을 때마다 눈물을 흘렸다.

「길」

나는 시련의 길을 걸으며 여기에다 한편의 시를 쓰노라!

나의 시를 아는 자는 영혼도 눈을 뜬다.

도는 세상에 있고 덕은 사람에게 있으니

만나고 헤어짐이여 너에게 가르침이 있는가!

오묘하여라! 인간의 마음속에 천지의 길이 있도다.

「벽」

인간의 마음속에 천지의 뜻이 피니,

그 아름다운 빛은 진정 두렵고 서럽기만 하였도다!

수천 년 세월에 있었던 일을 보고

내가 자랑스러워 타인을 청했더니

마음의 벽은 높고 높도다.

마침내 달마원으로 몸을 옮겼다. 누가 뭐래도 이분은 깨달은 자이며 여래如來라고 확신하게 되었다. 스승으로 모시겠다고 작정하게 되었다. 이것이 제2의 출가라는 생각이 들었다. '내 의식 속에 있는 모든 지식을 버려 버리고, 삶의 현장에서 살아 있는 공부를 하자! 스스로 깨달음을 얻자!'는 각오를 세웠다. 모처럼 스승과 독대하게 되었다.

"스승님! 저간에 저는 학승으로 살아왔는데 장차 어떤 공부를 해야 할까요?"

"탁발 수행이 좋을 것이다."

"네? 탁발 수행?"

아찔함을 느꼈다. 천만뜻밖이었다. 탁발 수행은 결국 거지꼴로 나서서 낯선 사람들로부터 밥을 빌어먹어 보라는 뜻이었다. 수행이란 말이 붙어, 한두 끼니만 하는 것이 아니라 그야말로 깨달음을 얻을 때까지라는 뜻이 되었다. 스승은 입을 다물고만 있

었다. 왜 하필 탁발 수행을 해야 하는지 물어봤자 아무 말도 해
주지 않을 것 같았다. 스승의 침묵은 탁발하면 스스로 깨닫게 될
것이라는 말을 하는 듯했다. 잠시 후에 소연 스님과 마주하게 되
었다. 소연 스님에게 스승이 나에게 탁발 수행하기를 원한다고
말했다.

"여래님이 스님에게 탁발 수행을 권했어요?"

"내가 알기로 조계종단에서는 1960년도에 종무회의 결정으로
탁발을 금지했는데요!"

뻔히 뒤끝을 알 만한 말을 실없이 입에 올렸다.

"탁발승을 적발하고 제재한 사실은 없을 걸요?"

구체적인 사실은 모르지만, 승적도 없는 사이비 승려가 탁발
을 빙자하고 다니며 사회적 물의를 일으킨 적은 있었다. 그러나
제대로 된 스님이 탁발한답시고 문제를 만든 예는 들은 적이 없
었다.

"스님은 내가 무조건 스승의 말씀에 따르기를 원하시는 것 같
군요?"

"무조건은 아녜요. 스승님은 일순간에 깨닫게 된다는 돈오頓
悟는 불가능한 일이라고 보십니다. 곧 알게 되겠지만 그 속에는
무서운 진실이 숨어 있습니다. 적어도 3년간은 당신 곁에 머물
며 당신의 말씀대로 실행하길 원하십니다. 그렇다고 스승님이
일일이 콩이야 팥이야 하진 않을 거예요."

스승은 당신 곁에서 3년 수행이란 결단에 뒤이어, 또 한 번 탁발 수행을 해 볼 것인지 말 것인지 결단하게 하는 과제를 툭 던진 셈이었다. 거처를 옮긴 며칠 후, 눈을 질근 감고 탁발托鉢을 시작했다. 스승께서 세상에 큰 공덕을 쌓으라고 원덕元德이라는 이름을 주셨고 두 번째 제자가 되었다. 그때까지 스승이 직접 법명法名을 내려준 이는 모두 두 명이었다. 나중에 사제 한 명에게 도를 이루기를 바란다는 의미에서 도성道成이란 법명을 지어주었다.

얼마 후 스승께서 서울에 가자고 했다. 그러면서 호롱불을 챙기셨다. 서울로 가서 정말 대낮에 호롱불을 켜놓고 거리로 뛰쳐나가 외치기 시작했다. 1991년 봄에 스승은 서울 파고다 공원 앞에서 불특정 다수를 향해 목청껏 외쳤다. 그때 외친 말의 내용은 다음과 같다.

오늘날 세상에 나타나고 있는 가장 무서운 일은 인간들이 자신의 문제를 알려고 하지 않는 일이다. 이러한 현상은 말세에나 나타나는 일로서 매우 불길한 앞일을 예고하고 있다.
이 시대의 인류는 인간의 죄악과 무지에 의하여 파멸을 맞게 될 것이며, 현재까지 존재하는 모든 문명은 사라지게 될 것이다. 생명 또한 세상으로부터 구원의 길을 얻지 못하는 한 자멸하고 말 것이니 이러한 뜻은 이미 정해져 있는 것들이다.

　　　　　　　　　　　　　제3부 제2의 출가

세상은 오랫동안 뜻으로 존재해 왔으며, 이 뜻으로 미래에도 존재하게 되어 있다. 지금까지 전해진 최고의 예언은 이 시대에 진실한 자가 온다는 것이며, 그로 인하여 세상에는 새로운 길이 나타난다. 만일 이 시대에서 진실을 얻고자 노력하는 자가 있다면, 그는 자신의 생명을 얻게 될 것이요, 만일 이 시대에서 진실을 잊어버리는 자가 있다면, 자신의 모든 것을 잃게 될 것이다.

또 얼마 후에 그곳에서 외친 말의 내용이 다음과 같다.

세상에는 모든 일이 존재하고 있다. 삶은 자신을 나게 하는 길이며 인간이 알아야 할 중요한 일은 진실이다. 이 진실은 자신의 앞에 나타나는 모든 일의 근원이 된다. 인간들이 겪는 대부분의 불행은 자신들이 지은 인연에 의하여 나타나게 된 현상들이며, 이러한 뜻은 새로운 인연이 닿지 않으면 변화하지 않는다. 조물주가 세상을 지을 때 이 뜻을 보고 근원으로 삼았다. 그러니 뜻은 현상에서 모인 결정체이며 현상은 뜻으로 나게 된 결정체이다. 세상의 일은 이러한 반복 현상에 의하여 존재하게 된다. 이 시대의 인간들 앞에 가장 무서운 적은 무관심이다. 나는 하늘과 세상의 뜻을 전하기 위하여 이 땅에 왔다. 나는 진리의 꽃이며, 세상의 근원에 핀 여래이다.

나는 진실한 사람을 찾고 있다. 나는 나의 마음을 통하여 진리를 전한 모든 자의 말에 대한 가치와 진실을 알고 있다. 나는 나의 의식을 통하여 영적인 문제를 제도할 수 있으며 세상의 질병을 물리칠 수 있다. 나는 인류의 진실을 구원하기 위하여 이 땅에 왔을 뿐이다.

달마원, 즉 깨달음의 집을 개원하던 날 행한 축사를 보았는데 다음과 같았다.

하늘에 고하고 세상에 고하노라! 부처의 길을 두고 제신과 보살 앞에 청하오며 여래는 오늘 특별히 이곳에서 지극한 마음으로 기원하오니 깨달음을 얻고자 하는 모든 중생과 불쌍한 영혼들을 위하여 듣게 하소서!
태초에 세상이 뜻으로 생기니 만물이 그 뜻으로 영원한 세상을 있게 하였도다! 이제 여래가 인간의 몸을 얻어 마음을 모았으니, 모든 일이 내 속에서 생기고 있었도다! 마음의 무지가 죄악으로 인하여 쌓이게 되고, 세상의 죄가 무지로 인하여 생기게 되니, 어찌 중생이 이러한 일을 깨달을 수 있었더란 말인가? 마음을 깨달을 길이 없으니 세상을 볼 수가 없고, 세상을 보지 못하니 마음을 깨울 길이 없도다!
아! 큰일이 눈앞에 있도다! 무지로 인하여 세상이 망하니, 그로 인하여 또 다른 세상이 생기게 되었도다. 억겁 년의 세월은 돌고 돌아도 태초의 그 뜻은 변한 것이 없도다. 눈 뜬 자를 님이 보지 못하니 여래는 그 뜻을 말할 곳이 없구나!

내 속에서 언제나 생명의 길이 있고 내 속에서 언제나 축복의 길이 있었도다! 귀하고 귀한 일이 뜻 속에 있으니, 내 뜻으로 세상을 살게 하였도다! 가련하여라! 중생들의 마음이여, 부처의 길이 없으니, 깨달을 곳이 없고 부처의 길을 모르니 축복을 얻을 수가 없도다!

살아서 한을 짓고 죽어서 한을 보니 세상에 누가 있어 그 한을 씻을 수가 있더란 말인가! 스스로 지은 업을 스스로 지고 사니, 마음 하나 인연 따라 피었다 지는구나! 하늘이 세상을 버리지 아니하니 여래가 이 일을 하게 되었도다! 세상을 구할 길이 이 길뿐인가!

은혜와 공덕을 청해야 하니 외로운 마음은 아는 이가 없어라. 혼자서 깨닫고 무거운 짐을 지니, 제신과 보살 앞에 청하노라! 또다시 이곳을 찾아올 중생들 앞에서 은혜와 공덕을 보게 하시고, 그들이 믿음을 통하여 새로운 세상을 얻게 하소서! 여래는 간절한 소망으로 이곳에서 부처의 길이 있기를 기원하노라!

16 전법의 길

옛날에는 탁발승托鉢僧을 운수승雲水僧이라고 부르기도 했다. 탁발하면서 우선 교만을 잠재우라는 뜻을 전하는 것 같다. 탁발은 흔히 수행자의 자만과 아집을 버리게 하는 수행 방식으로 알려져 있다. 무소유의 원칙에 따라 남의 자비에 의존해 끼니를 해결하는 것이다. 말이 쉽지 구걸 행각을 예사로이 하기란 쉽지 않았다. 쭈뼛대는 자신을 달래기 위해 몇 번이나 어금니를 깨물어 보기도 했다. 깊이 모를 강물에 뛰어들 듯 죽기 아니면 살기라는 식의 큰맘을 먹어 보기도 했다. 그 시점에서 탁발을 포기하는 것은 수행을 포기하는 것과 같았다. 물러설 수 없다는 절실함에 쫓겼다. 마침내 부산 거리에 승복을 입고 밥을 빌어먹는 비렁뱅이 한 놈이 더해진 꼴이 되고야 말았다.

스님들의 밥그릇인 발우를 들고, 이런저런 가게들을 기웃거리거나 혹은 들락이면서 적선을 원한다는 뜻을 내비치기 시작했다. 밤이 되면 다리 밑의 거적때기 잠자리가 아니라 달마원으로 돌아갔으니 진짜 거지는 아니었다. 옛날 거지들의 밥그릇에는 한두 숟가락의 밥 덩이가 담기지만, 요즘에는 음식을 대신하여 돈이 담겼다. 백 원이나 5백 원짜리 동전에서부터 1천 원이나 5천 원 종이돈에 가끔은 만 원 종이돈이 발우에 담기곤 했다.

탁발하면서 별의별 꼴들을 다 보게 되었다. 가련해서 어쩌나 하는 태도로 발우에 천 원짜리 한 장을 얹어 주는 여인이 있는가 하면 이거나 먹고 물러가라는 식으로 백 원 동전을 발우에 집어 던지는 이도 있었다. 심지어 더럽다며 퉤 퉤 하고 침을 뱉는 사람도 있었다. 새로 알게 된 사실이 있는데 탁발승과 반려견은 그야말로 상극이다. 편안한 자세로 소파 위에 누워 귀여운 모습으로 잠을 자던 반려견들도 탁발승이 나타났다 하면 눈에 불을 켜고 짖어댔다. 이에는 대처할 방법을 찾을 길이 없었다. 다른 한편 우연히 이전에 안면을 익힌 지인과 마주치게 되었을 때, 그들의 시선에 어리는 당혹감 앞에서 무어라 할 말을 찾을 수 없었다. 그들의 표정은 한마디로 '어머나, 어쩌다?'였다.

아련한 기억이지만 무척이나 애틋한 순간도 있었다. 한올 찻집에서 아르바이트로 근무하던 해주 양과 우연히 거리에서 마주치게 되었는데, 그녀의 눈에는 탁발승의 꼴이 거지로 보였는지 당장 눈물을 글썽거리며 "스님!" 하는 한마디의 비명 외에는 아무 말도 하지 못했다. 그녀의 눈에 비친 탁발승은 절에서 쫓겨

나 동정이나 빌어먹고 사는 가련하기 짝이 없는 동냥 거지로 전락한 존재였다. 나는 그녀에게 조용히 타일러 주었다.

"마음 아파하지 말아요. 이것도 수행의 일종이요."

그러자 해주는 흡사 동물원 우리 속에 있는 이름 모를 희귀한 동물을 구경하듯 다시 빤히 지켜보았다. 애써 태연한 척하며 몸을 돌려 그곳을 떠났다. 그녀는 우두커니 서서 내 모습이 사라질 때까지 애정 어린 눈빛으로 바라보았던 것 같다.

어느 여관 여주인이 나를 붙잡고 인생 상담을 청하기도 했다. 그녀는 탁발이 수행의 일종임을 알고 있었다. 그녀는 남편과 사별한 지 10여 년이나 되어 어떤 남자를 사귀게 되었다고 한다. 그런데 결정적인 순간마다 꿈에 전남편의 모습이 나타나 방해하려 들어 미치겠다며 신세타령을 했다. 그리고는 어떻게 하면 좋겠는지 물었다. 나는 윤회를 설명한 후, 진심으로 남편에게 애착을 버리고 이제 다시 태어나기를 바란다고 말하라고 했다.

탁발을 얼마 동안이나 하게 되든 스스로 이참에 묵언 수행까지 곁들이고자 했다. 묵언 수행은 말문을 열지 않고 침묵으로 일관하며 일상생활을 영위하는 것이다. 불가피할 경우 사용할 1백 마디 이상의 말은 절대로 하지 않고 살겠다는 심지를 굳혔다. 이전에 수계를 받을 무렵에도 고민했던 것인데, 불교에서는 교리상 인간의 언어생활에 대해 많은 경계심을 기울여 왔다. 말이 가장 많은 업을 지을 수 있기에 때로는 흉기와도 같다는 사실을 일러 주고 있다.

묵언 수행을 결심한 까닭도 구업을 씻고 싶은 마음에서 비롯되었다. 무심코 걷어찬 돌에 맞아 개구리가 죽을 수 있듯이 무심코 내뱉은 말에 상처받았을 사람들도 수없이 많을 것 같았다. 나라는 인간을 믿고 자기 몸을 내맡겼다가 인공유산이라는 죄업까지 짓게 된 황윤희에게 무슨 말을 어떻게 했었는지 기억조차 할 수 없었다. 부산불교대학에서 강사랍시고 무슨 말들을 어떻게 했었는지 알고 있지 못했다.

묵언 수행한다고 하면 입으로 말을 하지 않는 수행만을 떠올리기가 십상이다. 진정한 의미의 묵언 수행은 마음속에 잠재하는 말들까지 씹어 삼키는 일이라고 했다. 마음속의 말은 우리의 생각으로 떠오르기 마련이다. 우리의 생각이 곧 말로 나타나는 법이다. 언어는 생각을 편리하게 구체화해주는 획기적인 도구가 되기도 한다. 하지만 그 반대로 언어는 생각이 되기도 했다. 그러니 말을 멈춘다는 것은 생각을 멈춘다는 것이 되고, 우리 내면의 잡다한 목소리들을 잠재우는 것도 된다. 그 과정이 곧 수행이다. 우리 마음속에 있는 잡다한 언어들이란 결국 망상과 잡념에 불과하다. 탁발이 생활화되어 익숙해졌을 즈음이었다.

스승이 느닷없이 전법 여행에 동행하길 원했다. 목적지가 국내일 줄 알고 가볍게 생각했는데 알고 보니 한 달이나 되는 해외

여행이었다. 세상일을 하는 전법 여행이라 돈이 필요해서 탁발도 열심히 하고 지인을 찾아다니며 공덕 지으라고 돈을 모았다. 나로서는 해외여행이 처음이었다. 예전이었다면 상상조차 하지 못할 팀원들과 함께 가는 것인데 해야 할 일 또한 예사롭지 않았다. 소연 스님, 도안 스님과 함께 스승을 모시고 전법 여행길에 나섰다.

1991년 5월 한 달 동안 타이완, 태국, 인도 등을 다녀왔다. 위인은 고향에서 못 알아본다는 말이 있다. 전법 여행길에서 그 말이 진실임을 피부로 느꼈다. 스승이 누구를 만나고자 하면 우리가 직접 스승을 소개한 글을 들고 인터뷰 상대가 있는 곳을 찾아갔다. 거기에서 담당자를 만나 방문 취지나 목적을 설명하면 그들은 일단 긍정적으로 받아들이고 일정을 잡아 주었다. 국내에서는 누구를 만나 보려 하면 냉대만 당하기가 일쑤였다.

경비가 넉넉했다면 숙박업소에서마다 4개의 방을 잡았겠지만, 우리는 그럴 형편이 되지 못해 스승과 내가 한 방을 잡고 두 사람의 비구니에게도 하나의 방을 배정했다. 아니, 돈이 많았어도 그러지 않았을 것이다. 스승의 검소함은 몸에 배어 있었다.

태국에 갔을 때였다. 어느 날 저녁 식사를 하기 위해 숙소 근처에 있는 가게에서 4개의 봉지 밥을 샀다. 그것을 가지고 한국에서 가져간 김과 깻잎을 반찬으로 먹게 되었다. 식사가 끝나고 스승이 이 봉지 밥을 어디서 샀느냐고 물으시기에 숙소 근처의 가게에서 샀다고 했다. 그러자 거기서 5백 미터쯤만 더 걸어가면 방금 우리가 먹은 그 봉지 밥과 같은 밥을 좀 더 싸게 살 수 있다는 걸 모르느냐며 물었다.

"너는 왜 그렇게 돈을 함부로 쓰느냐? 세상일을 위해 사람들이 후원해준 돈을 그렇게 함부로 써서 되겠느냐?"

스승은 그 돈이 옳은 일 하기로 약속하고 받은 돈이라며 꾸중했다. 그날 이후 한 달 동안 천 원 정도의 돈을 아끼지 못해 그토록 혼이 나야 했다. 그것은 제자를 가르치는 아주 뛰어난 방법이었다. 사람들에게 오랜 세월 동안 의식 속에 쌓인 습관은 한 번에 쉽게 고쳐지지 않는다. 그 업을 바꾸어주기 위해서 잔소리 같지만 같은 말을 자꾸 반복했다.

귀에 굳은살이 박히게 듣고 질리도록 자주 들어서 깨닫게 하는 방법을 사용하신 것이다. 스승께서는 보통 사람들이 잘못한 것을 보아도 상대방이 배우려는 자세가 없으면 크게 지적하지 않았다. 씨앗 하나를 발견하시고 그 씨앗이 잘 자랄 수 있도록 노력하시는 모습이라는 걸 알면서도, 가끔은 힘들고 서운할 때도 있었다. 그러나 몇 날이 지나면 스승의 말이 정답이라는 걸 깨닫고 괜스레 미안해지곤 했었다.

그때 스승과 약 한 달간 전법 여행을 하면서 배운 법은 철두철미한 근면, 검소함과 정직이었다. 여기에 그때의 여행 일지를 일

일이 구체적으로 기록할 수는 없을 것이다. 관광이 아닌 전법 여행이어서 세속적으로 재미있는 이야기는 없었다. 우리가 이동하거나 먹고 자는 일은 그냥 메마른 일정일 뿐이었다. 전법 여행을 하면서 경이롭다고 느낀 일들이 한둘이 아니었지만, 특히 기억에 또렷이 남아 있는 장면들이 있다. 태국 최고의 명문 쓸라롱콘 대학에서 강연한 일과 태국 부 왕사와 만나 대담한 일이다. 불교 국가인 태국에서는 왕의 스승인 부 왕사의 위상이 실로 대단했다. 한국에도 많이 알려진 태국 시장이 부 왕사 앞에서 기어 다니는 모습까지 보일 정도였다. 엄청난 권위를 가진 부 왕사도 스승 앞에서는 어린아이와 같은 태도를 보였다.

"나는 깨달은 사람이니 알고 싶은 게 있으면 물어보라"

스승이 말하자 부 왕사는 진지한 태도로 몇 가지 질문했다. 물론 그는 영어로 말했고 소연 스님이 통역하여 스승에게 전달했다. 스승은 거침없이 지혜로운 대답을 해주었다.

그때 스승의 모습은 그야말로 태산과도 같아 보였다. 스승의 위대함은 그의 모습에 있는 것이 아니라 얼마만큼 사람들을 깨우쳐 줄 수 있는지, 그 가르침에서 드러난다. 그 가르침은 나의 의식을 변화하게 했다. 스승은 입에 발린 달콤한 말을 하지 않는다. 좋은 스승은 일견 냉정해 보일지라도 항상 좋은 결과를 얻게 했다. 전법 여행을 마치고 돌아와서도 달마원에서 정기적으로 법회를 열고 여러 모임을 주최했다. 이때 나온 문답 중에 스승

의 정체성을 이해하는 데에 도움이 될만한 것들을 옮겨 보기로
한다.

질문: 부처님께서는 깨달음을 얻기 위해 세속과의 인연을 끊으
시고 고행의 길에 들어가셨습니다. 선생님은 깨달음을 얻
으셨지만 그럴 필요가 없다고 생각하신 건지 지금 식구들
과 함께 세속에서 살고 계십니다. 그리고 저희 중생들과
똑같은 머리와 복장을 하고 계시는데, 그것이 저희를 위해
그렇다는 생각도 듭니다. 이에 대한 설명을 해주셨으면 합
니다.

스승: 석가모니와 나의 처지는 다르다. 석가모니도 깨달음을 얻
기 전 왕자 시절에 이미 부처의 근본을 전부 가지고 태어
났다. 이미 가지고 있는 근본을 깨고 그 근본 속의 여래로
태어나야 하고, 해탈의 과정을 거쳐야 한다. 왕궁에 앉아
서는 해탈의 과정을 거칠 수가 없었다. 모든 사람은 자기
自起를 가지고 있다. 석가모니의 근본이라면, 자기 속에서
는 이미 일정표가 짜져 있었다. 어느 시기에 도달하면 자
기는 피어야 하고, 어느 시기에 도달하면 해탈해야 한다
는 사실은 이미 정해져 있다. 그래서 어떤 시기가 오자 그
에게서 점점 자기 속에 입력된 내용이 나타나기 시작한 것
이다.

석가모니 전기를 읽어보면, 밖에 나가서 상여가 나가는 것을 보고 많은 비애를 느꼈다는 말들이 나오는데 그럴 수도 있다. 제일 중요한 것은 자기는 자기 갈 길을 가야 한다는 것인데, 그 길을 가로막고 있는 장애들이 있었다.

그것은 그가 왕국의 외아들로 태어났기 때문에 노부를 혼자 남겨 놓고 떠나는 일이 참으로 인간으로서 힘들었을 것이다. 노부가 자기 대를 이을 것으로 알면서 크나큰 기대를 하고 있는데, 그것을 버리고 떠나는 일이 너무나 힘들었다. 그래서 그는 결혼하게 되었고, 대를 이을 왕자를 낳으면 떠나겠다고 결심했다. 아들을 낳고 그가 커가는 것을 보면서 집을 떠나 출가하게 되었다.

출가해서 고행의 과정을 겪지 않으면, 어떤 상황에서도 해탈이 되지 않는다. 그 고행의 과정이라는 것은 애愛를 태우는 것이다. 그는 좋은 환경에서 살았기 때문에 열악한 수행과정은 다른 사람들이 겪는 것보다 더 힘들었을 것이다. 그러나 그는 근본이 원래 강했기 때문에 그것을 이겼다.

환경과 싸우는 동안에 자기 속에 붙잡고 있는 모든 애착愛着을 끊어 버릴 수 있었다. 또 그 환경과 싸우느라고 자기 속에 일어나고 있는 마찰로 가슴속에 있는 애욕愛慾을 태워버릴 수가 있었다. 의식과 육체를 연결하고 있는 그 애욕의 끈을 모두 태워버린 것이 해탈解脫이다. 그리고 해탈해서 벽만 보고 있으면 고요하다. 나 같은 사람이 중생계에서 중생과 부딪히니까 스트레스가 오는 것이지, 실제 연화도 섬 같은 곳에 있으면 아무런 잡념도 안 일어나고 그 어떤 부담도 오지 않는다. 배고프면 밥 먹으면 되고, 살았는지 죽었는지 그것까지도 모르고 초월해 버린다. 해탈이 되지 않은 상태에서는 온갖 번뇌 망상이 오지만, 해탈하면 번뇌 망상이 끊어져 버리고 애욕이 일어나지 않는다.

너희는 애욕이 일어나지 않는다는 말이 사실인지 매우 궁금할 것이다. 그 상태는 나에게는 애욕이 끊어졌지만, 상대가 비쳐서 상대의 가슴이 타면 그대로 나의 가슴이 타게 된다. 상대의 머리가 어두워지면 나도 머리가 어두워지고, 상대가 애를 태우면 내 가슴에서도 애가 탄다.

예를 들어서 모르는 상대가 나에 대해 어떠한 의식이 발동하면 두려움이 오고 어두워져 피할 수도 있다. 하지만 가까운 사람이 어떠한 어두운 마음을 가지고 있다면, 나도 그 상태에 어두워진다. 항상 아끼고 신뢰하는 사람인데, 내 정신이 어두워지니 '네 정신이 어두우니까 가라' 이런 말은 못 하는 것이다. 나의 앞에 있는 사람이 분별력을 잃어버리면, 나도 상대와 같이 동화되어서 분별력을 잃어버린다.

애욕은 끊어졌어도 불구는 아니라는 것이다. 물질에 대해서도 어떤 문제를 짊어지지 않으면, 절대 중요성을 느끼지 않는다. 아주 고요하다. 물질에 대한 탐욕이 나지 않아 물욕도 없어져 버린다. 그러니까 물질에 대한 중요성이 없기에 실제로 지금까지 사람들이 여기에 보시해야 복을 받는다는 말은 절대 하지 않았다. 그리고 고행도 하지 않고 어떻게 해탈에 이르게 되었는지 의문을 가질 수도 있을 것이다. 깨달음을 얻기 전, 깨달은 자가 될 것이라고는 생각하지 않고 쓴 『외로운 투쟁』이라는 자서전에 모두 써 놓았다.

그것을 읽어보면, 태어나는 순간부터 40세가 될 때까지의 모든 삶이 투쟁이자 고행이었다. 한 인간이 천대와 멸시와 박해 속에서 40세를 살아가는 것은 인류 역사에 존재하지 않았다. 멸시받으면 사람이 남의 눈치나 보고 완전히 비실비실하여진다. 거기다가 학대까지 받으면, 뭔가 빗나가고 잘못되게 된다. 박해를 한 번 받아버리면 완전 폐인처럼 꺾여 버린다. 그런데 천대와 멸시와 학대와 박해를 받고도 꿋꿋이 자랄 수 있었던 것은 나의 근기 때문이었다. 나의 강한 근기가 이런 천대와 멸시와 학대를 통해서 내 속에 있는 애착과 애욕을 태워버릴 수가 있었다. 좋은 근본을 가진 자는 항상 세상이나 자신에 대한 사랑이 있다. 그 사랑이 결국 나에게 주어진 모든 여건을 이기고 완전한 자로 만들어 놓는 것을 가능케 했다. 그러니까 석가모니는 좋은 환경에서 태어났기 때문에 그 집을 나가야 했고, 나는 그런 과정을 반대로 겪었기 때문에 집을 나가지 않아도 되었다.

지금 법을 전하면서 왜 집에 있고 세속의 복장을 하느냐?

승려의 복장을 하는 것은 약한 의지로 자신이 가진 욕망을 억제하는 데 도움이 된다. 중생은 애욕의 짐을 벗은 상태가 아니고 해탈하지 않았으니까 중생이라고 한다. 스스로 욕망을 자제할 수는 있지만, 어떤 환경에 혼자 있으면 번뇌 망상이 오고 욕망이 일어나는 걸 스스로 끊을 길이 없다. 만일 내게 어떤 사람이 욕망의 불을 붙였다고 하더라도 고개를 돌려 앞에 있는 창문과 커튼만 보게 되면 금방 있었던 욕망의 불이 꺼지지만 보통 일반 사람은 그게 불가능하다.

질문: 어떻게 해야 깨달음을 얻을 수가 있겠습니까?
스승: 깨달음을 얻기 위해서는 정확한 길을 알아야 한다. 첫째, 자신 속에서 자신을 지배하는 업業의 활동을 중지시켜야 한다. 둘째, 있는 일을 볼 수 있어야 한다. 셋째, 양심과 용

기가 있어야 한다. 넷째, 끝없는 사랑을 통해서 자신 속에 있는 업을 소멸해야 한다.

질문: 여래는 어떤 사람인지 말해 줄 수 있습니까?
스승: 여래는 진실한 자이고, 진리를 말하는 자이고, 있는 것을 보는 자이고, 거짓을 말하지 않는 자이다. 나는 이 말을 금강경에서 읽었다. 깨달음을 처음 얻고 승려들을 찾아갔을 때 어느 스님이 금강경을 보라고 했다. 이처럼 승려들이 금강경을 자주 얘기하기에, 후에 원덕에게 소리 내어 읽어 보라고 했다. 원덕이 50장 정도 읽어 가는데 그 말이 나왔다. 이제는 다 보았으니 그만하라고 했다. 금강경에서 볼 수 있는 부처의 말은 네 문장이었다. 다른 말은 다 인간이 만든 말이었고 네 구절이 석가모니가 한 말이었다. 승려들은 날마다 그 책을 읽지만, 그 부분을 알지 못하는 것이 중생과 여래의 차이다.
'진리 속에 있는 일을 본다. 진리 속에 있는 일이라는 것은 바로 있는 일을 보고 진리를 말한다. 있는 일을 말한다. 거짓을 말하지 않는다. 진실한 자이다.' 전부 다 똑같은 말 하나이고, 하나를 네 개로 설명해 놓았다.

나는 수시로 스승에게 개별적으로 많은 질문을 했고 그에 대한 대답도 듣게 되었다. 노트 속에서 그 내용의 일부를 다음과 같이 간추려 본다.

원덕: 삶이란 무엇입니까?

스승: 생명을 지키고 이어가는 길이다. 삶은 온갖 일을 자기 속에 일어나게 한다. 삶 속에 있는 일은 바로 끝없는 자신의 미래를 만들어 가니, 인생은 끝없는 자신을 낳는 일이다.

원덕: 어떻게 살아야 할까요?

스승: 살면서 가장 중요하게 여기고 잊지 말아야 할 일은 바로 자기가 한 일이 자기 속에 있는 모든 결실의 원인이 된다는 것이다.

원덕: 예전의 도반들이 제가 스승님에 대해 말하면 저를 사이비에 빠졌다고 말합니다.

스승: 그들이 규정해 둔 정도와 사도의 기준이 무엇인가? 그들은 매우 위험한 말을 하고 있다. 길고 짧은 것은 재보아야 하듯이 기준을 두어야 시비가 없다. 나쁜 사람들이 사람들을 속이고 싶다면 이만큼 길게 해놓고 길다 하고, 이만큼 잘라 놓고 짧다고 하면 된다. 정도는 바를 정正과 길 도, 그러니 바른 말과 바른 가르침이 정도正道이다. 그릇된 말이

나 그릇된 행동을 하는 것이 사도邪道이다. 어떤 사람이 하는 일이 옳은지 그른지를 보고 구분하고, 판단은 네가 해야 한다.

원덕: 인간의 근본과 바탕에 대해 말씀해 주십시오.

스승: 인간의 근본은 의식이고 이 세상이 바탕이다. 과일이 좋은 땅을 만나야 좋은 결실을 거두듯이 인간도 좋은 가르침을 만났을 때 좋은 자기를 이룰 수 있다.

원덕: 삶의 길을 설명해 주십시오.

스승: 사람은 누구나 깨달음을 통하여 자신을 구원할 수가 있다. 깨달음을 얻기 위해서는 먼저 거짓이 없어야 한다. 진실에 대해 눈을 떠야 한다는 말이다. 깨닫게 되면 자신의 실수를 용납하지 않게 되는 것이다.

원덕: 깨달음의 목적은 무엇입니까?

스승: 자기 구원이고, 자기가 원하는 삶을 살기 위해서이고, 세상의 일에 눈을 뜨는 것이다. 깨달음은 있는 것에 대하여 의식의 눈을 뜨고 생각으로 보는 것이 아니라, 있는 것을 있는 그대로 본다는 말이다.

원덕: 사람의 마음은 어디에 있는 것입니까?

스승: 마음은 허공에 비친 거울과 같다. 자신을 볼 수 없다는 뜻
　　　이다. 거울은 상대를 통해서만 자신을 볼 수 있다.

원덕: 사람은 왜 마음을 닦는 공부를 해야 합니까?

스승: 진실을 얻기 위해서다. 마음이 밝아지면 자신을 해치지 않
　　　게 되고 남의 마음도 해치지 않게 되니 부처가 될 수 있다.

원덕: 한恨과 애착愛着은 어디에서 오는 것입니까?

스승: 무지無智이다.

원덕: 그 예방책이 무엇입니까?

스승: 불법佛法을 아는 것이다.

원덕: 불법이 무엇입니까?

스승: 세상의 이치理致를 밝힌 것이다. 밝은 곳에서는 어떤 허물
　　　이라도 잘 볼 수 있으므로 자신에게 해로운 일은 경계할
　　　수가 있는 것이다.

원덕: 어떻게 무지無智를 이길 수 있겠습니까?

스승: 양심良心을 지키고 용기勇氣를 쌓으면 된다. 그러면 무지

한 자를 만나더라도 속지 않게 된다. 나의 말은 언제나 세상에 있는 것을 말하므로 네가 들으면 알 수 있는 말이다. 무지한 자의 말은 자기도 모르고 하는 말이니 들어도 알 수가 없다. 진리를 알고 행할 때 소망을 얻게 된다. 모든 소망은 너에게 있다. 모든 업과 공덕이 너에게 있으니 너의 진실과 노력 속에 결실이 있다. 깨달은 자의 말은 흐르는 물과 같고 무지한 자의 말은 고인 물과 같다. 흐르는 물은 쉬지 않는 법이니 힘이 든다. 그러나 흐르는 물은 바다에 이르게 되고 썩지 않으며 영생永生을 얻는 결과를 낳는다. 그러나 고여 있는 물은 세월이 갈수록 썩듯이, 마음의 편안함을 얻지만 가장 무서운 병을 얻는 것과 같은 이치이다.

원덕: 성경에는 예수를 통해서만 구원久遠받을 수 있다고 했는데, 그 뜻이 무엇인지요?

스승: 나는 있는 것을 있는 그대로 보는 자이다. 네가 잘못 알고 있는 것을 바로 잡아 주기 위해 온 자이다. '나'를 통하지 않고는 절대 구원될 수 없다고 한 예수의 말을 기독교에서는 '예수'를 통하지 않고는 절대 구원받을 수 없다고 잘못 말한 것이다. 구원의 길은 나 자신을 통해서라는 말이다.

원덕: 구원의 길은 어디에 있습니까?

스승: 너 자신 속에 있고 자신을 깨우치는 것만이 현실 속에 있는 일을 알아볼 수가 있다. 현실 속의 일을 알면 자기를 잃지 않고 자기의 길을 소중하게 생각하는 사람이 될 것이다.

원덕: 어떤 사람이 구도자입니까?

스승: 최고의 구도자는 바로 뜻 속에 있는 행복의 길을 찾아주고, 사람들을 깨닫게 하여 한恨 없는 삶을 스스로 누리게 해주는 사람이다.

원덕: 구도자의 조건은 무엇입니까?

스승: 양심과 용기만 있으면 된다. 있는 일을 배워서 알고, 아는 것을 통하여 남에게 도움 되는 일을 해주려고 노력해야 한다. 구도자의 길은 진정으로 상대를 축복하는 것, 그것이 사랑이니 배워서 행하는 것이다. 사랑은 배고픈 자에게 빵을 주는 것이 아니다. 네가 무슨 일을 했는지는 결과에서 나타나게 된다.

제4부

만행의 길

17. 둥지 떠난 새

스승의 전법행傳法行은 끊임없이 계속되었다. 언제 어디에서나 하늘의 뜻을 이행한다는 사명감으로 엄숙한 모습이었다. 수렁으로 꾸역꾸역 몰려가는 시각 장애인들과 같은 중생들을 향해 그쪽은 길이 아니니 제발 이쪽 길로 가야 한다고 끊임없이 외치는 듯했다. 깨달음을 얻은 스승의 눈에만 중생들의 애달픈 모습이 아주 분명하게 보이는 것 같았다. 안타깝게도 그의 말에 귀 기울이는 사람들은 별로 없었다. 그럼에도 불구하고 체념하거나 중단할 줄 몰랐다. 나는 몹시 안타깝기만 했다. 그를 대신할 만한 사람도 달리 없었다. 다음과 같은 스승의 말들이 마음 깊은 곳을 찔렀다.

나는 언제나 내 속에서 태어나므로 내가 내 마음을 더럽히지 아니함은 그 앞날을 밝게 하는 일이요, 내가 세상에서 공덕을 짓는 일이야말로 곧 살아서 은혜를 얻는 길이다.

나는 수십 번이나 사람들에게 속아야만 했었다. 나는 그들의 병을 고쳐주고 가정의 재앙을 물리쳐 주기도 하였으며 무서운 한恨을 풀어주기도 했다. 그러나 그들은 내가 무엇을 해주었는지, 자기들에게 무슨 일이 일어났는지 깨닫지 못했다. 나는 그들의 짐을 대신 짊어 주었다. 그들이 가벼운 몸으로 내가 가르치는 축복의 길로 가기를 원했다. 그러나 그들은 나에게 짐만 떠맡겼을 뿐, 내가 가리키는 길로 가려 하지 않았다. 사람은 오직 자기自起의 뜻으로 자신自身의 운명을 결정짓는 것이니 여래가 인간을 돕는 유일한 일은 그 길道을 가르치는 일뿐이다.

이 세상에서 가장 중요한 사업은 자기의 앞길을 밝히고 앞날의 자기를 섬기는 것이다. 그런데 자기 사업은 뒤로한 채 남에게 해달라고만 하면 성공할 수 있겠는가!

나의 탁발 수행도 스승의 전법행처럼 끊임없이 이어지고 있었다. 해외 전법 여행에서 귀국한 이후에도 이전과 다름없이 탁발승으로 되돌아갔다. 거처는 달마원이었고, 거기에서 일주일에 한 번씩 정기적으로 개최되는 법회에서 스승이 일러 주는 법을 들었다. 그 법회에 참가하는 인원은 10명에서 20명 내외였다. 단 한 사람일지라도 법을 들어 준다면 스승은 열변을 중단하지 않았다.

달마원에서도 인심의 야박함을 볼 수 있었다. 앞에서도 말했듯이 달마원 주택의 법적 소유자는 소연 스님의 고모였다. 경제적으로 여유가 있는 이 여사는 조카인 소연 스님을 통해 몇 차례의 법문을 들어보고 많은 도움을 받았다. 그리하여 거의 광신도가 되다시피 했었다. 그래서 정기적인 법회 장소가 없어 어려움을 겪고 있다는 소연 스님의 안타까운 말을 듣고선 현재 달마원으로 사용하고 있는 그 주택을 매입하여 소연 스님에게 넘겨주다시피 한 것이다. 다만 법적 소유권만은 자기 명의로 등기해 놓겠다고 약정을 해놓았다. 2년이란 세월이 흐르는 동안 달마원 일대의 땅값이 오르게 된 모양이었다. 그러자 그녀는 이전에 했던 말들을 잊어버리고 집을 팔아 돈을 챙겨 버렸다. 법적 소유자가 법적 권리를 행사하는 것이었으니 등기 권리증을 못 가진 쪽은 속수무책이었다.

할 수 없이 달마원 간판을 내렸고, 졸지에 거처 잃은 탁발승이 되고 말았다. 다리 밑에서 눈비를 피해 가며 살 수는 없었기에 난처한 상황에 빠지게 된 것이다. 그렇다고 돌아갈 곳이 아예 없지는 않았다. 나는 승려가 아닌가! 하지만 절에 기거하면서 탁발승 노릇은 할 수 없었다. 절에서도 내가 탁발승 노릇을 하는 줄은 이미 알고 있을 터였다. 하지만 수행의 방편으로 믿어 묵인하고 있는 듯했다.

소연 스님을 통해 달마원을 비워 줘야 한다는 말을 듣게 된 날 스승은 쓰다 달다, 아무 말씀을 하지 않았다. 그러다가 소연 스님의 말끝에 몸을 일으키며 나를 향해 이렇게 말했다.

"원덕이는 날 따라가자!"

입을 꾹 다물고 스승의 뒤를 따르기로 했다. 달마원에 있던 온갖 자료와 집기들은 새로 마련된 소연 스님의 거처로 옮겼다. 스승은 말없이 지하철을 타고 부산의 번화가이자 젊음의 거리로 불리는 서면과 경계 없이 맞닿은 전포동으로 나를 데리고 갔다. 지하철에서 내려 낯선 골목길로 접어들면서도, 우리가 어디로 가고 있는지 알지 못했다. 아예 물어볼 생각조차 하지 않았다. 스승에 대한 믿음이 확고했기에 그 길이 지옥행이라 해도 따를 수밖에 없다고 생각했다. 어느 공중목욕탕 앞에서 걸음을 멈추었다. 속으로 별안간 '웬 목욕?' 하며 뜨악했다. 목욕탕 건물은 아담한 3층이었는데, 1층은 남탕이고 2층은 여탕이며 3층은 살림집이었다. 사실 그때까지 스승이 그런 건물의 소유자인 줄도 몰랐고, 스승의 부인 이주자 여사가 목욕탕을 운영하는 줄도 몰랐다. 스승은 나를 데리고 그 건물의 옥상으로 올라갔다. 그 건물 옥상의 물탱크 곁에는 가설건물 형태의 주택 공간이 마련되어 있었다. 스승은 방문을 열어 보이며 말했다.

"여기서 비바람이나 피해 보거라!"

그리하여 거처가 마련되었다. 그날 밤에 스승은 가족을 소개했다. 부인 이 여사와 고등학교 3학년인 아들 준호, 이제 막 고등학생이 된 딸 수경이가 가족의 전부였다.

승복 차림이어서 그러했겠지만 나를 대하는 가족들의 태도가 데면데면했다. 그들은 가장인 스승도 별천지에 사는 사람으로 여기고 있음이 분명했다. 하지만 그런 관계가 다행이기도 했다. 탁발과 묵언 수행 중이어서 당분간 일반 사람과 동화될 수 없었기 때문이다. 여하간에 목욕탕 건물의 옥탑방에 살게 되었으니 가족들과 무관하게 지낼 수도 없는 일이었다. 사모님이 해주시는 밥을 먹지 않을 수 없었다. 지금 생각해도 그 2년 동안 세상에서 가장 맛있는 밥을 먹었다.

목욕탕 건물 옥탑방을 수리해서 살고 있을 때의 일이다. 스승께서 세상에 존재하는 모든 것, 즉 실상의 연구와 사회정의 실천을 목적으로 실상학회實相學會를 만들라고 하셨다. 사무적인 일은 군무원 출신인 박성태가 도맡아서 했다. 옥탑방은 학회 사무실인 셈이었다.

지난 시절 돈이 없어 학교 진학을 멈추어야 했다. 요즘 사람들은 자식에게 밑거름이 되어주어야 하는데도 자식을 상전처럼 모시고 있다. 농사꾼이 좋은 열매를 얻기 위하여 거름이 필요한 것처럼, 부모는 근면과 검소와 정직한 삶으로 자식들에게 양심을 볼 수 있게 해야 한다. 그것이 곧 밑거름이다. 그러면 자식들은 부모가 가르치지 않아도, 말을 하지 않아도 무럭무럭 잘 자라게 되어 있다. 그런데 무엇이 옳고 무엇이 그른지 가르쳐 바른 삶을 살게 하는 것이 아니라 허약하고 의지하는 습관을 부추기는 모습을 보면, 우리나라의 암담한 미래가 보이는 것 같아 마음이 씁쓸했다.

스승댁에서 2년을 함께 살면서 본 것 중에 스승의 딸인 수경이에 대하여 말해 보려고 한다. 스승이 자식들에게 베푸는 사랑은 일반 사람이 이해하기 어려운 행동이었다. 수경이는 그때 고등학생이었다. 친구들이 방과 후에 보충수업을 듣거나 학원으로 몰려갈 때, 그녀는 나와 함께 목욕탕 청소를 해야 할 때가 많았다.

보기에 안쓰럽기는 했지만, 자식은 정情으로 키우지 말고 옳고 그름의 분별력으로 키워야 한다는 스승의 말에 가족들은 어쩔 수 없이 따를 수밖에 없었다. 교육이 바로 이런 것이구나 깨달았다. 하지만 스승을 바라보는 부인의 눈길이 고울 리가 없었다. 스승과 가족들의 관계는 마치 타인들이 동거하는 모습처럼 냉랭하기가 이를 데 없었다. 매주 댁에서 20여 명이 모이는 법회에서도 스승의 가족은 만나 볼 수가 없었다. 하지만 사모님의 모습은 반듯하면서도 아름다웠다. 그녀는 남편인 스승과는 적당히 평화로운 거리를 유지하면서 근면하고 검소하며 정직한 삶을 영위하였다. 그러면서도 타인에 대한 배려심도 무척이나 깊었다.

성격이 엄마를 닮은 수경이는 아빠에게 용돈 한번 제대로 받은 적도 없어 보였다. 하지만 목욕탕 청소 아르바이트비와 장학금 등을 받아 사범대학에 입학했다. 훗날 수경이는 학교의 교사가 되었다. 스승께서 하늘로 가셨을 때 잠깐 얼굴을 보고 나서 15년이 지났다. 그때의 상황을 스승의 말씀으로 기억해보려한다.

깨달음이 없는 사람들은 자식을 대학에 보내는 것이 최고의 목표이자 소원이다. 나는 깨달음을 얻기 전에도 한국의 교육은 창의적이거나 창조적인 것이 아니고 암기 교육이라 별로 대단하게 보지 않았다. 책 속에 있는 많은 문제를 교과서로 만들어서 거기에 문제를 삽입하여 머릿속에 받아들이게 하는 일이다. 그래서 시험을 치면 백 점을 맞는데, 어떤 공장에서 물건을 만들라 하면 앞이 캄캄해서 아무런 일도 하지 못한다. 깨달음이 없는 교육은 진정한 교육이 되지 못한다. 어떤 경우에는 학생들의 의식意識을 망쳐버릴 수가 있다. 그래서 나는 그런 일을 보고 학력의 중요성에 대해 사람들을 깨우쳐 준 좋은 예가 있다.

딸아이가 고등학교 때 보충수업을 받는데 학교에 찾아가서 담임 선생과 교무주임, 교감에게 강제식 교육을 아침부터 밤까지 하게 하면 자퇴시키겠다고 엄포를 놓았다. 이렇게 암기 교육을 하게 하는 목적이 무엇이냐고 하니까, 여고 교감이 하는 말이 자기들도 원하지 않는데, 교육부가 아니라 그것도 내무부에서 보충수업을 시키라는 지침이 내려왔다는 것이다.

고등학생 정도가 되면 사고思考의 발달이 가장 활발할 때이다. 이 청소년기가 16세부터 20세까지인데, 이때 학생들을 잡아 놓고 정권 유지를 위해 살아가는데, 필요 없는 것만 하루 12시간 계속 주입하면 그 머리가 어떻게 되겠는가?

머리에 쓸데없는 게 꽉 차서 다른 것을 받아들이지 못하고 옳은 일인지 그릇된 일인지도 구분하지 못해도 자기와는 상관할 바가 아니라는 것이다. 그것은 인간 폐인을 만드는 일을 자행하게 되는 것이어서 실제 나는 자식 잘되라고 학교에 찾아가 엄포를 놓고, 일 년 동안 목욕탕 청소를 시키며 보충수업을 하지 않았다.

우리가 있는 일을 알게 될 때, 사회의 영향을 받지 않고 자기의 뜻으로 살게 되어 옳다고 판단한 일을 하면 된다.

자기의 뜻을 버리고, 세상에 많은 어려운 일들이 존재하는 것은, 인간이 망쳐졌기 때문이라는 사실을 누구도 부인할 수 없다. 사람이 한번 망해서 좋은 사람으로 태어나기 위해서는 잘못된 의식을 버리고 새로운 의식을 얻어야 하는데, 이것이 곧 깨달음이다. 오늘날 우리 사회의 문제를 해결하고 희망이 넘

제4부 만행의 길

치는 사회를 만들기 위해서는 무엇보다 있는 일에 대한 참된 가르침이 필요하다. 우리가 깨달음이 필요한 이유는 자기를 위험에서 건질 수 있는 길이요, 끝없는 내세를 밝은 쪽으로 이끌어 가는 축복이 되기 때문이다. 자신을 사랑하지 않는 자는 남을 사랑할 수 없으니, 그것은 나에게도 큰 이득이 있다.

스승도 가능한 한 부인과 맞부딪히지 않고 살아가려 애를 쓰며 피차간에 무간섭, 무상관의 관계를 유지하려고 했다. 어쩌면 가족에게는 나의 존재가 거북할지도 모를 일이었다. 어느 날 느닷없이 중이 나타나 옥상에 살게 된 꼴이 아닌가!

그들의 상식에서 볼 때는 가장인 스승도 별나기 짝이 없는 사람인데, 나 또한 틀림없이 비정상적인 사람으로 보였을 것 같았다. 중이라면 마땅히 절에서 생활해야 할 텐데 그렇지도 않고, 탁발승 노릇을 하면서 꿀 먹은 벙어리처럼 말문도 잘 열지 않았으니 두루 기가 막혔을지도 모른다. 그러나 그들은 나를 가족처럼 대해 주었다.

수행승 생활만은 끈질기게 이어 나갔다. 어느새 탁발 행이 일상처럼 몸에 익어 버렸다. 이전에는 고깝거나 거북하게 여겼을 온갖 말들을 들으면서도 그저 그러려니 할 수 있게 되었다. 오늘은 어디로 가야 하나 하는 막막함도 사라져 갔다. 주어진 여건이나 환경에 대한 인간의 적응력은 실로 놀라울 정도였다. 어느 때부터 마음속에 일종의 화두가 자리 잡고 있었다.

"이 세상은 뜻으로 이루어져 있으며, 뜻은 뜻을 만들고 그 뜻이 세상을 만들었다."

항상 법회에서 귀담아듣는 스승의 말씀이다. 흡사 염불처럼 수개월 동안 입속으로 그 말만 되풀이하고 있었다. 무려 몇 개월을 '뜻이란 말의 뜻은 무엇인가?' 하고 반복해서 되물어 보았지만 아무런 답변도 떠오르지 않았다. 뇌리에는 그저 짙은 안개처럼 애매모호한 질문과 답변만이 가득 차 있었다.

어느 날 탁발 수행한 지도 반년이 지난 단풍철이었다. 그날도 탁발승의 모습으로 지하철을 탔다. 붓다가 깨달음을 얻었을 때, 과연 어떻게 깨달았는지 생각하고 있었다. 바로 그 순간이었다. 갑자기 온몸에 전율이 일면서 불덩이처럼 뜨거워지기 시작했다. 아울러 전신이 전류가 흐르면서 감전이라도 된 듯한 느낌과 동시에 가슴이 뻥 뚫리는 듯한 희열과 감동이 밀려왔다. 언젠가 스승이 대뇌가 열리는 순간의 느낌을 일러 준 적이 있었는데, 바로 그 경지에 비유될 듯한 감동과 환희가 마음에 벅차오르기 시작했다. 말로만 들어왔던 법열의 경지를 몸소 체득한 것 같았다. 감로수 맛이라 했던가! 물론 그 순간의 그 느낌이야말로 언어도단의 경지여서 말로서는 여실하게 표현할 길을 찾을 수 없었다.

진실로 이상하고 희한한 일이 아닐 수 없었다. 그 이후부터 마음은 평화롭기만 했고, 사물을 보는 시각 또한 이전과는 달라졌다. 말에 앞서 그 뜻부터 먼저 생각하는 습관이 생겨나기도 했다. '달을 가리키면 달을 봐야지 왜 손가락을 보고 있나!'라는 말이 있듯이, 사람들은 뜻을 보려 않고 말만 가지고 씨름하는 것만 같았다.

스승의 곁에서 꼬박 3년을 보냈다. 달마원에서 1년가량을 보내고 스승의 옥탑방에서 2년 정도 보낸 셈이다. 그 3년을 탁발과 묵언 수행으로 보냈고, 그렇게 스승의 법을 받았다. 돌이켜 보면 스승의 집에서 보낸 시간은 행복한 나날들이었다. 스승은 하루도 빠짐없이 최선을 다해 당신의 할 일을 하는 모습을 보여주었다. 아침 인사차 옥탑방에서 아래층으로 내려가면 소파에 조용히 앉아서 나를 기다리고 있었다. 강의나 토론 등으로 분명 피곤할 텐데도 그런 기색을 좀체 보이지 않았다. 스승의 근면함을 본받아 생활 태도를 바꾸려 애썼다. 스승의 삶은 그야말로 아주 소박한 서민적 삶이었다. 검소함이 몸에 배어 있는 것 같았다. 승용차 한 대쯤 굴릴 형편은 충분히 되고도 남았지만 늘 버스나 기차를 타고 다녔다. 웬만한 거리는 걸어 다니는 게 일상화되어 있었다. 하찮은 물건 하나를 살지라도 질 좋은 것을 싸게 사는 방법을 찾아내곤 했다.

전법을 위해 스승과 함께 타이완을 방문했을 때였다. 어느 식당에서 8백 원짜리 국밥을 네 그릇 먹고 스승이 1만 원을 내고 거스름돈을 돌려받았다. 그리고 택시를 타고 근처의 숙소로 향하다가 이상하다면서 식당에서 돌려받은 거스름돈을 주머니 속에서 끄집어내어 세어보는 것이었다. 식당에서 잘못 계산하여 3인분의 식대 값을 계산한 모양이었다. 스승은 기어코 다시 식당으로 되돌아가서 8백 원을 되돌려 주었고 그제야 마음이 편안해졌다고 말했다. 이처럼 스승은 언제나 언행言行이 일치하는 정직함을 보여주었다.

2년 후, 부산의 번화가 근처에 사무실을 겸해서 새로 숙소를 마련했다. 탁발 수행과 쓸데없이 말하지 않는 묵언 수행도 계속되었다. 스승을 만난 지 어언 7년을 거의 채운 날이었다. 마침내 스승이 나를 향해 말문을 열었다.

"내 곁에서 7년 정도 배웠으니 진실을 보는 안목도 생겼을 테고, 삶의 보람이 무엇인지도 알게 되었을 것이다."

"네! 세상이 좀 보이는 것 같습니다."

"그렇게 농사짓는 법을 배웠으니 이제 밭에 나가 실제로 농사를 지어 보아야 하지 않겠느냐?"

이제 깃이 여문 새가 되었으니, 그만 탁발 수행을 끝내라는 말이었다. 그뿐만 아니라 둥지를 떠날 자유도 가질 때가 되었다는 뜻이었다. 한편 스승이 말한 준비가 되어 있는 내용이 무엇인지도 지레짐작했다. 그 무렵 스승은 당신의 뜻을 정기적으로 펼쳐 낼 잡지 발행을 계획하고 있었다. 스승은 잡지를 통해 본격적으로 실상학회의 뜻을 펼치고자 하는 참이었다. 그런데 그 무렵 중앙승가대학 교수로 재직 중이던 홍선 스님이 미국 시카고시에 있는 교민들의 사찰 불타사 주지로 갈 것을 나에게 제의했다. 마음이 온통 거기로 기울어져 있었다. 이윽고 마음을 굳히고, 스승에게 미국으로 가고 싶다는 뜻을 밝혔다.

"스승님! 이왕이면 저는 넓은 땅에 가서 농사를 한 번 지어 보고 싶습니다."

스승도 나의 마음을 지레 읽고 있었다. 못내 아쉬워하면서도 나의 뜻을 꺾지는 않았다.

"잡지나 책을 만드는 일은 저보다 성태 씨가 나을 것 같습니다. 훗날 때가 되면 스승님의 말씀을 총정리하여 기록으로 남기는 일은 제가 하게 되겠지만요."

막연하게 후일을 기약하겠다는 뜻으로 그렇게 말했다.

"이 세상은 네가 생각하는 것처럼 그렇게 만만한 곳이 아니다. 낯선 미국에 가서 살기가 쉽지만은 않을 것이다!"

스승은 머나먼 길을 떠나는 아들을 염려하듯 단단히 각오하라고 말했다. 결과적으로 스승은 내 뜻을 받아들였다. 미국으로 떠난 얼마 후에 계간으로 펴낼 잡지의 제명을 '자연의 가르침'으로 하고 박성태와 함께 1년간 출판했었다.

낯선 미국에서 살아가는 것보다 부산에서 스승과 함께 잡지나 발행하며 사는 게 더 쉬운 줄은 번연히 알면서도 고집을 꺾지 않았다. 은연중에 한번 좁은 둥지를 떠나 훨훨 날고픈 소망을 품었는지도 모른다. 5년간 차곡차곡 묵혀온 말들을 한번 맘껏 발설하고픈 생각이 들었다고나 할까? 불교적 용어로 풀이하자면 만행萬行을 원한 셈이었다. 만행이란 수행의 일종으로 여러 곳을 돌아다니면서 그곳의 생활과 문화들을 익히며 사유思惟를 통해 깨달음을 더하는 행위이다.

여권을 발급받고 비자를 신청하는 한편, 불타사 절에 대해 알아보았다. 미국 일리노이주 시카고에 있는 그 절은 1974년에 창건되었다. 시카고시는 통상 가장 큰 미국적 도시로 알려져 있다. 날씨도 별로 좋지 않고 물가도 비싸며 치안도 좋지 않은데 이상하게도 우리 교민이 많이 살았다. 그 이유는 미국 이민 초기에 동포들이 그곳에 많이 자리 잡았기 때문이라고 한다. 전형적인 코리아타운이 만들어진 적은 없지만, 동포들의 전통적 정착지였던 모양이다. 불타사 절의 초대주지는 숭산 스님으로부터 계를 받아 출가하여 지학이란 법명을 얻은 분이셨다. 이후 나에게 주지를 제의한 홍선 스님 등이 주지를 역임했다. 시카고의 불타사는 뉴욕의 불광선원과 로스앤젤레스의 관음사와 더불어 현재 미국에서 신도가 가장 많은 사찰 중의 하나이다. 법회와 예불 같은 불교 행사가 활성화되어 있고, 교육과 문화 프로그램도 체계적으로 운영되고 있었다.

내가 주지로 부임하게 된 때가 1997년 12월이었다. 그때 신도의 수는 1백에서 2백 명 정도로 현지 교민과 소수의 현지 미국인이 섞여 있었다. 공식적으로 미국에 사는 한국 교민은 2백만 명 내외라고 한다. 하지만 학생과 기타 비이민 비자 체류, 불법 체류민까지 합치면 적어도 3백만 명 정도는 된다고 한다. 교민은 서부에는 캘리포니아, 동부에는 워싱턴, 뉴욕 등에 많이 산다. 중부인 시카고에 사는 한국 교민은 점점 줄어든다고는 하지만, 약 10만에서 15만 명 정도 된다. 영어 실력이 형편없었지만, 한인 병원과 각종 음식점 등이 있어 그들과 섞여 살아가는 데 별다른 불편을 느끼지 않았다.

미국은 땅덩어리가 넓어 자가용이 없이는 단 하루도 살아가기가 어려웠다. 시카고에서 운전을 배울 수밖에 없었다. 개인 교습을 받아 약 한 달 만에 운전 라이선스를 획득했다. 이전의 주지 스님들이 터를 잘 닦아 놓은 탓에 별다른 애를 쓰지 않고도 보료 방석에 앉다시피 했다.

고국에서 건너온 신임 주지 스님이란 명함을 갖게 된 나는 현지 신문에 칼럼도 쓰고 방송 출연도 하는 한편, 평화통일 자문회의에 초대도 받게 되었다. 그러면서 하루아침에 지역 유지 대열에 끼어 유명 인사가 되어 버렸다. 일주일에 한두 번씩 공개 법문을 해야 했으니 수많은 생각과 말을 동원할 수밖에 없었다. 불타사 절의 주지가 되고 9개월이 지났을 때였다. 혼자가 되어 말없이 뒤를 돌아보니 엉뚱한 자리에 앉아 있음을 깨닫게 되었다. 속세에 뿌리가 정착된다는 뜻인 착근이 두렵게 느껴지기 시작했다. 거울 속에 나타난 내 얼굴은 보살행을 쌓는 수행자가 아니라, 어느 틈엔가 세속인의 얼굴과 하등 다를 바가 없었다. '아니다, 이건 아냐!' 나는 스스로 객승의 봇짐을 되찾았다.

/8 성속에서 벗어나

국가 공무원의 근무체계에는 순환보직제라는 게 있다. 2010년 부터 시행된 제도인데 공무원은 2, 3년을 주기로 보직을 바꿔가 며 복무해야 한다는 규정이다. 공공부문의 부정부패를 차단하 기 위한 법적 조치의 일환이었다. 여기서 그 제도의 순기능과 역 기능을 논할 생각은 없다. 그저 불교종단 객승들의 만행을 생각 하다 보니 문득 떠오른 것이다. 스님도 어느 한 곳에 뿌리내리면 세속적 생활에 안주하게 되어 구도자 정신을 잃기 쉽다고 본다. 원래 스님들은 등 따뜻하고 배부르며 편안한 생활을 즐길 수 없 는 존재이다. 아직도 헐벗고 굶주리는 중생이 이 땅 위에 헤아릴 수가 없을 만큼 부지기수인데 보살심이 어찌 외면할 수 있겠는 가. 수렁으로 걸어가는 중생의 모습을 보면서 어찌 눈을 감으며 외면할 수가 있으랴!

출가승이 도량에서 일정 기간 수행하고 나서 세속에 나가 실 제 세상을 경험하는 것이 만행이다. 그 관습은 중생을 제도할 스님은 마땅히 중생의 실상實相을 알아야 한다는 뜻에서 생겨난 것이다. 만행 중인 스님을 객승이라 부르기도 한다. 사찰에서는 객승을 맞이할 때 식사는 물론이고 잠자리도 제공하고, 객승이 떠날 때는 다음 목적지까지 갈 수 있는 여비도 챙겨드리는 것을 기본예절로 정해 두기도 한다. 더불어 객승들은 사찰 숙식이 좋고 나쁨이나 여비의 많고 적음 등을 시비하지 않고 감사히 받는 것을 원칙으로 삼았다.

객승 제도의 맹점을 이용하는 사이비 객승들이 생겨나기도 했다. 금품갈취 등으로 눈살을 찌푸리게 하는 일들도 많았다. 그래서 사찰에서 객승을 접대할 때, 그의 신원을 파악하여 본사 호법국과 총무원 호법부에 보고해 달라는 객승 관리지침까지 공포된 적도 있었다.

1999년은 우리나라가 국가 부도 위기에서 벗어나기 위해 애썼던 해이다. 그해 11월, 임창렬 부총리의 주도로 IMF(국제금융기구)에 구제 금융을 신청하기도 했다. 스승께서 수차례 경고했던 일이 벌어진 것이다. 이듬해 봄 김대중 정부가 들어서게 되었다. 국가적 금융위기에서 탈출하기 위해 금 모으기 운동이 거국적으로 전개되기도 했다. 비록 출가한 몸이었지만, 돈과 관련하여 금융이나 경제라는 개념들에 관심이 쏠리게 되었다.

이역만리 미국 땅에 주지로 부임한 지 9개월 만에 바랑을 짊어지고 객승의 모습으로 로스앤젤레스로 갔다. 불타사 절에 뿌리내릴 것 같아 두려웠기 때문이었다. LA의 한인촌, 즉 코리아타운에는 규모가 꽤 큰 절인 관음사가 있어 당장 거기에 의탁하기로 했다. 관음사는 교포사회는 물론 다민족 국가인 미국 사회에 한국불교를 널리 포교할 목적으로 종교법인으로 개원했다. 관음사 외에도 LA에는 많은 선원과 사찰들이 있었다.

스승에게는 시카고의 불타사에서 LA에 있는 관음사로 옮겨왔다는 말만 국제전화로 전했다. 스승도 가볍게 전화를 받아 주었다. 캘리포니아에는 한인이 54만여 명이 살았는데, 그중에서 LA와 오렌지카운티를 포함한 남캘리포니아주 6개 구역에 40만여 명의 한인이 살았다. 알려져 있다시피 LA의 코리아타운은 국내의 어느 지방 도시와 다를 바 없을 정도이다. 한국인에 의한 한국인의 거리였고 굳이 영어를 사용할 필요조차 없었다. 1960년대에서 70년대를 거쳐 조성된 코리아타운에는 한국 식당들은 물론 각종 한국 상품을 판매하는 슈퍼마켓, 한국기업, 은행을 비롯하여 한국인 관련 업소들이 즐비했다. 이곳에 사는 한인의 숫자만도 약 12만 명이나 된다고 했다.

관음사에 투숙하긴 했지만, 승려의 신분으로 대외 활동을 시도하지는 않았다. 신문사나 방송사 등 한인을 위한 언론 매체들이 활발하게 운영되고 있었기에, 엉뚱한 행위를 하면 금방 시카고에서처럼 저명한 유지로 부상할 것 같았기 때문이다. 다른 한편으로 승복을 입은 몸으로 절밥이나 축내면서 중노릇을 게을리하거나 등한시하면서 빈둥거리는 것만 같아 부담을 느끼기도 했다. 무사안일주의에서 나온 현실 도피적인 생활 태도 같이 느껴지기도 했다. 스승이 보여 준 근면 정신 앞에서 자꾸만 오금이 저렸다. 비로소 스승이 종교 창시자가 되기를 극구 마다했던 까닭을 이해할 수 있을 것 같았다. 붓다도 자신을 절대로 종교 창시자로 옹립하지 말라는 말을 했었다.

생각 끝에 승복을 벗어버리기로 작정했다. 승복은 벗되 가슴에 깊이 각인된 보살심과 스승의 가르침만은 저버리지 않기로 마음먹었다. 어쩌다 보니 나의 삶도 스승을 닮아 간다는 생각이 들며 실소가 나왔다. 곁에 부인만 두면 스승과 빼닮은 꼴이었다.

그동안 봉급을 받아 3천 달러 정도가 있었기에 월세방을 구한 다음 이사를 했다. 미국에는 전세 제도가 아예 없었다. 말이 이사지, 몸 하나에 바랑 하나만이 이삿짐 전부였다. 무소유 정신에 따라 바랑 속에 담긴 필수품도 세 가지 옷에 발우, 칫솔 그리고 깔고 앉을 천 조각 한 점뿐이었다.

생존을 위해서 일하지 않을 수 없었다. 미국에서 살자니 불가피하게 생활영어라도 익혀야 했다. 그래서 무료로 들을 수 있는 영어 학교에 수강 신청했다. 승복이 아닌 점퍼 차림으로 학교에 다니게 되면서 생존경쟁이란 말의 의미를 실감하게 되었다.

수강생 동료 중에는 IMF 사태로 서울에서 부도를 내고 알거지가 되어 도망치다시피 LA로 건너온 동포도 있었고, 소위 아메리칸 드림을 안고 일가족이 LA로 건너 왔다는 사람도 있었다. 구걸하지 않고 먹고사는 일부터 결코 쉬운 일이 아니었다. 10여 년간 수행승 노릇을 했다는 이력도 밥벌이에는 아무런 도움이 되지 않았다. 돈이 나오는 일이라면 가릴 것이 없었다. 찬밥 더운밥을 가릴 처지도 아니었다. 별수 없이 막노동을 시작했다. 영어 학교에서 알게 된 교포를 따라다니며 페인트공 노릇부터 하게 되었다. 건물 청소부도 했다. 그런 모든 험한 일들이 새로운 세상 공부였다. LA에서 명성이라는 것이 말 그대로 허명일 뿐이었다. 시카고에서 주지 스님이라는 명함과 LA에서 페인트공의 명함은 천지 차이 대우를 받는다. 특히 한국인들은 겉모습으로 평가하는 이가 많았다. 어느 날 일을 구하기 위해 페인트 회사를 찾았다. 사장에게 일하고 싶다고 했으나 한의사는 필요 없다는 말과 함께 거절당했다.

그래서 페인트 라이센스를 보여주고서야 일자리를 얻을 수 있었다. 일주일이 지난 후 페인트 회사 사장에게 왜 거절했는지 물어봤더니 얼굴을 보니 한의사처럼 보였고 페인트 할 사람이 아니고 곧 그만둘 것 같아서 거절했다고 했다.

하루는 LA에서 내 차로 음식 배달하는 일을 할 때이다. 10인분의 치킨을 배달해 달라고 하여 내 돈으로 음식을 사서 찾아갔으나 주소도, 연락처도 틀려서 며칠 동안을 치킨으로 배를 채워야 했다. 한동안 치킨을 보거나 치킨 기름 냄새만 맡아도 진저리가 났다.

영어 회화 능력이 부족하여 겪어야 했던 고충도 희비의 쌍곡선을 그렸다. 자동차 부품 가게에서 안테나를 사려던 참이었다. 가난한 마을에서 일하다 보면 가끔 안테나를 도둑맞기 일쑤였다. 가게에서 점원에게 "Where is 안테나?" 하고 몇 번이나 반복해도 도통 알아듣질 못했다. 연거푸 "What?"만 반복했다. 하다못해 보디랭귀지를 곁들이며 아주 열심히 안테나를 허공에다 그려 보였다. 그제야 점원은 비로소 "아! 안테나?" 하고 '테' 자 발음을 강조하며 알아들었다는 뜻을 표했다. 그제야 중학교 영어 수업 시간에 선생이 엑센트를 강조했던 것이 기억났다.

낯선 땅에 살며 벽을 느끼는 경우는 비단 언어소통 문제만이 아니었다. 사회 문화적 환경 차이 또한 컸다. 한 번은 사다리에 올라 3층에서 스프레이로 페인트칠하는 작업을 하고 있었다. 갑자기 스프레이에서 페인트가 나오지 않아 아래를 내려다보았다. 놀랍게도 흑인 한 녀석이 작업 용구에 연결된 줄을 싹둑 자른 다음 스프레이 기계 몸통을 들고 저만큼 걸어가고 있었다. 그 기계는 2천 달러짜리였는데 그 장물을 팔면 2백 달러를 벌 수 있다. 작업 동료들은 그런 일은 경찰서에 신고해봤자 문제가 쉽게 해결되지도 않는다고 했다. 경찰들은 범인 잡을 생각을 하기보다 범행 조서를 꾸미는 데만 몇 시간씩 잡아먹을 것이라 했다.

　　　　　　　　　　　　제4부 만행의 길

예전에 책을 읽었을 당시에는 별다른 감흥을 느끼지 못한 내용이었는데, 생활전선에서 땀을 흘리다 보니 옛날 책에서 읽은 일화가 떠올랐다. 소를 잡는 백정 한 사람이 불제자가 되고자 했다. 처음에는 멋모르고 불제자가 되려 했는데, 5계를 받으려니 '살아 있는 것을 죽이지 않는다'라는 불살생이 으뜸 계율이라는 사실을 알게 되었다. 혼자 고민하다 스님을 찾아가 "저는 소를 죽이며 살아가는 사람인데 불제자가 되면 굶어 죽을 수밖에 없게 되니 어찌하면 되겠습니까?" 하고 물었다. 타이완의 스님은 걱정하지 말고 하던 일을 열심히 하면서 염불을 부지런히 외라고 말했다. 삶의 존엄성을 침해하는 진리는 있을 수 없다는 뜻이다.

LA에서 최순희라는 여인을 만났다. 지금도 그녀와 함께 살고 있다. 불교적 계율에 따르자면 분명 파계승이 되어 버렸다. 그녀를 지인의 소개로 알게 되었다. 점차 그녀가 처해 있는 상황을 알게 되었는데, 한마디로 말하면 물에 빠진 형상이었다. 많은 문제를 가지고 있었고 해답을 얻지 못하여 점점 나쁜 방향으로 운명이 흘러갔다. 함께 LA로 왔던 남편은 17년 전에 그녀만 남겨두고 한국에 귀국하여 다른 여인과 살림을 차린 모양이었다. 그리고 그녀는 남자아이를 입양해 길렀는데, 아이 역시 좋은 운명이 아니어서 걸핏하면 속을 썩이기만 했다. 게다가 그녀가 공황장애 증상에 시달린다는 사실까지 알게 되어 건강회복에 도움을 주려 노력했다. 그녀의 모습에서 자꾸만 황윤희의 모습이 연상되었다.

그녀와 함께하며 방하착에 몸을 던지려 했다. 방하착이란 '마음속에 있는 번뇌, 갈등, 집착, 원망 등을 비워라! 마음을 내려놓아라! 아무것도 가지고 있지 않다는 그 생각조차 내려놓아라.' 하는 뜻이었다. 방하착과 착득거라는 화두는 중국 당나라 때 선방에서 흘러온 일화였다.

어느 날 엄양 스님이 탁발승이자 선승인 조주선사를 친견한 자리에서 "하나의 물건도 가져오지 않았을 때는 어찌합니까?" 하고 물으니, 조주선사가 "방하착 하라."고 답했다. 그에 엄양 스님이 다시 물었다. "한 물건도 가져오지 않았는데 무엇을 내려놓으라는 말씀이신지요?" 하고는 몸에 지닌 염주와 지팡이를 내려놓고 조주선사의 눈치를 살피니 선사는 바로 "착득거 하시게." 라고 말했단다.

여기에서 이 말은 마음에 지닌 온갖 잡상을 그대로 지고 그냥 가라는 뜻이다. 즉 마음속에 가지고 있는 온갖 번뇌, 갈등, 오욕칠정을 포함한 유무형의 가치를 그대로 가지고 가라는 뜻이기도 했다.

신라의 원효대사가 요석공주를 품에 안은 사건도 방하착이다. 나와 함께 살게 되면서 그녀의 공황장애 증세도 점차 진정되었다. 시행착오를 겪으면서도 생업을 꾸준히 이어가 일상생활도 웬만큼 안정되어갔다.

　나는 악착같다는 말과는 거리가 먼 사람이었지만 돈벌이를 게을리하지 않았다. 거부가 되려는 꿈을 꾸진 않았지만, 장차 스승의 말씀을 책으로 묶어 내기 위해서라도 돈을 좀 마련해야 했다. 그리하여 부동산 시장에 관심을 가졌다. 이를테면 4유닛, 즉 4채의 집이 한 동으로 된 연립주택이 30만 달러인데, 10%에 다운페이 하면 3만 달러를 은행에 입금해 구매할 수 있다. 다운페이는 'down payment'의 줄임말이다. 은행 모기지 대출을 제외한 현금을 뜻한다. 그리고 3유닛에 세를 놓게 되면 27만 달러에 대하여 매월 융자금을 주어도 1유닛은 공짜로 살 수 있게 된다. 그 당시 집값은 계속 오르고 있었다. 3만 달러를 만들기 위해 밤낮없이 일했다. 변명 같지만, 생업에 바빠 스승에게 전화도 하지 않았다. 그저 세상일들을 혼자의 힘으로 해결하고 싶었다.

　그때 한인이 운영하는 하숙집에 살고 있었다. 주인 부부는 큰 집을 하나 빌려 하숙집을 운영하고 있었는데 이 일을 하면서 별로 남는 것이 없다고 했다. 그 부부는 한국에서 건축 회사를 운영하다가 IMF 때 부도가 났다고 했다. 캐나다로 갔다가 LA까지 오게 되었는데 현재는 불법 이민자 처지라고 했다. 큰 집을 한 채 사서 하숙집을 운영하고 싶은데, 자기들 이름으로는 집을 살 수 없으니 이름을 좀 빌려줄 수 없겠느냐고 물었다. 33만 달러의

단독 주택을 5% 다운페이 하여 1만 7천 달러만 있으면 살 수 있는데 돈이 좀 부족하다며 빌려 달라고도 했다. 그리고 평생 하숙비를 받지 않을 테니까 함께 살고 싶다고도 했다. 물론 다급해서 한 말이었을 것이다. 하지만 그들의 안타까운 사정이 마음에 걸려서 그동안 모아둔 1만 달러를 빌려주었다. 그 부부는 아들과 나의 공동명의로 집을 구해서 하숙업을 시작했다.

그렇게 일 년이 지난 후, 사제인 허민이 LA에 날아왔다. 별다른 말을 하지는 않았지만, 스승이 보냈다는 사실을 직감적으로 깨달았다. 민이는 실상학회 회원들의 돈을 모아서 마련한 공금 봉투를 넘겨주었다. 한 달간 민이와 하숙집에서 같이 살다가, 좁은 방에 함께 살 수 없어서 또다시 월세방을 얻었다. 민이는 한국에서 건축학과를 졸업하고 건축 회사에 다녔다. 미국에 처음 와서 할 수 있는 일이 많지 않아 나를 따라서 페인트 보조 노릇을 했다. 다행히 공고를 다녔던 게 도움이 되어 금방 배관 회사에서 일하게 되었다.

하숙집은 꾸준히 손님들이 많았고 주택 가격도 많이 올라 집을 팔려고 부동산에 내놓았다. 곧 집을 사려는 사람이 나타났다. 집을 팔기 전에 실비로 재료비만 받고 페인트칠을 해주었다. 그 집을 사고 3년이 지난 후, 집이 90만 달러에 팔려서 그들은 약 60만 달러를 벌게 되었다. 은근히 사례비로 10%인 6만 달러쯤은 주겠거니 생각했다. 하지만 그들이 주는 봉투를 뜯어보니 5천 달러 수표 한 장만 들어 있었다.

그 밖에도 내가 정보를 알려 주어서 톡톡히 재미를 본 재미 교포가 적지 않았다. 그 무렵 이런 생각을 했다. 성경에 예수의 제자 마태가 쓴 기록 중에 이런 내용이 나온다. 주인이 여행을 떠나면서 3명의 하인에게 각각 똑같은 금액을 나눠 주었다. 두 사람의 하인은 그 돈으로 장사해서 재산을 늘렸으나, 다른 한 사람은 원금을 땅속에 묻어 두기만 했다. 여행에서 돌아온 주인은 재산을 불린 두 하인은 칭찬했으나, 원금을 땅속에 묻어 두었던 하인은 집에서 내쫓아 버렸다. 노력하지 않고 안전만 추구했기 때문이다.

2007년 겨울, 스승께서 미국으로 전법 여행을 오셨다. 통역으로 소연 사형과 사토가 함께 합류해서 왔다. 돌이켜 보니 이 세상에 오셔서 마지막 여행이었다. 나와 허민이 안내를 맡아서 렌터카로 한 달 동안 서부 지역인 L.A의 캘리포니아공과대학과 UCLA에서 시작해 스탠퍼드대학, UC버클리대학, 동부 지역인 뉴욕의 컬럼비아대학, 뉴욕대학과 프린스턴대학, 예일대학, MIT 공대, 보스턴의 하버드대학 등 20여 곳의 미국 유명 대학의 교수들과 기후변화 대응에 대하여, 그리고 NASA의 중력 관련 연구원과의 미팅과 토론을 통하여 미래 인류의 변화기에 대하여 가르쳐 주셨다. 관련 내용은 다른 책으로 곧 출판할 예정이다.

스승께서 한국으로 가신 후 미국에서 세상일을 배우며 시간을 보내고 있었다. 어느 날 스승이 국제전화를 걸어 아내와 함께 귀국하면 좋겠다는 뜻을 전했다. 아내는 국내에 지어놓은 백산회관 1층에서 생선가게를 하고, 나는 당신과 함께 잡지 발행하자는 것이었다. LA에서 돈벌이에 애를 쓰고 있다는 사실을 아셔서 그랬는지 돈은 얼마든지 필요한 만큼 주겠다는 말까지 했다. 생각해 보겠다고 말하고 전화를 끊었다. 그 당시 시민권을 신청해 놓은 상태였고 변호사의 말로는 한국에 1년간 가 있으면 기다린 일이 무효가 될 수 있다기에 시민권을 받은 후에 가려고 생각했다. 그리고 아내에게 생선가게를 맡긴다는 말이 마음에 걸렸다. 훗날 알게 되었지만, 스승이 말한 생선가게는 우리가 생각하는 생선가게가 아니었다.

스승이 야속하다고 느낄 것 같기도 했지만, 어쩌다 보니 스승에게 매사를 함구하다시피 했다. 스스로 깨달아서 일어설 때가 되어 만나게 되면 자초지종을 자세히 밝혀 드릴 생각을 하고 있었다. 하지만 세월은 야속했다. 2008년 8월 12일에 고향 땅을 떠나 머나먼 말레이시아 쿠알라룸푸르의 숙소에서 스승이 유명을 달리했다는 사실을 민이가 먼저 알고 나에게 전했다. 벼락이라도 맞은 듯한 심정에 사로잡혀 허민과 허겁지겁 귀국하여 부산 백병원에 있는 스승의 영안실로 향했다. 영안실에 안치된 스승의 영정 앞에 서서 한동안 눈물에 젖은 석고상이 되어버렸다. 유언에 따라 스승은 화장되었고, 스승의 아들 준호와 나는 스승의 유골을 연화도 앞바다에 뿌려 주었다.

/2 알래스카에서의 고행苦行

고대 중국의 철학서 『장자莊子』에는 부인의 죽음을 맞이한 장자가 기쁘게 춤을 추는 장면을 묘사한 단락이 있다. '죽음을 슬퍼할 까닭이 어디 있겠는가!' 하는 뜻을 일러주는 우화였다. 삶과 같이 죽음 또한 불가피한 과정에 불과하므로 굳이 슬퍼해야 할 까닭도 없다. 스승은 깨달음을 얻어 한 사람의 중생이라도 구하려 애태우다 떠나 버린 사람이니 더더욱 그러하지 않겠는가! 아무리 그렇다고 해도 스승을 잃게 되어 한동안 회한의 눈물을 끊임없이 흘렸다.

성리학자 주자는 부모님이 살아 계실 때 효도하지 못하면 부모가 돌아가신 후에 후회한다는 말을 남겼다. 스승을 잃고서야 주자의 교훈도 되새겨졌다. 스승에게 제자의 도리를 하지 못한 꼴이었다. 스승이 볼 때 원덕이라는 못난 놈은 엇나가버린 제자일 것만 같았다. 게다가 나의 행동거지가 너무나 야속하게 느껴져 울적했으리라 여겨졌다. 스승이 잡지와 저서를 함께 편집하여 발간해 보고 싶다고 운을 뗐을 때, 단호히 뿌리치고 시카고로 줄행랑치다시피 했었다. 이후에도 제대로 문안 인사치레조차 하지 못했다. 게다가 명색이 승적을 가진 수행승으로서 여인과 동거까지 하지 않았겠는가! 변명이나 자기 합리화에 불과할지라도, 그런저런 일들에 대해 불가피한 일이었다고 자초지종이라도 말해 주어야 했을 텐데 그러지도 못했다.

스승을 잃은 슬픔에서 벗어나기 위해 일종의 모험을 감행했던 것일까? 험한 파도와 부딪쳐 싸우다 보면, 생존 본능에 쫓겨 자질구레한 일상의 고뇌에서 벗어날 수 있다. 낯선 환경에 적응하다 보면 지난 일은 쉽사리 잊을 수 있으리라 생각한 것이다.

LA에 있을 때, 지구 맨 꼭대기 북극지방의 동토凍土 알래스카(Alaska)에서 택시 기사를 구한다는 신문광고를 보게 되었다. 바로 그 순간 마음이 그쪽으로 기울어졌다. 철부지 적에 무지개를 쫓아다니던 기질이 핏줄 어딘가에 숨어 있다가 불현듯 땅끝까지 한번 달려가 보고 싶다는 모험심으로 되살아 난 모양이었다. 아내에게 뜻을 밝혔더니 그녀도 선뜻 동행하겠다고 말했다. 그녀 또한 악몽과도 같은 LA의 과거에서 탈출하고팠던 것 같았다. 호기심 반, 두려움 반으로 생소하기 이를 데 없는 알래스카에 대해 정보들을 모아보기 시작했다.

알래스카는 북아메리카 북서부에 있는 미합중국의 주이다. 알래스카의 어원은 알류트족의 말에서 나왔는데, 그 의미는 섬이 아닌 땅이라고 한다. 면적은 한반도의 여섯 배쯤 되고, 미국 주 중에서 가장 컸다. 그곳 원주민은 현재 알래스카 전인구의 7분의 1에 불과했다. 1741년 덴마크의 탐험가 베링이 알래스카를 발견했다. 이후 러시아 제국의 영토로 편입되어 있다가, 1867년에 미국의 윌리엄 장관이 러시아 제국과 맺은 조약에 의해 미국령으로 편입되었다. 그리하여 1959년 1월 3일, 알래스카는 미국의 49번째 주가 되었다. 현재 알래스카주의 총인구는 6십만여 명이고 하원의원 1명이 선출되며 정치 성향은 공화당 강세 지역으로 분류된다.

지질학적으로 보면 알래스카주는 북태평양 화산대 가장자리에 놓여 있다. 관광도시 앵커리지는 연평균 온도가 섭씨 1도 내외였다. 겨울에는 섭씨 영하 25도까지 내려가며 여름에는 습한 편이다. 알래스카는 비교적 온화한 기후이지만 강우량이 많다. 주 남단은 해양기후의 특징인 짙은 안개가 낀다. 내륙은 대륙성 기후이고 여름에는 낮이, 겨울에는 밤이 길다. 북쪽은 북극 사막 기후이다.

알래스카 하면 얼음집에 사는 에스키모가 떠오른다. 에스키모는 북아메리카 북극지방에 사는 원주민들을 일컫는 말이다. 알래스카에는 이누이트, 유삑, 알류트 등 세 원주민 부족이 살고 있다. 에스키모의 대부분은 알래스카와 캐나다 북부, 그린란

드에 사는 이누이트족이다. 에스키모란 말은 '날고기를 먹는 사람', '눈신발을 신은 사람', '외국어를 하는 사람' 등으로 알려지긴 했으나 실제 그 어원은 불분명하다. 우리는 초등학교 교과서를 통해 에스키모들의 살림집은 얼음으로 된 이글루라고 배웠다. 사실 이글루는 주민들이 상주하는 주택이 아니다. 사냥이나 야외활동을 할 때 임시로 사용하기 위해 만들어 놓은, 이를테면 우리 농촌의 농막과도 같은 시설이었다.

호기심을 자아내는 성 풍속도 있었다. 에스키모들은 자기 집을 방문한 손님이나 친구에게 아내와의 잠자리를 권하는 아내 교환 풍습이 있었다고 한다. 환경이 너무 열악하여 산모들이 아이들을 임신하고 출산하기가 쉽지 않아 생겨난 풍속이라고 한다. 그들은 종족 보존 본능이 최상의 가치관이었기 때문에 정조 관념 따위는 하위개념으로 밀려날 수밖에 없었다.

그들의 신화를 보면 그 사실을 절감할 수 있다. 에스키모들은 죽으면 염라대왕 같은 존재인 노파를 만나게 된다고 믿었다. 영혼이 막 죽음의 강을 건너면 노파가 후손을 남기고 왔는지 묻는다고 한다. 이때 후손을 남기고 온 영혼은 따뜻한 이글루로 모시고, 후손을 남기지 못한 영혼은 지옥이라고 할 수 있는 얼음 호수 속에 빠트려 버렸다고 한다.

2009년 봄이었다. 아내와 함께 여객기를 타고 알래스카의 앵커리지로 간 후 베델로 이동했다. 에스키모 유뻑 족이 모여 사는 유뻑 마을이었다. 원주민이 사는 마을은 따로 구획정리가 되어 있었는데, 그곳에는 원칙적으로 원주민만 입주할 수가 있었다. 단 원주민과 결혼하면 타 종족도 입주가 가능하다고 했다. 신문 광고를 통해 알게 된 택시 회사를 찾아갔더니 반갑게 우리를 맞아 주면서 계약하게 되었다. 회사에서는 우리가 거처할 집도 주선해 주었다. 한국에서의 개인택시처럼 알래스카에서도 택시 한 대를 구해야 했다. 근무 여건은 자유로웠다.

알래스카에 발을 디디며 당장 영화배우가 되어 촬영차 어느 낯선 곳에 도착한 듯한 느낌을 받았다. 낯익은 풍경이 하나도 없었다. 그곳은 그야말로 끝없이 펼쳐진 황량한 툰드라 평원에 자리한 한가로운 마을이었다. 툰드라는 지하에 일 년 사계절 절대 녹지 않는 영구 동토가 있고 강수량도 적은 지역을 말한다. 이곳은 일종의 늪지대여서 흙이 귀했다. 그 탓에 벽돌 담은 전혀 볼 수가 없었다. 처음 왔을 때 가장 인상적이었던 풍경 중 하나는 한인 교회의 십자가였다. 우리나라 기독교는 정말 상상을 초월할 만큼 악착같은 면이 있다는 느낌을 새삼 받았다. 볼수록 신기한 풍경도 많았다. 도로에 신호등도 전혀 없었다.

베델은 태평양을 향해 있는 알래스카만의 항구도시였다. 커스커큄 강은 베델의 젖줄 역할을 톡톡히 하고 있었다. 그 강 주위에는 여러 원주민 마을이 자리 잡고 있었다. 사냥용 보트들도 그 강을 이용하고 있었다. 사냥꾼 보트에는 덮개가 없다. 그 까닭은 보트를 타고 가며 사방을 두리번거리다가 사냥감을 보면 즉시 총을 발사해야 하기 때문이었다. 에스키모들의 생업이 사냥과 어업이라는 사실을 단적으로 보여준다. 얼어붙은 강이 5월경에 녹으면 앵커리지에서 베델 항에 와닿는 바지선은 시민들의 양식과 생필품의 보급선 역할을 했다. 식수가 귀한 곳이어서 수도국에서 물을 각 가정에 공급했다. 물 가격은 매우 비싼 축에 속한다. 그래서 그런지 에스키모들은 마치 월례처럼 한 달에 한 번 목욕한다는 말도 있다. 게다가 훈제연어가 주식이기에 꼬리꼬리한 냄새가 진동한다. 이곳이 바로 북극 오지로구나 하는 생각이 들다가도 주민들이 받는 복지정책을 보노라면 알래스카는 역시 미국령이라는 사실을 새삼 느꼈다. 이를테면 에스키모 산모가 아이를 낳으면 주 정부에서 2천 달러를 지급하고 아이가 성년이 될 때까지 지원금을 주었다. 교육비와 주거비도 무료였다. 아파트 렌트비는 매우 쌌고, 전 주민에게 배당금을 나눠 줬다. 매년 10월 1일에는 석유 판매 이익금이라며 1인당 많게는 2천 달러씩 받기도 했다. 우리도 한 번 받은 적이 있는데, 한 사람당 1,200달러였다.

정부가 모든 주민에게 최소한의 생활비인 월 페어를 지급하니 나태함이 하나의 사회 문제로 대두되었다. 술과 무슨 원수라도 졌는지 그들은 틈만 나면 술을 마셨다. 알코올 중독자 천지였다.

미래의 삶과 희망은 마치 남의 나라 이야기인 것처럼 여기는 듯했다. 그들은 삶이 무엇인지, 왜 사는지는 나 몰라라 하면서 그저 하루하루를 무의미하게 땜질하듯 살아갔다. 주 정부에서 금주령까지 내렸지만, 행정명령이 주민들의 일상생활까지 일일이 통제할 수는 없었다. 이처럼 지독한 알코올 문화는 대를 이어 계속 이어지는 것만 같았다.

주민의 수는 대략 5천여 명이었다. 인근 섬에서 주민들이 대거 몰려오기도 했다. 대형 슈퍼마켓이 두 곳 있는데, 주민 대부분이 하루 한 번은 들리는 곳이어서 항상 붐볐다.

그곳에 사는 동안 놀라운 풍경 하나를 지켜보았다. 변변한 극장이나 오락 시설도 없던 곳에 갑자기 셀폰(휴대전화) 가게가 문을 열자 그들의 생활에 일대 변화의 바람이 불었다. 줄을 서서 셀폰 구하기에 열을 올렸고, 이웃과의 소통 도구로써 생필품이 되었다.

인간의 삶은 환경의 지배를 받기 마련이다. 에스키모들을 지켜보면서 많은 생각을 하게 됐다. 문명인의 눈으로 보면 이상하거나 야만적일지 몰라도, 그들의 열악하면서도 거친 환경을 알게 되면 점차 그들의 생활을 이해할 수밖에 없게 된다.

알래스카 원주민들은 당장 배고픔과 추위에 맞서 싸울 수밖에 없었다. 농사를 지을 수 없으니 연어를 잡아 날고기로 배를 채워야만 했다. 얼어 죽지 않으려고 짐승의 털가죽 옷을 입을 수밖에 없었다. 원주민들은 과거에 모계 중심 사회여서 여자들의 힘이 아주 막강했다. 지금은 점차 남녀 평등사회로 변화하는 중이지만, 10여 년 전만 해도 여자에게 뺨을 맞고 도망치는 남자들도 많이 보았다. 여인은 장차 사냥을 나가 양식을 구해 올 아들을 낳을 수 있는 몸이었다. 그렇기에 여인들이 큰소리칠 수 있지 않았겠는가!

온 세상이 온통 눈으로 뒤덮인 날이면 며칠 동안이나 눈을 치워야 했다. 하지만 그 뒤에 비포장도로에서 눈이 녹아내리면서 흙탕물 범벅이 되기도 했다. 늪지대인지라 여름에는 떼 지어 다니는 모기들 때문에 전쟁을 치르기 일쑤였다. 자동차 문을 잘못 열면 모기 수천 마리가 삽시간에 차 안으로 침입해 들어오고는 했다. 의료 환경도 열악하기 짝이 없었다. 병원이 한 군데 있었으나, 다른 지역에서 온 보험이 없는 사람들에게는 너무 비싸서 이용할 수 없을 지경이었다.

몇 년 전에 LA에서 덧씌운 이빨이 아파 치과를 방문해야 했다. 며칠이 지난 후에야 개업한 지 오래된 나이 많은 의사를 만날 수 있었다. 그에게 많은 돈을 주고 치료받았는데, 오히려 이빨이 더 망가지다시피 했다. 훗날 하와이에서 원상태로 복구할 수 있었다.

기억 속에 아련하게 떠오르는 베델의 아름다운 추억은 나만의 산책로를 오가던 모습이다. 영화 닥터 지바고에 나오는 풍경처럼 끝없이 펼쳐진 눈밭 위에서 혼자 흥에 겨워 맘껏 노래를 불러 보곤 했다. 저 눈밭의 끝과 하늘이 맞닿는 곳, 거기에는 며칠이 걸려야 도착할 수 있을까 하는 생각에 잠겨보기도 했다. 영원히 갈 수 없는 곳이겠지만, 그 시간에는 상상의 나래를 맘껏 펼쳐 볼 수 있었다.

훼손되지 않은 자연은 아름다움 그 자체였다. 최근에는 기후변화 때문에 여름이 되면 강물에서 수영까지 할 수 있을 정도로 온난화가 심해져서 걱정이 되기도 했다. 베델의 분위기와 이곳에 대한 내 느낌을 다소 두서없이 적어 보았다. 알래스카는 나에게는 너무나 별천지인 곳이라 그럴 수밖에 없었다.

2009년부터 2011년까지 2년간 이어졌던 택시 운전사 생활은 마치 이 세상의 이야기가 아닌 것처럼 느껴진다. 그곳 사람들은 수용소에라도 온 듯 표정이 없었다. 드라이버는 이름이 없었다. 택시 번호를 이름처럼 불렀다. 도로는 거의 다 비포장이어서 비가 자주 오는 여름에는 자동차가 진흙투성이가 되기 일쑤였다. 6월 말경에는 일과가 끝나고 집에 돌아오는 저녁 늦게까지 태양이 훤히 비추는 모습을 볼 수 있었다. 겨울에는 또 영하 40도까지 내려가는 혹한이 계속되었다. 자동차가 눈길에 미끄러져 길옆 고랑으로 처박힐까 봐 항상 조마조마했다. 택시를 조심스레 몰았음에도 불구하고 종종 그런 변을 당했다. 그곳의 집은 도로 보다 약간 아래쪽에 지어놓았다. 그래서 겨울이면 차가 빙판길에 미끄러져 가옥들과 부딪치는 일이 많다.

그 당시 택시는 기본 구역일 경우, 승객 1인당 5달러씩 받았다. 서너 사람이 한꺼번에 타게 되는 경우엔 웬 횡재냐 하며 기분이 좋아졌다. 한 사람만 태우면 5달러만 벌 수 있는 걸 20여 달러를 벌 수 있었기 때문이다.

카페나 극장 같은 대중오락 시설이 전혀 없었기에 원주민들은 술도 마시고 음악을 들을 수 있는 유일한 데이트 공간으로 택시를 곧잘 이용했다. 시간당 60달러로 택시를 빌린 커플 중에는 실제로 차 안에서 섹스 행위를 즐기기도 했다.

택시 운전사 노릇을 하면 자연스레 그 시대의 민심을 파악할 수 있다는 말이 있다. 빈말이 아니었다. 공식적으로는 사라졌다고 했지만, 민간신앙에서 오는 전통이 쉽게 사라질 리 없었다. 알래스카의 아내 교환 풍속은 아직도 암암리에 성행하는 모양이었다. 뒷좌석 손님들의 대화를 듣다가 깜짝 놀라기도 했다. 술에 취해 영어로 주고받는 대화를 가늠해 보니, 그 내용이 대충 다음과 같았다.

"야! 우리 친구로 지낸 지가 몇 년이나 되었는데, 넌 어째 네 마누라를 나한테 서비스 한번 해 주지를 않냐?"

"알았다. 내가 마누라한테 한번 말해 볼게."

한국인은 유사 이래 1천여 회의 외침을 당하면서도 꿋꿋이 살아왔다. 그래서 그런지 악착같은 끈질김과 빨리빨리 조급증은 가히 시공을 초월했다. 어느 날 택시 승객에게 전해 들은 내용이다. 알래스카에서 택시 드라이버로 일하던 한국 아주머니가 술에 취한 원주민들에게 인적이 드문 곳에서 살해당했다고 했다. 그것도 아주 잔혹하게 난자亂刺를 당한 모양이었다. 가슴이 먹먹했다. 술에 취한 원주민의 난폭함이 무지막지하기 짝이 없구나, 하는 생각만 들었다. 원주민은 행동이 다소 원색적이고 야하긴 해도 심성은 순박했기에 이상한 일이라는 생각도 했다.

며칠 후에 그 사건의 진상을 알 수 있었다. 이전에 택시를 몇 번 타면서 안면을 익힌 원주민이 서툰 영어로 말해 주었다. 살해된 아주머니는 원주민 사이에 악명이 드높았다. 너무 악착같이 돈만 밝혔다는 것이다. 그녀는 술에 취한 원주민들에게 바가지 요금을 받는 것을 예사로이 여겼다. 앙심을 품은 원주민들이 계획적으로 그 택시를 불러서 타, 외진 골짜기까지 가서 참혹한 범행을 저지른 것이었다.

또 다른 에피소드 한 토막은 곰 쓸개에 관한 것이다. 양기에 좋은 것이라면 사족을 못 쓰는 한국인이 알래스카까지 곰사냥을 간 사실까지는 그럴 수 있는 일이었다. 그런데 문제는 한국인들이 곰쓸개를 너무 밝힌 나머지 가격이 그만 금값으로 폭등했다는 것이다. 원래는 1백 달러이던 곰쓸개 값이 한국인들이 들어와 10배나 껑충 뛰어 1천 달러까지 뛰어올랐다는 것이다.

알래스카 생활 2년 만에 그곳을 다시 떠나야 했다. 함께 생활해 온 아내의 건강에 이상이 생겼기 때문이다. 처음에는 풍토병으로 여겼다. 베델의 의료시설이 열악하다는 사실은 직접 보기도 하고, 몸으로도 겪어 보았기에 더 이상 미적대다가는 큰일을 당할 것 같았다. 이왕 이사할 바에는 지상천국이자 여행자들의 로망인 하와이로 가기로 했다. 차마 말은 못했지만, 알래스카의 찬바람에 몸을 떨거나 혼자 외롭게 눈길을 걷는 아내의 모습을 지켜보면서 엉뚱하게 고생길에 들어서게 한 것 같아 미안한 생각이 들었다.

20 뜻으로 풀어보는 반야심경

스승을 시중하면서 '이 세상은 뜻으로 이루어져 있고 뜻은 뜻을 만들며 그 뜻이 세상을 만들었다'라는 말을 매일같이 들었다. 앞서 반야심경을 만나 보았으나 오늘은 학자의 시각이 아니라 부처님의 10대 제자 중 한 사람이며 석가의 곁에서 그의 말을 제일 많이 들었으므로 '다문제일'로 일컬어지는, 곁에서 시중들던 아난다가 본 것처럼 풀어보겠다.

절에 가면 항상 반야심경 독송讀誦이 들린다. 개인이 독송할 때는 저마다 다르게 읽지만, 음률은 비슷하다. 목탁에 맞춰 노래하듯이 염송念誦한다. 중요한 것은 염불念佛이다. 작곡가는 작곡하면서 어떤 악기를 사용할지 미리 생각한다. 가수는 여기에 가사를 더해 작곡가의 의도에 맞게 노래한다.

염불이란 말 그대로 부처님을 생각하는 것이다. 그런데 무엇을 생각한다는 것일까? 지혜를 얻기 위해서는 어떻게 해야 하는가? 우선 부처님이 말씀하신 뜻을 알아야 한다. 이치를 알기 위해서는 현상 세계 이후의 죽음의 세계, 그리고 공의 세계를 거쳐서 다시 현상 세계로 돌아오는 윤회의 이치를 알아야 한다. 다시 말해서 진짜 염불이란 부처님을 생각하고 따르며 불법佛法을 지키고 행하겠다는 다짐과 함께 음률에 맞춰 노래하듯이 하는 것이다.

젊은 시절 5년 동안 탁발 수행을 하면서 자나깨나 하루도 빠짐없이 진짜 염불을 했다. 부처님을 생각하며 불법의 이치를 알려 노력했고 많은 깨달음이 있었다. 사유를 통해 해답을 찾는 것이 철학이다. 그 후 철학은 나의 삶이 되었다.

석가모니께서 열반하신 후 9백 년이 지난 후인 기원전 1세기경, 학자들은 부처님이 말씀하신 진법眞法이 사라질까 봐 수십 차례 결집했다. 이를 편집해서 만든 것이 『대반야경』이다. 그리고 대중들에게 핵심 내용을 모아서 서기 500년경에 유통한 것이 반야심경이다.

우리가 읽는 반야심경에는 후진 시대의 구마라집 등 여러 사람의 번역본이 있다. 260자로 이루어진 반야심경은 당나라 현장법사의 번역본이다. 반야심경은 학자들이 만든 것이지 부처님이 직접 만든 것이 아니다. 쉽게 말해 부처님이 말씀하신 뜻과는 다를 수도 있다는 사실이다. 음식도 금방 만들었을 때는 맛도 있고 몸에 유익한 약이 될 수 있지만 오랜 시간이 지나 상한 음식은 독이 될 수도 있다. 편집을 하는 과정에서 말씀이 훼손되었고,

대중들이 이해하기 쉽게 하겠다는 것이, 뜻을 더욱 점차 멀어지게 했다. 산스크리트어로 되어 있던 부처님 말씀을 한문으로 번역하면서 더욱 어려워졌다. 이에 현대에 이르러 불교를 이해하기가 너무 어렵다고 말하는 사람들이 많아졌다. 부처님이 살아 있던 진법眞法 시대에서 상법像法 시대를 거쳐 이제는 말법末法 시대가 되었다. 이치를 알고 보면 부처님의 가르침은 너무 쉽다. 스승께서는 어쩌다 '동물의 왕국'이라는 TV 프로그램을 볼 때마다 말했다.

"보아라! 내가 하는 말은 저 자연과 같다."

반야심경 또한 뜻을 알면 자연에서 항상 볼 수 있는 것을 석가모니께서 설명한 것이다. 후대의 학자들이 부처님의 시각이 아니라 자신들의 시각으로 어렵게 해석하여 입맛에 맞게 주석을 붙이면서 뜯어 고친 것이다. 이 때문에 일반인들이 더욱 이해하기 어렵게 되었다.

반야심경을 알기 위해 먼저 알아야 할 것은 창조론과 진화론이다. 종교에서 말하는 창조론이 믿을 만한가? 과학에서 말하는 진화론이 믿을 만한가? 달걀이 먼저일까, 닭이 먼저일까? 둘 다 맞는 부분도 있고 틀린 부분도 있다. 접근부터 잘못했고 첫 단추를 잘못 끼웠기에 영원히 풀 수 없는 문제가 되었다.

결론부터 말하면 모든 것이 동시에 일어나는 것이다. 반야심경의 공空의 세계가 이 문제를 쉽게 풀 수 있다. 반야심경에서 말하는 공은 허공이 아니라 하나의 뜻이었다. 현대 물리학에서 물질을 쪼개고 쪼개어서 분석해 보니, 최소단위인 원자가 나왔다. 그 원자를 다시 쪼개니, 태어났다가 사라지기만 반복하는 파동을 발견했다. 그 파동을 쿼크라고 부르는 것은 에너지이다. 먼저 창조론부터 보자. 전지전능한 신神이 이 세상과 인간을 만들었다고 주장하지만, 종교마다 창조주의 이름이 다르다. 불교에서는 청정법신淸淨法身 비로자나 부처라고 한다. 너무나 맑고 깨끗해서 티끌 하나 없이 청정한 그 자체가 법法이고, 인격화해서 청정법신 비로자나 부처라고 부른다.

불교의 최고 경전이라 불리는 반야심경에는 언어로 표현하기 힘들지만, 석가모니 부처님의 표현으로 설명되어 있다. 부처님의 제자 중 지혜로운 제자인 사리푸트라에게 공의 세계를 가르쳐 준다. 그 근본 세계는 아무것도 없지만 없는 것도 아니다. 반복 현상만이 존재하는 세계이다. 깨달음을 통해 의식의 눈을 뜬 자의 눈으로 과학에서 발견한 태어났다 사라짐을 반복하는 근본 세계를 3천 년 전에 이미 보았다.

생명 현상을 보면 씨앗 하나가 땅을 만나 씨앗 속에 있던 씨눈이 자라서 세상 밖으로 나온다. 땅속의 에너지를 받아 점차 자라고 열매를 맺는다. 쌀의 씨눈에서 쌀벌레가 나오듯이 그 열매 속에 자기의 모습과 씨앗이 숨어 있다. 태어나기 이전의 자기 모습을 지우고 다시 태어나는 현상을 불교에서 윤회輪廻라고 한다.

태어나기 바로 이전의 세계, 그곳이 바로 불교에서 말하는 공空의 세계이다. 아무것도 없는 세계이나 에너지가 존재하는 세계가 바로 근본 세계이다. 반야심경에서 말하는 공의 세계는 깨달아서 의식의 눈을 뜨면 있는 것을 있는 그대로 볼 수 있다.

부처님은 일생 주문呪文을 한 적이 없고, 주문하라고 누구에게 말씀하신 적도 없다. 그런데 왜 부처님이 말씀하신 것처럼 경전에다 넣었을까? 부파불교 시대에 밀교에서 만들었든지 아니면 밀교의 영향을 받았을 것이다. 안타까운 것은 그들은 자기들이 하는 주문을 마치 부처님이 하신 것처럼 만들어 놓았다는 점이다. 부처님의 뜻을 알지 못하고 반야심경을 독송한다면, 그것은 마치 모래성을 쌓는 것처럼 헛고생이 될 것이다.

그럼 뜻을 통하여 '마하반야바라밀다심경'을 풀어보겠다.

제목의 뜻은 '큰 지혜를 얻을 수 있는 핵심 경전'이다.

싯다르타는 전생에 이미 보살菩薩행을 통해 깨달음 바로 직전까지 도달했다. 태어난 후 왕자의 길을 버리고 출가해서 생사의 고통에서 벗어나고자 많은 방법을 통해 깨달음을 얻으려 노력했다. 보리수나무 아래에서 육체의 눈이 아니라, 의식意識의 눈으로 세상을 관조觀照하면서 깨닫고 여래如來가 된 것이다. 관자재보살觀自在菩薩은 의식의 눈으로 세상을 자유자재로 볼 수 있는 보살이란 뜻이다. 부처님은 깨닫기 전까지 보살로서 공덕을 쌓으며 살았다. 그때의 삶을 관자재보살이라는 이름으로 의인화해서 부른다. 반야심경에 처음으로 나오는 이름인 이 관자재보살이 반야 바라밀다를 행할 때, 오온五蘊이 비어 있는 것을 비추어 보고 온갖 고통에서 벗어났다. 그리고는 사리푸트라야! 색色과 공空은 다르지 않고 공이 색과 다르지 않다고 했다.

뛰어난 지혜를 가졌으며 그 시대에 명망이 높던 사리푸트라가 부처님의 제자가 되었고, 부처는 제자에게 깨달음의 세계를 설명한다.

여래가 된 내가 과거에 보살의 삶을 통해서 많은 공덕을 쌓아 현재의 깨달음을 얻었다. 즉 의식의 눈을 뜨고 세상을 보니 모든 것들의 이치理致를 알게 되었다. 연기緣起의 법칙을 보게 되었고 윤회輪廻의 법칙도 보게 되었다.
사리푸트라야! 내가 깨달아서 해탈解脫했더니 온갖 고통에서 벗어났다. 나의 의식意識을 보았더니 거울과 같아서 세상의 뜻을 다 비추어 볼 수 있게 되었다.
여기에 현상 세계가 있다. 이 세상의 모든 것들은 죽으면 다시 태어나기 이전의 세계를 거쳐야만 다시 현상 세계로 돌아올 수 있다. 그곳이 근본 세계根本世界라고 부르는, 텅 비어서 아무것도 없는 세계이다. 공空의 세계는 근본 세계를 설명하는 것이다. 그곳에는 물질이나 느끼는 작용도, 생각이나 욕구

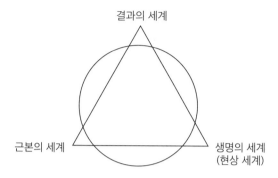

결과의 세계

근본의 세계

생명의 세계
(현상 세계)

도, 의식하는 것도 없다.

사리푸트라야! 물질이라는 것도 알고 보면 텅 빈 것처럼 보이지만, 텅 비었다고 아무것도 없는 것이 아니고, 인연因緣이 닿으면 다시 나타나는 것이다. 그래서 애착愛着과 욕망을 가질 이유가 없는 것이니, 근본 세계에는 색깔, 소리, 향기, 맛, 촉감, 의식도 없다. 어떤 물질도 실상實相을 알고 보면 근본 세계를 거쳐야만 이 현실 속에서 현상 세계에 태어날 수 있다. 그래서 태어났을 때 삶을 통하여 애욕愛慾을 버리고 지혜 智慧를 얻어야 한다. 보살菩薩은 애착으로부터 멀어졌기 때문에, 의식이 깨끗해서 거리낌이 없고, 근심 걱정이 없으니 두려움이 없으며, 생사도 두렵지 않다. 보통 대부분 사람은 앞과 뒤가 뒤바뀐 꿈같은 생각 속에 살고 있으나 보살은 잘못된 견해나 망상에서 벗어났다. 공덕을 쌓아서 살아가다 보면 윤회를 벗어나는 큰 깨달음을 얻을 수 있을 것이다.

이것이 뜻으로 풀어본 반야심경이다. 짧지만 이 글을 쓰면서 성인聖人의 말씀에 손을 댄다는 것은 목숨을 걸 정도의 일이라는 사실을 새삼 깨달았다. 현장법사는 소설 『서유기』의 실제 모델이다. 그는 불법佛法을 구하기 위해 인도로 위험한 여정을 떠났다. 부처님의 말씀을 번역하면서도 목숨을 걸었을 것이다. 반야심경을 번역하는 데에 얼마나 많은 시간이 걸렸을까? 혹시 글씨 한 자라도 뜻에 어긋나지 않을지 노심초사했을 것이다. 자칫 부처님의 말씀이 변질되지나 않을지 두려웠을 것이다. 중생과 불법을 공유하고자 한 그의 소망이 얼마나 큰 결과를 가져왔는지 생각해 보았다.

　우리도 생각해 보아야 한다. 부처님처럼 깨달은 분이 세상에 다시 나타나면 사람들이 알아볼 수 있을까? 기독교인들은 예수의 재림을 기다린다고 하는데, 예수 같은 성인이 다시 세상에 온다면 알아볼 수 있는 사람이 몇 명이나 될까? 진짜 성인이 온다고 해도 우리가 알고 있는 성인의 모습과는 너무나 다른 사람일 것이다. 자신이 노력해서 성인이 되어야지, 성인이 와서 자기를 구해주리라 생각하는 것은 욕심이다. 가만히 앉아서 깨달을 수는 없다. 공덕功德행을 하지 않고 욕망으로 깨닫는 법은 없다.

　우리는 지금 현상 세계에서 살고 있다. 현상 세계에서는 공의 세계를 볼 수가 없다. 공의 세계는 오로지 깨달은 자만이 볼 수 있다. 지금은 말법末法 시대라고 한다. 법이 사라졌다고 해서 그렇게 부르는 것이다. 현상 세계와 공의 세계를 구분하지 못하고 자신이 근본 세계인 공空의 세계를 보는 것처럼 흉내를 내는 사람들이 많기 때문이다. 이 세상은 열심히 일해서 돈을 벌어야 하고 그 돈으로 필요한 생필품을 사서 먹고살아야 한다. 집도 사야 하고 자동차도 사야 하고 자식들 공부도 시켜야 한다. 많은 돈이 필요하다. 그래서 우리는 열심히 산다. 파충류일지라도 생명체는 가족을 돌보기 위해 먹을 것을 찾아 일한다. 그것이 현실 세계에 있는 일이다.

이 현상 세계는 공의 세계가 아니다. 윤회는 지금 우리 눈으로 볼 수 있다. 한 알의 씨앗이 자라서 열매를 맺는 과정이 우리들의 삶과 같다. 그 열매 속에는 다음 세상에서 태어날 씨앗을 가지고 있다. 삶이란 참으로 소중한 것이다. 자기의 행동 하나하나와 말 한마디 한마디가 의식 속에 입력되어 있다가, 그 영혼이 다시 태어나면 그대로 가져와 현상의 삶에 영향을 준다. 붓다께서는 무엇이든지 스스로 노력해서 얻어야만 한다고 했다. 그래서 불교는 자력 신앙이다. 모든 것을 신神이 해줄 것이라고 믿게 되면, 타력 신앙에 의지하게 되고 의타심이 생기게 된다. 노력하지 않고 공짜를 원하게 된다. 자식도 일류대학에 보내고 싶은 욕심이 생길 것이고, 좁은 문으로 가기보다 넓은 길로 가서 애착과 욕망에 의한 지옥을 보게 될 것이다. 그래서 힘들더라도 좁은 길로 가야 하며 욕망으로 살지 말고 소망으로 살아야 한다.

스승은 사실 속에 있는 뜻을 말하지만, 사람들은 뜻을 듣지도 보지도 못하고 말만을 듣는다. 그렇기에 자기의 생각을 보태거나 빼고 말한다. 그래서 석가 붓다께서도 제자들에게 "나는 이렇게 들었다."라고 말하라고 했다. 말의 뜻을 모르면 자기는 그 속에 포함되지 않는다고 착각한다. 그러나 모든 이들이 말의 뜻을 알아서 업業을 짓지 말라는 사실을 깨달아야 한다.

말이나 문장은 뜻을 전달하기 위한 하나의 수단이다. 뜻을 모르고 가르침을 듣는다면 자기가 깨달은 만큼 의식에 비추어 사실을 듣고 보게 된다. 하루하루의 삶이 미래에 얼마나 많은 영향을 미치는지를 안다면, 삶을 함부로 살지 못할 것이다. 독약인 줄 알고 독약을 마시는 사람은 죽으려고 하는 사람을 제외하고는 없을 것이다. 자살도 사실은 살인이다. 의식 속에서는 자기 자신을 죽였다는 사실을 알고 있다. 그래서 다음 생애에는 불행한 삶을 살게 될 것이다. 법法을 알고 실천해서 다음 생애에는 더욱 노력하여 언젠가는 독자들도 모두 성불成佛하기를 기원한다.

21 세상이라는 스승

2021년 4월 한국에서 한 설문 조사에 따르면, 우리나라에서는 50여억 원의 재산이 있으면 부자라고 부를 수 있다고 한다. 미국에서는 2021년을 기준으로 2백만 달러 정도가 있으면 부유층으로 여기는 모양이었다. 그런 자료들을 접하면서 '많은 돈을 가진 사람들은 과연 행복할까?' 골똘히 생각했다. 스승은 근면, 검소, 정직을 행복으로 가는 키워드로 여겼다. 모든 근심 걱정은 거짓에서 비롯된다는 말도 남겼다. 아울러 정직한 사람만이 당당할 수 있다고도 했다.

나이 탓인지 요즘 가끔 회상回想에 잠기곤 한다. 시카고 불타사 주지에서 스스로 물러난 것은 성직자란 소임이 나에게 잘 어울리지 않는다는 생각에서 비롯되었는지도 모른다. 스승에게서 중생을 위한 최고의 보시報施는 법法을 전하는 것이라고 누누이 들었다. 그랬기에 보시의 의미를 모르지 않았다. 하지만 성직자 행세를 하려다 보니 스스로 떳떳하게 느껴질 만큼의 수행과 깨

제4부 만행의 길

달음이 부족하다고 느꼈다. 자꾸만 위선僞善이라는 굴레를 뒤집어쓴 듯 부담감에 사로잡히곤 했다. 위선의 허울로 가장한 피에로 같은 성직자가 한둘이 아니었다. 원래 호랑이 그림이었는데 호랑이를 모르는 사람들의 손을 거치다가 그만 고양이 그림으로 변해 버린 것과 같이 원래 제대로 된 종교나 철학도 결국 쓸데없는 말만 남아 버린 것 같았다. 그들처럼 적당히 살고 싶지는 않았다. 그랬기 때문에 택시 운전사로 산 삶이 한결 떳떳하게 느껴지기도 했다. 남을 속이지 않고 사회에 도움이 되는 일을 열심히 하는 것이 최상의 보시라는 생각도 하게 되었다.

범어사에서 제2의 출가를 결심하고 달마원으로 거처를 옮길 때부터 나의 의식 속에 있는 모든 지식을 불태워 버렸고 지금까지 한 권의 책도 읽지 않았다. 삶의 현장에서 살아 있는 공부를 하며 스스로 깨달음을 얻기로 마음먹었다. 그때의 신념을 지금까지 고수하고 있다.

2012년부터 하와이 생활이 시작되었다. 하와이는 미국에 마지막으로 편입된 주이다. 정치적으로는 나머지 49개 주와 동등한 미국 본토에 해당한다. 하와이는 태평양 한가운데 있는 여러 섬으로 이루어져 있다. 태평양의 여러 섬에서 폴리네시아 계통의 원주민들이 건너와 이곳에 정착했다. 하와이는 1778년 영국의 제임스 쿡 선장이 발견했다. 1795년에 카메하메하 1세가 하와이 왕이 되면서 왕국이 되었고, 1845년에 수도를 라하이나에서 호놀룰루로 옮겼다.

1887년, 칼라카우아 왕이 진주만을 미국의 해군 기지로 내주었다. 1893년에 일어난 혁명으로 릴리우오칼라니 여왕이 퇴위했고, 이듬해에 공화국이 되었다. 1898년에 미국과 하와이가 하나가 되었다. 이후 인구 증가로 주 승격 요구가 강해지면서 1959년에 미국의 50번째 주로 승격되었다.

하와이(Hawaiʻi)라는 이름은 옛 폴리네시아어로 고향이란 뜻이다. 하와이주의 별명은 알로하 주(Aloha State)인데, 알로하는 하와이의 인사말이다. 오아후섬은 하와이의 중심지로 크기로만 따지면 하와이에서 세 번째로 크지만, 인구 대부분이 여기에서 산다. 그 유명한 호놀룰루와 와이키키 해변이 있는 곳이기도 하다. 거대 도시와 쇼핑몰, 맑고 깨끗한 휴양지가 어우러져 전 세계적으로 소문난 관광명소다.

호놀룰루는 거의 백만에 가까운 인구가 거주하고 있는 대도시이다. 관광지뿐만 아니라 대학교와 여러 가지 역사적인 건물도 많이 있어 볼거리가 많다. 하와이에 놀러 간다고 하면 대개 여기에 오는 것을 의미한다. 다른 섬을 가려고 해도 이곳을 거쳐야 한다. 본토에서도 볼 수 있는 여러 가맹점도 많아서 하와이 여행이 처음이고 방문 기간이 짧다면 이곳만 관광해도 만족할 수 있다.

트롤리라는 특유의 관광버스 때문에 교통수단도 괜찮다. 숙소는 와이키키 해변 근처에서 구하는 것이 가장 좋다. 좁은 땅에 인구가 많기도 하고, 특히 밤을 잊은 관광객들이 많아 상대적으로 치안이 잘 되어 있다. 맛집도 많고 특히 하와이식 회덮밥인 '포케'가 인기 있다.

낮에는 자연 명소와 해변에서 체험형 관광을 즐기고, 밤에는 파티 분위기가 물씬 풍기는 와이키키 해변 근처에서 지내면 그야말로 최적이다. 자연 명소는 그 유명한 와이키키 해변과 세계적인 스노클링 명소인 하나우마 베이가 있다.

진주만 또한 필수 관광 코스로 꼽힌다. 태평양 전쟁의 시작을 알린 진주만 공습 당시 폭격으로 격침된 애리조나 전함과 제2차 세계 대전의 끝을 맺은 미주리 함을 볼 수 있다. 바로 이 미주리 전함의 갑판에서 일본이 항복 문서에 서명했다. 렌터카를 이용하여 진주만(Pearl Harbor)을 관광하려면 '진주만 역사지구'로 입력해야 한다. 단순히 'Pearl Harbor'로 입력하면 진주만 해군 기지로 안내받으니 주의해야 한다.

호놀룰루가 이처럼 하와이의 관문이기도 하고 하와이 인구의 70% 정도가 거주하기 때문에 러시아워 때에는 시가지를 돌아다니기가 조금 복잡하다. 이때의 교통체증은 미국 본토의 대도시나 서울 수준에 비교될 만하다. 주차할 곳을 찾는 데에도 많은 인내가 필요하다. 아무 곳이나 주차했다가는 엄청난 벌금을 물기 일쑤다. 다이아몬드 헤드라는 화산 분화구도 볼 만하다. 거기에 올라가면 와이키키를 포함한 호놀룰루의 전경을 볼 수 있다. 올라가는 길은 도보뿐인데 낮에는 겨울이나 여름이나 똑같이 매우 덥다.

어쩌다 보니 하와이 관광 안내원처럼 되어 버렸다. 하와이 사탕수수밭에 얽힌 한국인의 눈물겨운 이민사까지 언급하려니 배가 산으로 올라갈 것 같아서 이쯤에서 그만둔다. 아무래도 택시 운전을 하다 보니 이렇게 설명하는 습관이 생긴 것 같다. 질문에 대답하지 못하면 다시는 나의 차를 부르지 않기 때문이다. 내가 미국 전 지역 이곳저곳을 많이 다녔다고 하면, 택시를 이용하는 사람들은 '하와이에서는 화산을 보았는지, 알래스카에서는 오로라를 보았는지, 개 썰매는 타보았는지, 또 북극곰은 보았는지' 궁금해하고 묻는다.

드라이버 동료가 배로우에 함께 가서 오로라를 구경하자고 했지만, 베델과 앵커리지 이외에는 가지 않았다. 여행을 좋아하지만 그런 여행지는 방송 매체를 통해서도 볼 수 있으니 특별히 배울 것이 없으면 가지 않았다.

택시 운전을 하면서 참으로 별의별 사람을 많이 만났다. 한동안 하와이 관광객만 실어나르는 공항택시를 한 적이 있다. 여자 동료 한 명이 있었는데 돈에 대한 애착과 욕망이 상상을 초월했다. 나이는 50세 정도 되었는데 20년 넘게 공항에서만 운전 일을 했다고 한다. 이렇게 돈을 벌어서 하와이에 비싼 집 두 채를 장만하고, 고향인 베트남에 세 채의 집을 가지고 있다고 했다. 그러나 그녀는 그 집에서 살지 않고 월세로 방 한 칸 빌려서 산다고 했다. 결혼하지 않고 혼자 살아서, 죽으면 조카에게 유산을 넘겨준다고 했다. 그녀는 친구가 아무도 없는 것 같았고 오로지 돈 버는 일에만 정신이 팔려서 새벽 일찍부터 밤늦게까지 일만 했다. 그래서 항상 쉬는 시간에 꾸벅꾸벅 졸았다. 돈 냄새를 맡은 남자들이 사귀자고 접근한다고도 했다. 그녀를 보면서 돈이 필요해서 그렇게 사는 것이 아니라, 돈의 노예가 되어서 산다고 생각했다. 아마 평생 택시 운전사로 살지 않을까 상상해 본다. 스승께서 말하는 운명의 실체를 항상 보고 배우게 된다.

이렇게 어느새 택시 운전사가 되어 버렸다. 굳이 드러내지는 않았지만, 스스로는 보살심을 가슴에 담은 드라이버로 자처하며 살았다. 택시가 굴러다니는 사회라면 거기가 어디가 되었든지 맘만 먹으면 먹고사는 데는 별문제가 없게 되었다. 택시 운전사는 승객을 자기 차에 싣고 그 승객이 원하는 장소까지 무사히 데려다 준 후, 약정된 요금을 받는 사람이다.

하와이에서도 1천 달러짜리 월세 집을 빌려 거처를 마련했다. 사람이 사는 데는 어디서나 고만고만한 사건이나 사연들이 생겨나기 마련이었다. 호놀룰루 시내에 있는 어느 병원 앞에서 조

그만 휠체어를 탄 흑인 소년과 하와이 원주민 여자 손님을 태우게 되었다. 소년과 여인을 뒷좌석에 태우고 휠체어를 빠르게 트렁크에 실었다. 운전석에 앉아 핸들을 잡으면서 어디까지 가는지 물었다. 승객은 목적지를 제대로 밝히지 않고 말을 바꾸기까지 했다. 그들이 승차한 지점에서 멀지 않은 어느 맥도날드 가게 앞에 차를 세웠다. 택시 트렁크 속에서 휠체어를 꺼내 그들에게 전해주고 요금을 받은 다음 다시 운전석으로 들어섰다. 그 순간 섬찟한 기분이 들었다. 둘러보니 운전석 근처에 놓아두었던 물건들이 사라지고 없었다. 심지어 영업본부라고 할 수 있는 셀폰도 보이지 않았다. 택시 호출은 셀폰으로 이뤄진다. 화급히 택시를 적당한 곳에 주차시켜 놓고, 맥도날드 가게 안으로 쫓아 들어갔다. 그들은 안에 앉아 있었다. 아주 공손한 어조로 셀폰을 돌려줄 수 없겠느냐고 물었다. 소년의 엄마는 자기 가방을 열어 보이며 시침을 떼고 자기는 모르는 일이라고 했다. 기가 막힐 일이었지만 어쩔 도리가 없어 그냥 가게 밖으로 나왔다.

반짝하고 섬광이 켜지듯 그럴싸한 아이디어 한 가지가 떠올랐다. 택시 요금으로 받은 돈 20달러를 들고 가게 안으로 쫓아 들어가 소년의 엄마에게 그 돈을 건네주며 셀폰을 돌려주면 좋겠다고 말했다. 가증스럽게도 그녀는 눈썹 하나 안 움직이고 저만큼 떨어진 곳에 놓여 있는 쓰레기통 쪽으로 걸어갔다. 그리고 쓰레기통 속에서 비닐백을 찾아 돌려주었다. 비닐백 속에 나의 물

제4부 만행의 길

건들이 고스란히 다 들어 있었다.

일시적으로 위기를 모면했으나 저들을 생각하니 마음이 아팠다. 순간 이들을 어떻게 깨우쳐 주어야 할지 고민했다. 이미 망해 버린 씨앗을 꽃피운다는 것은 불가능할지도 모를 일이었다. 다음 세상에 필요한 씨앗을 구하기 위해 말이 통하는 한국으로 가야겠다고 생각했다.

오래된 뉴스에서 엘리트 모임인 신과학 운동의 의학 분야 멤버가 고민하는 내용을 본 적이 있다. 자기들이 치료한 환자 중에 사회에 해악을 끼치는 사기꾼, 도둑, 마약업자들이 있었다. 그런데 병을 고쳐준 후 이들이 사회에 나와서 같은 일을 반복하는 모습을 보면서 과연 그들을 치료하는 것이 어떤 의미가 있는지 의구심을 갖기 시작했다고 했다. 의식의 변화 없이 육체의 활동이 자유로워지면 또 다른 문제를 만들 수 있다는 데 동의한다. 그러나 인간의 생명을 눈앞에 두고 나쁜 놈이니까 거부하는 것은 의사의 본분을 잊는 것이니 고민이 되었을 것이다. 그래서 치료보다 먼저 해야 할 일은 그들을 깨우쳐서 의식을 변화시키는 것이다.

지상천국이라는 하와이에서도 코로나19의 공포에서 벗어날 수는 없었다. 관광객의 숫자가 줄어들고 주민들의 외출이 줄어들면서 택시 드라이브 일의 수익도 줄어들고 있을 때였다. 그렇

다고 마냥 앉아서 하늘과 바다만 바라보며 한숨만 내쉬고 있지
는 않았다. 우리 삶에서 돈은 목적이 될 수는 없겠지만 생활을
꾸려나가기 위한 중요한 수단이다. 가끔 돈이 없어 필요한 물건
을 구하지 못할 때가 많았다. 그래서 부모는 돈의 소중함을 자식
에게 어릴 적부터 가르쳐 주어야 한다.

유튜브 방송하는 방법을 여기저기 물어 배워서 '원덕의 삶과
깨달음'이라는 제목으로 어설프게 유튜브를 시작했다. 그리고
타고난 모험심에 이끌려 주식시장에 뛰어들어 승부사 기질을
한번 발휘해 보고 싶어졌다. 그리하여 주식을 공부하기 시작했
다. 몇 개월 후 그동안 사회, 경제, 정치 등을 수박 겉핥기식으로
배웠다는 사실을 발견했다. 철학과 종교 그리고 의식의 세계에
서는 전문가 수준이라 자부하지만, 정작 돈을 만드는 문제에는
초등학생 수준에 불과했음을 자인할 수밖에 없었다.

조금씩 주식투자를 해가면서 약 1년 동안 하루에 12시간 이상
을 정치 흐름과 경제 지식 등을 연구하는 데에 매달렸다. 그 결
과 돈과 부의 흐름을 알게 되었고, 그래서 주식투자의 이치를 나
름대로 발견하기에 이르렀다. 양자 컴퓨터의 성능은 현존하는
최고의 슈퍼컴퓨터의 계산속도보다 수억 배는 빠를 것으로 추
측된다. AI인 알파고가 바둑으로 이세돌을 이긴 것은 연산 속도
가 빠르기 때문이다. 그러나 월가에서 만든 시스템에서 인간이
AI를 속이면 그들은 주인을 이길 수 없다.

팬데믹 이후 집에서 시간을 보내면서 그동안 모아두었던 15만 달러와 CD를 해지한 것을 합쳐서 25만 달러로 유튜브 동영상 등을 시청해 가며 주식투자를 시작했다. 이때가 2020년 여름이었다. 2021년 2월이 되자 주가가 57만 달러로 치솟기도 했다. 운이 좋아서 그런 것이었지만, 백만 달러를 만들면 그 돈으로 가장 먼저 무슨 일부터 시작하면 좋을까 생각했다. 결론은 역시 한국으로 돌아가 스승의 말씀을 정리하여 책으로 발간하자는 것이었다. 그러려면 미국 생활을 청산해야만 했다. 그런데 주가가 또 허물어지기 시작했다. 주식 같은 것에는 손대지 말라고 했던 스승의 말이 떠올랐다.

"천 원을 잃는 것이 천 백 원을 잃는 것보다 백 원 이익이 되지 않겠느냐?"

나는 일부 주식만 남겨 두고 원금만 건져낸 후, 주식시장에서 빠져나와 기다렸다. 회사가 이익을 내지 못하거나 주가가 아래로 떨어지게 되면 잠시 이별하는 것이 좋은 방법이다. 한국행은 잠시 미뤄야만 했다. 오르는 주식이 있는데도 불구하고, 반 토막 난 현상을 분석해 보았다. 주식시장의 흐름을 파악하지 못하고 성장주만 가지고 있었고, 내려가다가도 곧 올라가겠지 하는 생각에 주식 초보자가 겁도 없이 증권회사에서 빌려주는 돈에 마진콜(margin call)을 넣었다. 투자원금에 손실이 발생한 경우, 이를 보전하기 위해 추가 증거금 납부를 요구받는 것이다. 요리사가 사용하는 칼은 맛있는 음식을 만들지만, 어린아이가 칼을 가지고 놀면 매우 위험한 흉기가 될 수 있다. 분석이 끝난 후 어떻게 해야 할지 생각했다. 나는 어떤 문제를 풀 때 산책을 자주 한다. 바닷가를 걷다가 어린아이들이 서핑하는 모습을 유심히 보았다. 보드를 타다가 물로 빠지고 다시 일어나는 모습이 주식시장의 모습을 닮아 있었다. 그 순간 뇌리에 번쩍 이치理致가 보였다.

집으로 돌아와 생각을 정리했다. 하락장의 터널을 빠져나오자 주식시장이 보였다. 숲을 보기 위해서는 숲 밖으로 나와야 한다. 숲속에서 나무들은 서로 키재기를 하면서 자기 키가 가장 크다고 자랑한다. 하락장에서도 주가는 오르락내리락하기에, 늪 속에 빠져 허우적거릴수록 더 깊이 빠져드는 것처럼 하락장을 실감하지 못했다. 주식을 정리한 후에야 미국 주식을 해야 하는 이유를 찾았다. 그 원리를 시소의 법칙이라 하겠다. 주식투자를 시소게임(See Saw)처럼 보게 된 건 하와이 와이키키 해변에서 서핑의 아버지로 알려진 전설적인 인물 듀크의 동상을 보고 서핑하는 사람들을 관찰했기 때문이다. 듀크는 하와이 출신의 올림픽 금메달리스트이다. 그는 1912년 100미터 자유형에서 금메달, 계주에서 은메달을 땄다. 1920년에도 두 개의 금메달을 땄고, 1924년에는 34세의 나이로 올림픽 은메달을 목에 걸었다.

지금도 듀크의 후계자를 꿈꾸는 수많은 젊은이가 와이키키 해변에서 서핑을 배우고 있다. 오하우섬 북쪽 노스쇼우에는 매년 큰 파도를 타기 위해 세계 각처에서 서퍼들이 찾아오곤 한다. 그들의 서핑 실력은 묘기와도 같았다. 한참을 보고 있으면 감탄사가 절로 나온다. 그들이 보는 파도는 싸움의 대상이 아니라 함께 즐기는 상대에 불과했다.

그들은 큰 파도가 밀려올 때를 기다리곤 했다. 그들이 기다리는 큰 파도는 나에게 있어서는 주식시장의 큰 변동성이었다. 주식시장의 파도를 즐기려 했었다고나 할까!

그러나 사람들은 각자 가지고 있는 그릇이 다른데, 그릇이 적은 사람이 많은 것을 담으려 하면 넘치게 된다. 복권당첨자 중 일부가 이후 불행한 삶을 사는 것이 하나의 예이다.

욕망으로 물질을 얻으려 하다 보면 함부로 사용해서 낭비하게 되고 화를 입게 된다. 소망으로 얻은 물질은 귀하기 때문에 검소하게 사용한다. 이 사실을 스승에게 배웠다. 그래서 스승의 가르침이 필요한 것이다. 깨달음이 현실에서 사람들에게 적용되어야지 특정 종교에서만 적용된다면 그게 무슨 소용이 있겠는가! 사람의 지혜에 의해 생활이 윤택해야 한다.

하와이는 명색이 미국 땅이지만 제주도만 한 섬이어서 비록 날씨는 좋았지만, 궁금한 것도 많고 모험을 좋아하는 나로서는 갑갑할 때가 많았다. 여행하려면 육지로 가야 하는데 자주 나가기가 쉽지 않다. 그동안 미국에 살면서 넓은 땅 구석구석을 돌아다녔고 캐나다까지 많은 지역을 다니며 보고 배웠다. 내가 사는 오하우섬보다 마우이섬이 훨씬 매력적으로 보였다. 한가하게 풀을 뜯어 먹는 소들의 평화스러운 모습이 보기 좋았다.

원래 술과 고기를 잘 먹지 않지만, 마우이섬에서는 맛있기로 소문난 소고기로 만든 햄버거를 먹었다. 저녁에는 바닷가 호텔 벤치에 앉아서 보름달을 바라보며 아내와 포도주를 마시기도 했다. 그날 생전 처음 세상에서 가장 크고 아름다운 달을 보았다. 마치 달에 여행을 온 것 같았다.

여름이 지나면서 다시 한 번 기회가 왔다. 투자하면서 60만 달러를 만들고 다른 재산도 모두 정리했다. 80만 달러면 자급자족하면서 일을 할 수 있겠다고 생각했다. 하와이에 온 후 쇼핑한 적이 없다는 사실을 떠올리고 아웃렛 매장에서 옷도 몇 벌 샀다. 이제는 더 갈 곳도 없이 한국행 비행기에 몸을 실었다. 손꼽아 보니 하와이 생활이 9년이었다.

제4부 만행의 길

22 보살의 삶

오랜만에 인천 공항에 아내와 함께 발을 디뎠다. 그동안 잠깐 오간 적은 있었지만, 다시 출국할 예정도 없이 귀국하기는 25년 만이었다. 1997년 12월에 미국 시카고시의 불타사 절에 주지로 갔다가, 이제야 비로소 국내에 정착할 생각으로 귀국했으니 실로 기나긴 여정이었고 방황이라면 방황이었다. 아니 그것은 수행修行의 여정이었다. 수행자들이 말하지 않았던가! 걷고 머물고, 앉아 있거나 누워 있거나, 말을 하거나 입을 닫거나, 움직이거나 가만히 있을 때도 선이 아닌 것이 없다고 했다.

2021년 가을이 짙어 갈 무렵, 스승이 없는 말세라는 생각이 들자 무거운 짐을 짊어진 듯한 느낌에 빠져들었다. 스승이 짊어졌던 짐을 내가 받을 수밖에 없겠다는 현실적 인식 때문이었다. 인연因緣에 따라 스승을 만났고, 그가 일러준 길을 따라 30여 년을 걸어오다 보니, 과연 스승이 말해 준 세상이 여기 있었다. 시카고를 떠나면서 스승의 녹취록도 듣지 않았다. 세상과 부딪혀

살아가면서 작은 깨달음이지만 사실들을 보게 되었고 노트에
기록했다. 스승의 말씀을 정리하다 보니 이미 스승께서 말씀하
셨던 내용이었다.

　이제 아라한의 삶이 아니라 진정한 보살이 되기 위해서는 애
착愛着과 욕망을 벗어나야 한다. 지난날 아내를 만났을 때는 차
마 연민의 정情을 버릴 수가 없었다. 하지만 고국의 땅을 밟는
순간 그 연민마저 사라짐을 느낄 수 있었다.
　나는 이제 냉정해져서 세상 사람들을 있는 그대로 볼 수 있을
것 같다. 형제나 예전 친구들에게도 30년 넘게 연락 한 번 한 적
이 없으니 아마 죽은 줄 알고 있으리라!
　출판사 친구에게 쓴 편지를 37년이 지난 지금에야 돌려받을
수 있겠다. 뒤돌아보니 매 순간 나의 운명을 결정하던 주체는 바
로 나였다. 참으로 힘든 삶이었으나 아무런 후회가 없다. 나에게
세상은 가르침을 주는 아주 큰 학교와 다를 바 없었다. 이 세상
은 있는 일을 모르고 사는 사람들과 사기 치는 기술자들이 전쟁
을 벌이는 현장이었다. 정말 세상은 스승의 말씀처럼 만만치가
않았다.
　나는 어릴 적부터 아웃사이더로 살아왔다. 콜린윌슨의 책『아
웃사이더』가 나에게 많은 영향을 끼친 것은 사실이다.
　메타버스(metaverse)의 시대가 다가오고 있다. 현실의 삶은 힘

들다. 그래서 현실을 잊게 해준다. 사람들은 현실에서 사실을 찾아야 하는데도 가상의 세상에서나 찾으려 한다. 아마 곧 AI가 지배하는 아바타 세상이 될 것이다. 빅테크 기업의 투자도 엄청나다. 젊은 아이들은 가상현실이나 증강현실 속에서 게임이나 하면서 살려고 한다. 현실에서 진실을 찾아 깨달아야 하는데도 모두 거꾸로 가고 있다.

별안간 스승의 목소리가 귀에 쟁쟁하게 들리는 듯하다. 언젠가 스승에게 물어본 적이 있다.

"사람들의 욕망이 죄 사라져 버리면 사회가 발전하지 못하고 퇴보하지 않을까요?"

스승이 대답해 주었다.

"왜 욕망慾望으로 살아야 하느냐? 소망所望으로 살면 되지 않느냐?"

그때 내가 스승 곁에 있을 수 있었다는 사실이 큰 축복이었음을 다시금 깨닫고 있다. 욕망은 부족함을 느껴서 무엇을 소유하거나 탐하는 마음이다. 소망은 뜻을 이룸이며, 욕심 없이 바라는 것이다. 사람에게 소망마저 없다면 삶의 의미마저 없다는 뜻이 된다. 스승은 존재의 의미를 나그네로 비유하곤 했다. 바람처럼 오갈 나그네가 아니라 중생에게 나눠 줄 보물 봇짐을 짊어진 나그네라 했다.

부산 전포동에 있는 목욕탕 4층 옥탑방에 2년 동안 살면서 스승의 일상적인 모습을 똑똑히 볼 수 있었다. 어느 날 과일을 깎고 있는데 누가 찾아왔다. 그러자 과일칼을 치우라고 했다. 두 마음을 가진 여자가 지금은 웃고 있지만, 갑자기 무슨 행동을 할지 모른다는 것이다. 즉 과일 깎는 칼이 흉기로 변할 수도 있다는 것이다. 세상에는 그런 흉기들이 어디에서든지 도사리고 있으니 항상 조심하며 살아야겠다고 생각했다. 스승께서는 거짓된 사람들에게 속으면서도 단 하루도 쉬는 날 없이 세상을 걱정하며 중생들을 생각했다.

그리고 항상 당신이 지닌 보물 짐을 대신 져 줄 제자들을 찾아 헤매었다. 그때 나는 그런 일을 맡을 적임자가 못 된다고 생각했다. 아니, 너무나 막중한 짐으로 여겨졌다.

이제야 내가 할 일이 무엇인지를 깨달았다. 스승이 지녔던 봇짐 속의 보물들을 끄집어내어 스승의 이름으로 사람들에게 나눠 줄 생각이다.

스승의 말씀을 알뜰살뜰 정리하고 편집하여 기록으로 남길 것이다. 물론 미화하거나 과장하지 않을 것이며, 왜곡하지 않을 것이다. 이제 그 작업을 할 수 있다는 자신이 생겨 귀국했다. 이에 더해 이제부터 스승으로부터 물려받은 나의 목소리를 내고 싶기도 하다. 조국에 온 지 몇 달 동안에도 정말 많은 경험을 했다. 국민이 낸 세금으로 국가의 녹을 먹고 있는 공직자들의 어리석음은 물론, 보이스피싱이 판을 치고 있는 세상이었다. 똑바로 정신을 차리고 살아간다는 것이 너무나 힘든 삶이란 것을 다시 한 번 깨닫게 되었다.

이전에는 남의 것을 빌려 내 것인 양 사람들을 향해 떠벌렸는데, 이젠 내 목소리로 하고픈 말이 생겼다. 지혜智慧라는 것은 깨달음의 나무에서만 수확할 수 있는 열매가 아니겠는가!

마무리 글

한국에 큰 소망을 안고 돌아온 지 1년이 지난 오늘은 2022년 10월의 마지막 날이다. 견본용으로 만든 나의 회고록과 4권의 책이 손에서 떠난다. 독자들이 언제쯤 보게 될지는 모르겠다. 여러 출판사에 샘플을 보냈지만 마땅한 곳을 찾기가 쉽지 않다. 보통은 팀장 선에서 잘리기 일쑤였고, 사장과 연결된 경우에도 모두 거절당했다. 어느 출판사는 직접 찾아가 견본을 보였더니, "내가 왜 이런 글을 출판해야 하죠?" 하고 오히려 반문했다. 그래도 인연이 닿는 곳이 있을 것이다.

70이 다 되어 가는 나이에 매일같이 훌쩍이는 나를 보고 아내는 핀잔을 주기도 하지만, 스승을 생각하며 글을 옮길 때는 감동으로 마음이 메여 스스로 멈출 수 없다. 나의 존재 이유는 오직 스승의 가르침을 세상에 알리고 한 사람이라도 더 깨닫게 하여 사실을 보여주는 데 있다.

한국에 돌아온 지 1년이 지났는데도 아직도 이해할 수 없는 일들이 일어나고 있다. 내 몸은 이미 나의 것이 아니라 저당 잡힌 몸이라고 생각한다. 꿈인지 생시인지는 모르나 분명히 저승

사자를 보았다. 할 일이 아직 남았고 사명이 있었기 때문에, 그가 나를 데려가겠다고 했을 때 따라가고 싶지 않았다. 잠자고 있다가 갑자기 가지 않겠다고 소리치니까 아내가 왜 그러냐고 깨웠다. 몸은 흠뻑 젖어 있었고, 내가 살았는지 여기가 죽음 이후의 세계인지 구분할 수가 없었다. 취한 듯한 상태에서 아내가 주는 진정제를 먹고 난 후, 이 일이 끝나기 전까지는 살아야겠다고 간절히 기원했다. 다행히 꼬박 하루 만에 깨어났다. 이렇듯 살아 있는 동안 나는 이 일에 매달려야만 한다.

이외에도 이해할 수 없는 일들이 한둘이 아니었다. 코비드-19에 걸려서 한 달 반 동안 앓기도 했다. 달마원을 개원할 집을 구할 수 있는 돈이 있었음에도 아내에게 주식으로 백만 달러를 만들겠다고 큰소리친 것이, 원인처럼 되어 재투자했다. 인버스(Inverse)는 우리나라 사람들도 많이 투자한다. 기초 지수가 내릴 때 수익 얻는 투자 방법인데, 반도체 ETF인 SOXS를 샀는데 스무 번 넘도록 내가 사면 주가가 내리고, 팔면 오르는 이상한 현상이 일어났다. 10분의 1토막이 됐다. 나의 자만심을 꺾어놓기에 충분했다.

또 스승의 말씀을 컴퓨터로 작업하여 편집하는데, 어떻게 된 영문인지 며칠간 일한 것을 날려 버리는 실수를 열 번도 넘게 계속하는 일도 일어났다.

스승의 가르침을 알리는 일은 내 목숨을 포함하여 모든 걸 걸고 해야 하는 일이다. 하늘과 땅도 움직일 수 없는 양심과 용기가 있어야 한다. 나 혼자 할 수만은 없었다. 예전에 스승께서 나에게 용기가 부족하다고 지적하셨다. 그러나 이제는 두렵지 않다. 그동안 문장을 타이핑하는 일과 교정을 도와주던 아내는 며칠 전 하와이로 떠나면서 말했다.

"내가 돈 벌어서 굶어 죽지 않게 할 테니까, 당신은 당신이 하고 싶은 일을 하세요!"

하와이 떠난 지 1년 만에 빈털터리가 되어 돌아간 것이다. 이제 내가 아내에게 신세를 져야 했다. 그동안 노력한 보람으로 한 사람이라도 구했는지 자문해 본다. 부디 독자들이 이 책으로 인하여 깨달음의 인연이 있기를 두 손 모아 기원한다.

지은이 최준권(원덕)

삶의 의미를 찾지 못해 방황하다 늦은 나이인 1985년에 출가하였다.
범어사 강원을 졸업하고 부산불교교양대학에서 강의하다가 지식으로서
의 불교에 한계를 느끼고 단식수행, 탁발수행, 묵언수행 등을 하였다.
마침내 진실한 스승을 만나 가르침을 받고 작은 깨달음을 얻었다. 이후
미국으로 건너가 세상을 스승으로 삼고 20여 년간 만행했다.
2020년 하와이에서 유튜브 활동을 하다가 2021년 가을 모든 여정을 끝
내고 귀국, 스승의 가르침을 정리해서 출판을 준비하는 한편, 회고록과
소설 등의 집필 활동에 진력하고 있다.

타타타 - 깨달음의 길을 찾아서

초판 1쇄 인쇄 2023년 3월 10일 | **초판 1쇄 발행** 2023년 3월 17일
지은이 최준권 | **펴낸이** 김시열
펴낸곳 도서출판 자유문고
　　　(02832) 서울시 성북구 동소문로 67-1 성심빌딩 3층
　　　전화 (02) 2637-8988 | 팩스 (02) 2676-9759
ISBN 978-89-7030-164-8 03810　값 15,800원
http://cafe.daum.net/jayumungo